古典詩歌研究彙刊

第十一輯

龔鵬程 主編

第 7 冊

五代西蜀詞人群體研究（上）

黃懷寧 著

國家圖書館出版品預行編目資料

五代西蜀詞人群體研究（上）／黃懷寧 著 — 初版 — 新北市：
花木蘭文化出版社，2012〔民 101〕
目 4+190 面；17×24 公分
（古典詩歌研究彙刊 第十一輯；第 7 冊）
ISBN 978-986-254-725-0（精裝）
1. 唐五代詞 2. 詞論
820.91 101001259

ISBN-978-986-254-725-0

9 789862 547250

古典詩歌研究彙刊
第十一輯 第七冊 ISBN：978-986-254-725-0

五代西蜀詞人群體研究（上）

作 者 黃懷寧
主 編 龔鵬程
總 編 輯 杜潔祥
出 版 花木蘭文化出版社
發 行 所 花木蘭文化出版社
發 行 人 高小娟
聯 絡 地 址 新北市永和區中正路五九五號七樓
電話：02-2923-1455／傳真：02-2923-1452
網 址 http://www.huamulan.tw 信箱 sut81518@gmail.com
印 刷 普羅文化出版廣告事業
初 版 2012 年 3 月
定 價 第十一輯 30 冊（精裝）新台幣 42,000 元

五代西蜀詞人群體研究（上）

黃懷寧　著

作者簡介

黃懷寧，臺灣嘉義人，東吳大學中國文學碩士，現就讀於東吳大學中國文學系博士班。曾發表〈稼軒之家族親情關係探析——以稼軒詞為考察中心〉、〈敦煌〈李陵變文〉與《漢書‧李陵傳》之情節比較探析〉等單篇論文。現為臺灣警察專科學校國文教師。

提　要

　　五代西蜀詞由於《花間集》的編選而流傳萬世，集中所選錄的十八位詞家，大多為蜀籍或仕蜀人士，與西蜀有著密不可分的關係，歷來多將《花間集》與西蜀詞等列，視《花間集》為西蜀詞的總結與代表。因此對於五代西蜀詞的研究，大都圍於《花間集》的範疇。然而花間詞並不等同於五代西蜀詞，因為不少詞人的作品，除見於《花間集》外，另載錄於其他詞集。本論文以曾昭岷等人編選的《全唐五代詞》為底本，蒐羅五代西蜀詞共四百一十六首，加以歸納、分析、演繹，期能全面了解西蜀詞人的創作背景、作品主題與藝術特色。全文共分為七章：

　　第一章為「緒論」，說明研究動機、研究材料與方法，並歸納前人研究成果。

　　第二章為「西蜀詞人生平及創作背景概述」，從「西蜀詞人生平」以及「西蜀詞人創作背景」兩部分探析，建構出西蜀詞人群體的面貌。

　　第三、四章為「西蜀詞人群體創作主題」，將四百一十六首詞分為「男女情愛」與「人事風土」兩大主題，以下又各分七類，探析詞作內容、思想情感，展現西蜀詞多采多姿的風貌，並在文末附錄附上「西蜀詞人群體創作主題分類表」。

　　第五章為「西蜀詞人擇調與用韻」，探討西蜀詞人的填詞狀況，分析詞人採用的詞調與用韻方式，整理出詞人創作的基本選擇，以了解何種詞調與用韻方式較為詞人喜愛，並在文末附錄附上「西蜀詞人群體作品用韻表」。

　　第六章為「西蜀詞人群體作品藝術特色」，分為「辭彙」、「典故」、「意象」等三方面探析。

　　第七章為結論，總結各章，以見研究心得。

目

次

第一章 緒 論

第一節 研究動機與目的

五代西蜀偏安於四川一地，由於得天獨厚的優越環境，使得國內政治安定、經濟富庶，是以文學能蓬勃發展。後蜀後主孟昶令趙崇祚編選《花間集》，於廣政三年（西元 940 年）完成，收錄溫庭筠、皇甫松、韋莊、薛昭蘊、牛嶠、張泌、毛文錫、牛希濟、歐陽炯、和凝、顧敻、孫光憲、魏承班、鹿虔扆、閻選、尹鶚、毛熙震、李珣等十八家詞，使得詞人作品得以保留下來，流傳萬世。而集中所蒐羅的十八位詞家，除溫庭筠、皇甫松、和凝以外，其餘均為蜀籍或仕蜀人士，與西蜀有著密不可分的關係，﹝註1﹞歷來多將《花間集》與西蜀詞等列，視《花間集》為西蜀詞的總結與代表。因此對於五代西蜀詞的研究，大都圍於《花間集》的範疇。

然而花間詞並不等同於五代西蜀詞，因為不少詞人的作品，除見於《花間集》外，另載錄於其他詞集。如李珣詞，《花間集》錄三十七首，《尊前集》另錄有十七首，共五十四首；歐陽炯詞，《花間集》

﹝註1﹞ 其中孫光憲（約西元 895～900 年生，卒於西元 968 年）雖為陵州貴平（今四川仁壽）人，曾為陵州判官，然後唐天成元年（西元 926 年），避地江陵。仕荊南，累官至御史大夫，後入宋為黃州刺史。其大半歲月遊宦於荊南，故不列入西蜀詞人探析。

錄十七首,《尊前集》另錄有三十首,共四十七首。是知欲研究李珣、歐陽炯作品,若僅限於《花間集》收錄範圍,將難窺其全豹。陳匪石《聲執‧尊前集》云:「唐代各家之〈楊柳枝〉、〈竹枝〉,杜牧之〈八六子〉,尹鶚之〈金浮圖〉、〈秋夜月〉,李珣之〈中興樂〉及歐陽炯、孫光憲各家之作,多爲《花間》所未載,則唐五代之詞,賴以傳世,其功亦不可沒也。」〔註2〕可見《尊前集》對於唐五代詞的保存,亦居重要地位,故研究五代西蜀詞,不可略而不論。本論文欲探討在種種優勢條件中孕育出來的西蜀詞作,將會展現何種風貌,故在前輩學者研究《花間集》中關於西蜀作品部分的基礎下,就詞人與作品兩大主題,重新爬梳探討,期能全面了解西蜀詞人的創作背景、作品主題、填詞選擇與詞作的藝術特色。

第二節　前人研究概況

對於唐五代詞的研究,根據劉尊明《唐五代詞史論稿》統計,在二十世紀唐五代被研究的三十三位詞人中,唐代詞人主要有李白、張志和、劉禹錫、白居易等;花間詞人有皇甫松、溫庭筠、韋莊、薛昭蘊、牛嶠、張泌、牛希濟、李珣、毛文錫、魏承班、顧夐、鹿虔扆、毛熙震、歐陽炯、孫光憲共十五家;南唐詞人主要有李璟、李煜和馮延巳,其中被大量研究的詞人依次是:李煜、溫庭筠、李白、韋莊、馮延巳、白居易、李璟、劉禹錫、張志和等九人,以這九位詞人爲研究範疇的成果,佔整個唐五代詞人研究成果總量的百分之九十一點五。〔註3〕其中五代的詞人只集中在西蜀的韋莊及南唐的二主與宰相馮延巳,其他詞人則較少受到關注。高峰《唐五代詞研究史稿》〔註4〕

〔註2〕 見陳匪石著:《聲執》,「尊前集」條。收錄於唐圭璋編:《詞話叢編》（北京:中華書局,2005 年 10 月第 2 版第 5 刷）,第五冊,頁 4954。

〔註3〕 劉尊明著:《唐五代詞史論稿》（北京:文化藝術出版社,2000 年 10 月第 1 版第 1 刷）。

〔註4〕 高峰著:《唐五代詞研究史稿》（濟南:齊魯書社,2006 年 8 月第 1 版第 1 刷）。

已考察二十一世紀初大陸方面關於唐五代詞的研究與二十世紀台港澳地區及海外各國對唐五代詞的研究，並針對研究成果加以剖析歸納，爲研究者提供豐富參考資料。

涉及五代西蜀詞的研究，尚有學位論文如：

（一）唐五代詞研究範疇

李寶玲《五代詩詞比較研究》〔註5〕、鄭憲哲《唐五代詞研究》〔註6〕、王迺貴《唐五代詞「夢」運用現象研究》〔註7〕、謝奇懿《五代詞中山的意象研究》〔註8〕、王盈潔《唐五代詞雨意象探討》〔註9〕等。

（二）《花間集》、《尊前集》研究範疇

賴珮如《《花間集》的女性形象研究》〔註10〕、洪華穗《《花間集》主題內容與感覺意象之研究》〔註11〕、王怡芬《《花間集》女性敘寫研究》〔註12〕、陳明《《花間集》與巴蜀文化》〔註13〕、賴靖宜《花間集風土詞研究》〔註14〕、張巍《花間詞的社會文化闡釋》〔註15〕、黃全

〔註5〕　李寶玲撰：《五代詩詞比較研究》（政治大學中國文學研究所碩士論文，1990年6月）。

〔註6〕　鄭憲哲撰：《唐五代詞研究》（臺灣大學中國文學研究所博士論文，1993年7月）。

〔註7〕　王迺貴撰：《唐五代詞「夢」運用現象研究》（輔仁大學中國文學研究所碩士論文，1996年6月）。

〔註8〕　謝奇懿撰：《五代詞中山的意象研究》（臺灣師範大學國文研究所碩士論文，1997年7月）。

〔註9〕　王盈潔撰：《唐五代詞雨意象探討》（玄奘大學中國語文學系碩士班碩士論文，2004年）。

〔註10〕　賴珮如撰：《《花間集》的女性形象研究》（東海大學中國文學研究所碩士論文，1996年）。

〔註11〕　洪華穗撰：《《花間集》主題內容與感覺意象之研究》（政治大學中國文學研究所碩士論文，1997年）。

〔註12〕　王怡芬撰：《《花間集》女性敘寫研究》（成功大學中國文學研究所碩士論文，1998年）。

〔註13〕　陳明撰：《《花間集》與巴蜀文化》（西北大學碩士論文，2000年5月）。

〔註14〕　賴靖宜撰：《花間集風土詞研究》（政治大學國文教學碩士學位班碩

彥《《花間集》研究》〔註16〕、范松義《《花間集》接受論》〔註17〕、李姚霜《花間集修辭美學研究》〔註18〕、阮珮銘《尊前集研究》〔註19〕、汪紅豔《《花間集》語言研究》〔註20〕等。

（三）專家詞研究

黃彩勤《韋莊研究》〔註21〕、陳慧寧《韋莊詞新探》〔註22〕、詹乃凡《韋莊男女情詞研究》〔註23〕、林淑華《主體意識的情志抒寫——韋莊詩詞關係研究》〔註24〕、楊學娟《波斯裔花間詞人李珣研究》〔註25〕、邱柏瑜《李珣詞研究》〔註26〕、蒲曾亮《李珣生平及其詞研究》〔註27〕、黃圓《花間詞人李珣作品研究》〔註28〕等。

士論文，2002年）。

〔註15〕張巍撰：《花間詞的社會文化闡釋》（西北師範大學碩士論文，2002年6月）。

〔註16〕黃全彥撰：《《花間集》研究》（四川大學碩士論文，2003年3月）。

〔註17〕范松義撰：《《花間集》接受論》（河南大學碩士論文，2003年5月）。

〔註18〕李姚霜撰：《花間集修辭美學研究》（雲林科技大學漢學資料整理研究所碩士論文，2006年）。

〔註19〕阮珮銘撰：《尊前集研究》（中央大學中國文學研究所碩士論文，2007年）。

〔註20〕汪紅豔撰：《《花間集》語言研究》（安徽師範大學碩士論文，2006年5月）。

〔註21〕黃彩勤撰：《韋莊研究》（東海大學中國文學研究所碩士論文，1987年）。

〔註22〕陳慧寧撰：《韋莊詞新探》（香港新亞研究所文學組碩士論文，1997年7月）。

〔註23〕詹乃凡撰：《韋莊男女情詞研究》（臺灣大學中國文學研究所碩士論文，2001年）。

〔註24〕林淑華撰：《主體意識的情志抒寫——韋莊詩詞關係研究》（彰化師範大學國文研究所碩士論文，2002年）。

〔註25〕楊學娟撰：《波斯裔花間詞人李珣研究》（寧夏大學碩士論文，2003年4月）。

〔註26〕邱柏瑜撰：《李珣詞研究》（高雄師範大學國文研究所碩士論文，2004年）。

〔註27〕蒲曾亮撰：《李珣生平及其詞研究》（湘潭大學碩士論文，2005年5月）。

〔註28〕黃圓撰：《花間詞人李珣作品研究》（貴州大學碩士論文，2006年4月）。

　　以上成果雖然豐碩，但仍缺乏對西蜀詞的全面探討。而郭楊波《五代西蜀詞論稿》〔註29〕一文，將西蜀詞作為一個時代、一個地域內的文學現象來做整體梳理和研究，難能可貴，惟未能將西蜀詞人、作品做群體現象之藝術探析，仍有所不足。

第三節　研究材料與方法

　　關於唐五代詞的整理與編纂，距今年代較近的有：林大椿於一九三一年所輯的《唐五代詞》；〔註30〕張璋、黃畬於一九八六年所編的《全唐五代詞》〔註31〕以及曾昭岷、曹濟平、王兆鵬、劉尊明等於一九九九年編著的《全唐五代詞》。〔註32〕林編本收錄唐五代作者八十一人，詞作一千一百四十七首，書中附有校記，並註明所錄各詞的來源出處，惟未收錄敦煌詞，是一大缺憾。張編本收錄有姓氏可查的作者一百七十餘人，包含敦煌詞在內的唐五代詞作二千五百餘首，惟收錄不少聲詩和徒詩，收詞過濫。曾編本收錄詞人上起初唐，下迄五代，二千八百餘首詞。分為正編與副編兩部分，正編主要收錄倚聲製曲之曲子詞；副編主要收錄：（一）屬詩屬詞，唐宋人有爭議之作品；（二）明清人詞選集、總集、詞譜、詞話等詞籍所載錄而可考原為詩，後被度入聲律演唱，並賦予詞名之作品；（三）明清詞籍所載錄而未見於唐宋詞籍，且與唐宋人其他同調長短句體相異之齊言體作品；（四）調名字數句式同正編所收詞作，而唐宋詞籍未載錄，屬詩屬詞難以判定之作品。蒐羅已臻完備。對於詞人的小傳、詞作的考辨均相當詳盡，故本文以此做為研究的底本。詞人本事傳記部分，則據《鑒誡錄》〔註33〕、《蜀檮

〔註29〕郭楊波撰：《五代西蜀詞論稿》（四川大學碩士論文，2003 年 4 月）。
〔註30〕林大椿輯：《唐五代詞》（上海：上海商務印書館，1931 年）。
〔註31〕張璋、黃畬編：《全唐五代詞》（臺北‧文史哲出版社，1986 年 10 月臺一版）。
〔註32〕曾昭岷等編撰：《全唐五代詞》（北京：中華書局，1999 年 12 月第 1 版第 1 刷）。
〔註33〕〔五代〕何光遠撰：《鑒誡錄》，收錄於《叢書集成新編》（臺北：新

杌》校箋本〔註34〕、《舊五代史》〔註35〕、《新五代史》〔註36〕、《茅亭客話》〔註37〕、《宋史》〔註48〕、《十國春秋》〔註39〕、《韋端己年譜》〔註40〕等歸納整理。

　　至於撰寫之際，主要採歸納、分析、演繹三方法。首先，對五代西蜀詞做初步歸類探索，分「詞人」與「作品」兩部分進行研究。第一章爲緒論。第二章主要探討詞人，從詞人群體的概述，到詞人群體的創作背景，交代詞人的生平事蹟與創作環境，作爲西蜀詞人群相研究的先端。第三、四章將四百多首西蜀詞作內容，加以歸納、分析、演繹。第三章以「男女情愛」爲主題，分爲「閨情詞」、「思念詞」、「歡會詞」、「別離詞」、「美人詞」、「遊仙詞」、「女冠詞」等七個小節析論；第四章以「人事風土」爲主題，分爲「仕進詞」、「漁隱詞」、「詠懷詞」、「游逸詞」、「詠物詞」、「風土詞」、「邊塞詞」等七個小節析論，以窺詞人創作面貌。第五章探討西蜀詞人的填詞狀況，分析詞人在創作時運用的詞調與詞韻，整理出詞人創作時的基本選擇，以了解何種詞調、何種詞韻較爲詞人喜愛。第六章就「辭彙」、「典故」、「意象」等方面探討西蜀詞的藝術特色。第七章爲結論。正文共分五個章節，末章總結前論，以見研究心得，期能藉此揭開五代西蜀詞人群體研究的序幕。

　　　　文豐出版股份有限公司，1985 年 1 月初版），冊八十六。
〔註34〕〔宋〕張唐英撰、王文才、王炎校箋：《蜀檮杌校箋》（成都：巴蜀書社，1999 年 1 月）。
〔註35〕〔宋〕薛居正等著：《舊五代史》（臺北：鼎文書局，1985 年 12 月四版）。
〔註36〕〔宋〕歐陽修編：《新五代史》（臺北：鼎文書局，1985 年 1 月四版）。
〔註37〕〔宋〕黃休復撰：《茅亭客話》（臺北：臺灣商務印書館，1986 年 3 月，景印文淵閣《四庫全書》本），子部三四八，冊 1042。
〔註48〕〔元〕脫脫等撰：《宋史》（臺北：鼎文書局，1980 年 5 月再版）。
〔註39〕〔清〕吳任臣撰：《十國春秋》（臺北：臺灣商務印書館，1986 年 3 月，景印文淵閣《四庫全書》本），史部二二三，冊 465。
〔註40〕夏承燾《韋端己年譜》，收錄於夏承燾著：《夏承燾集》（杭州：浙江古籍出版社，1997 年），第一冊。

第二章　西蜀詞人生平及創作背景概述

　　氣勢恢弘、歌舞昇平的大唐王朝，在公元七五五年至七六三年，爆發了安史之亂，此亂事導致唐室元氣大傷，國勢由盛轉衰。戰亂使得中原地區殘破蕭條，而江南等地未遭劇變，因此經濟、文化重心漸次南移，故云：「天寶末，祿山作亂，中原鼎沸，衣冠南走。」〔註1〕安史亂後，唐室深陷在宦官亂政、牛李黨爭、藩鎮割據、外患伺機而起的困頓局勢中。日漸傾頹的國勢，在歷經黃巢之亂這場蔓延十數年的戰亂後，終於在西元九○七年走入滅亡的結局，自此展開了中原五代朝政更替及南方十國政權割據的「五代十國」時期。連年的爭戰使得北方局勢動盪、經濟衰敗，大批人士紛紛遷徙至政治經濟相對安定的南方小國。而人口的南遷，也逐漸將文化的重心移入南方。在政治穩定、經濟繁榮的環境下，文學的發展水到渠成，乃自然之勢。西蜀與南唐擁有此優勢的獨特地位，儼然取代了長安和洛陽而變成這個時代的文化和文學中心，而文人詞也借助這種特殊的文化和文學變遷而在西蜀和南唐這兩個地域中心走向發展興盛，形成西蜀和南唐的創作高峰。〔註2〕

〔註1〕〔宋〕李昉等奉敕撰：《太平廣記》（臺北：臺灣商務印書館，1986年3月，景印文淵閣《四庫全書》本），子部三五三，冊1046，卷第四百四，頁51下。

〔註2〕劉尊明著：《唐五代詞史論稿》（北京：文化藝術出版社，2000年10

　　本章從「詞人生平」以及「詞人創作背景」兩部分探析，期建構
出西蜀詞人群體的面貌。

第一節　詞人生平概述

　　西蜀詞壇創作風氣鼎盛，上自君王，下至臣屬，詞家薈萃。然
西蜀詞人群體中，未見有互相唱和的相關記載，蓋因多數詞人生平
事蹟不詳，互有往來者，只見李珣與尹鶚，又牛嶠與牛希濟為叔姪
關係，僅此而已。而五鬼〔註3〕彼此之間是否有交遊，不得而知。
詞家的身分比較單純，多半都是任職在朝的文人。本節分為「君主
詞人」、「官宦詞人」及「其他」三類，說明西蜀詞人的生平梗概及
作品風格。

一、君主詞人

　　西蜀意含前蜀與後蜀，各有兩位君主，前蜀後主王衍（西元899
～926年）與後蜀後主孟昶（西元919～965年）雅好唱詞，是帶領
整個西蜀詞壇，推波助流的重要人物。其奢靡成性，酣飲肆恣，於酒
酣耳熱之際，興起高歌，上有所好，下必甚焉，因之詞壇蓬勃發展。

　　二主傳世之作數量甚少，王衍僅有〈醉妝詞〉：「者邊走。那邊走。
只是尋花柳。那邊走。者邊走。莫厭金杯酒。」及〈甘州曲〉：「畫羅
裙，能結束，稱腰身。柳眉桃臉不勝春。薄媚足精神，可惜許、淪落
在風塵。」〔註4〕兩闋；《蜀檮杌》卷下載孟昶：「好學，凡為文皆本
於理，常謂李昊、徐光溥曰：『王衍浮薄而好輕豔之辭，朕不為也。』」

　　月），頁155。
〔註3〕據《十國春秋》載，即鹿虔扆、韓琮、閻選、毛文錫與歐陽炯等五
　　人。詳見〔清〕吳任臣撰：《十國春秋》（臺北：臺灣商務印書館，
　　1986年3月，景印文淵閣《四庫全書》本），史部二二三，冊465，
　　卷五十六，頁500下。
〔註4〕曾昭岷等編撰：《全唐五代詞》（北京：中華書局，1999年12月第1
　　版第1刷），上冊，正編卷三，頁491。

〔註5〕孟昶僅有〈玉樓春〉:「冰肌玉骨清無汗。水殿風來暗香滿。簾開明月獨窺人，欹枕釵橫雲鬢亂。　　起來瓊戶啓無聲，時見疏星渡河漢。屈指西風幾時來，只恐流年暗中換。」一闋。〔註6〕然兩主對西蜀詞壇的影響自不容小覷。尤其孟昶令趙崇祚編選結集《花間集》，此集於廣政三年（西元940年）集成，使得當時的詞作得以保留下來，流傳萬世。

二、官宦詞人

（一）韋　莊

　　生於唐文宗開成元年（西元836年），卒於前蜀高祖武成三年（西元910年），字端己，京兆杜陵（今陝西西安）人。少孤，家貧力學，工詩，尤善長短句。唐昭宗乾寧元年（西元894年）進士，授校書郎。乾寧四年（西元897年）奉使入蜀，不久返京。天復元年（西元901年）再入蜀，西川節度使王建辟爲掌書記。天復七年（西元907年）勸王建稱帝，遷左散騎常侍、判中書門下事，定開國制度。累官至吏部侍郎、同平章事。前蜀武成三年（西元910年），卒於成都花林坊，諡號文靖。有《浣花集》傳世。其詞共二十一調，五十四闋。

　　陳廷焯《白雨齋詞話》云:「韋端己詞，似直而紆，似達而鬱，最爲詞中勝境。」〔註7〕王國維《人間詞話》云:「『畫屏金鷓鴣』，飛卿語也，其詞品似之。『絃上黃鶯語』，端己語也，其詞品亦似之。」〔註8〕、「溫飛卿之詞，句秀也。韋端己之詞，骨秀也。李重光之詞，

〔註5〕〔宋〕張唐英撰、王文才、王炎校箋:《蜀檮杌校箋》（成都:巴蜀書社，1999年1月），第四卷，頁375。

〔註6〕曾昭岷等編撰:《全唐五代詞》（北京:中華書局，1999年12月第1版第1刷），下冊，副編卷一，頁1071。因兩後主作品數量甚少，後文探討詞作部分，不再涉及。

〔註7〕清・陳廷焯撰:《白雨齋詞話》，卷一，「韋端己詞」條。收錄於唐圭璋編:《詞話叢編》（北京:中華書局，2005年10月第2版第5刷），第四冊，頁3779。

〔註8〕王國維撰:《人間詞話》，「溫韋馮詞品」條。收錄於唐圭璋編:《詞

神秀也。」〔註 9〕、「端己詞，情深語秀。」〔註 10〕姜方錟《蜀詞人
評傳》云：「端己詞深入淺出，蘊藉風流，當不愧《花間》之冠冕人
物。」〔註 11〕「似直而紆，似達而鬱」、「骨秀」、「情深語秀」、「深入
淺出，蘊藉風流」等評語，可見韋莊詞風清秀疏淡而意蘊深厚。如〈浣
溪沙〉五闋：

清曉粧成寒食天。柳毬斜裊間花鈿。捲簾直出畫堂前。　　指
點牡丹初綻朵，日高猶自凭朱欄。含嚬不語恨春殘。（其一，
頁 150）〔註12〕

欲上鞦韆四體慵。擬交人送又心忪。畫堂簾幕月明風。　　此
夜有情誰不極，隔墻梨雪又玲瓏。玉容憔悴惹微紅。（其二，
頁 151）

惆悵夢餘山月斜。孤燈照壁背窗紗。小樓高閣謝娘家。　　暗
想玉容何所似，一枝春雪凍梅花。滿身香霧簇朝霞。（其三，
頁 151）

綠樹藏鶯鶯正啼。柳絲斜拂白銅堤。弄珠江上草萋萋。　　日
暮飲歸何處客，繡鞍驄馬一聲嘶。滿身蘭麝醉如泥。（其四，
頁 151）

夜夜相思更漏殘。傷心明月凭欄杆。想君思我錦衾寒。　　咫
尺畫堂深似海，憶來唯把舊書看。幾時攜手入長安。（其五，
頁 152）

話叢編》（北京：中華書局，2005 年 10 月第 2 版第 5 刷），第五冊，
頁 4241。

〔註 9〕王國維撰：《人間詞話》，「句秀骨秀與神秀」條。收錄於唐圭璋編：
《詞話叢編》（北京：中華書局，2005 年 10 月第 2 版第 5 刷），第五
冊，頁 4242。

〔註 10〕王國維撰：《人間詞話》附錄一，「端己詞」條。收錄於唐圭璋編：《詞
話叢編》（北京：中華書局，2005 年 10 月第 2 版第 5 刷），第五冊，
頁 4269。

〔註 11〕姜方錟編：《蜀詞人評傳》（成都：成都古籍書店，1984 年 8 月第一
版第一刷），頁 39。

〔註 12〕本章引文部分，凡引用詞人作品，均錄自曾昭岷等編撰：《全唐五代
詞》，並於詞作後標明頁次。詳見曾昭岷等編撰：《全唐五代詞》（北
京：中華書局，1999 年 12 月第 1 版第 1 刷）。

末闋最受讚賞，如湯顯祖云：「『想君』、『憶來』二句，皆意中意，言外言也。水中著鹽，甘苦自知。」〔註13〕李冰若《栩莊漫記》云：「『想君思我錦衾寒』句由己推人，代人念己，語彌淡而情彌深矣。」〔註14〕韋莊以「指點牡丹初綻朵」、「欲上鞦韆四體傭」、「玉容憔悴惹微紅」、「一枝春雪凍梅花」等語表達出女子的情態，或嬌俏；或傭懶；或傷懷；或高雅。而「含嚬不語恨春殘」、「滿身蘭麝醉如泥」、「幾時攜手入長安」等語，將女子傷春惜春；遊子思鄉懷鄉；男女兩情相悅、白首盟約的心緒一一展現，其用詞秀雅，使得詞情眞摯動人、濃淡相宜。

　　韋莊更擅長以白描法敘寫，如「指點牡丹初綻朵，日高猶自憑朱欄，含嚬不語恨春殘」〔註15〕、「殘月出門時，美人和淚辭」〔註16〕、「忍淚佯低面，含羞半斂眉」〔註17〕、「君不歸來情又去，紅淚散沾金縷」〔註18〕透過動態的描寫，將女子細微的表情，幽怨的心情如實表露出來，使女子形象更爲深刻生動。正如湯顯祖評云：「直書情緒，怨而不怒，騷雅之道也。」〔註19〕

（二）薛昭蘊

　　生卒年不詳，字里無考。《花間集》稱薛侍郎，列於韋莊之後，

〔註13〕語出湯顯祖評《花間集》卷一。轉引自楊家駱主編：《宋紹興本花間集附校注》（臺北：鼎文書局，1974年10月初版），卷二，頁57。

〔註14〕見李冰若：《花間集評注》，收錄於楊家駱主編：《宋紹興本花間集附校注》（臺北：鼎文書局，1974年10月初版），卷二，頁57。

〔註15〕詳見〈浣溪沙〉（清曉粧成寒食天）。曾昭岷等編撰：《全唐五代詞》（北京：中華書局，1999年12月第1版第1刷），上冊，正編卷一，頁150。

〔註16〕詳見〈菩薩蠻〉（紅樓別夜堪惆悵）。曾昭岷等編撰：《全唐五代詞》（北京：中華書局，1999年12月第1版第1刷），上冊，正編卷一，頁152。

〔註17〕詳見〈女冠子〉（四月十七）。曾昭岷等編撰：《全唐五代詞》（北京：中華書局，1999年12月第1版第1刷），上冊，正編卷一，頁169。

〔註18〕詳見〈清平樂〉（瑣窗春暮）。曾昭岷等編撰：《全唐五代詞》（北京：中華書局，1999年12月第1版第1刷），上冊，正編卷一，頁173。

〔註19〕語出湯顯祖評《花間集》卷一。轉引自史雙元編著：《唐五代詞紀事會評》（合肥：黃山書社，1995年12月第1版第1刷），頁734。

牛嶠之前。其詞共八調,十九闋。

薛詞詞風多清麗秀雅。如〈浣溪沙〉八闋,即爲其代表作品,除第七首外,多寫離愁別恨,然風格明淨。如:「不語含顰深浦裏,幾迴愁煞棹船郎,燕歸帆盡水茫茫」、「茂苑草青湘渚闊,夢餘空有漏依依,二年終日損芳菲」、「記得去年寒食日,延秋門外卓金輪,日斜人散暗銷魂」、「意滿便同春水滿,情深還似酒盃深」、「正是斷魂迷楚雨,不堪離恨咽湘絃,月高霜白水連天」、「不爲遠山凝翠黛,只應含恨向斜陽」〔註20〕等語,處處融情於景中,使得情感不顯空泛,淪於無病呻吟;景色得以有情,讀來韻味十足。陳廷焯評云:「〈浣溪〉數闋,委婉沉至,音調閑雅可歌。」〔註21〕而〈浣溪沙〉其七:

> 傾國傾城恨有餘。幾多紅淚泣姑蘇。倚風凝睇雪肌膚。　　吳
> 主山河空落日,越王宮殿半平蕪。藕花菱蔓滿重湖。(頁497)

上片述古,以「傾城傾國」、「雪肌膚」描繪西施之美貌;「恨有餘」、「幾多紅淚」盡寫西施之哀愁。下片傷今,言吳國江山猶如落日殘照,越王宮殿僅剩荒煙漫草,末以幽致之景作結,寄寓王朝衰微的感嘆。正如李冰若《栩莊漫記》評云:「伯主雄圖,美人韻事,世異時移,都成陳跡。三句寫盡無限蒼涼感喟。」〔註22〕

(三)牛　嶠

生卒年不詳。字松卿,一字延峯,宰相牛僧孺之孫,隴西狄道(今甘肅臨洮)人。唐僖宗乾符元年(西元874年)進士,歷官拾遺、補闕、尚書郎,曾到越中,後寄寓巴蜀。王建鎮蜀,辟其爲判官,及稱帝,爲給事中。有集三十卷,歌詩集三卷,皆不傳。今傳詞載於《花間集》,共十三調,三十二闋。

〔註20〕曾昭岷等編撰:《全唐五代詞》(北京:中華書局,1999年12月第1版第1刷),上冊,正編卷三,頁494~497。

〔註21〕語出《詞則・閑情卷》卷一。轉引自史雙元編著:《唐五代詞紀事會評》(合肥:黃山書社,1995年12月第1版第1刷),頁772。

〔註22〕見李冰若:《花間集評注》,收錄於楊家駱主編:《宋紹興本花間集附校注》(臺北:鼎文書局,1974年10月初版),卷三,頁83。

李冰若《栩莊漫記》評牛嶠詞云：「大體皆瑩豔縟麗，近於飛卿，微不及希濟耳。」〔註23〕姜方錟《蜀詞人評傳》亦謂牛詞：「極穠豔，《花間》之健手也。」〔註24〕多以牛詞詞風近似於溫庭筠詞，然牛詞中亦有可觀者，如〈望江怨〉：

東風急。惜別花時手頻執。羅幃愁獨入。馬嘶殘雨春蕪濕。
倚門立。寄語薄情郎，粉香和淚泣。（頁509）

女子從不忍離別，到別後倚門獨立，復至小有埋怨，寄予思念與離愁，次第寫來，情調淒惻。況周頤《餐櫻廡詞話》云：「昔人情語豔語，大都靡曼爲工。牛松卿〈西溪子〉詞、〈望江怨〉詞，繁弦促柱間有勁氣暗轉，愈轉愈深。此等佳處，南宋名作中，間一見之。北宋人雖綿博如柳屯田，顧未克辨。」〔註25〕可見牛詞別具情味，韻致愈轉愈深，非字裡行間之雕琢修飾而已。牛詞中另有佳作，如〈夢江南〉兩首：

啣泥燕，飛到畫堂前。占得杏梁安穩處，體輕唯有主人憐。
堪羨好因緣。（其一，頁506）

紅繡被，兩兩間鴛鴦。不是鳥中偏愛爾，爲緣交頸睡南塘。
全勝薄情郎。（其二，頁506）

前闋詠燕，表達女子對美滿愛情的欣羨與追求；下闋詠鴛鴦，以鴛鴦之成雙成對與己身處境對比，哀嘆抒發對於負心人的愁恨。詞中情思曲折，蘊藉有情致。〔清〕沈雄《古今詞話》云：「姜堯章曰：『牛嶠〈望江南〉，一詠燕，一詠鴛鴦，是詠物而不滯於物者也，詞家當法此。』」〔註26〕而〈定西蕃〉：

〔註23〕見李冰若：《花間集評注》，收錄於楊家駱主編：《宋紹興本花間集附校注》（臺北：鼎文書局，1974年10月初版），卷三，頁88。

〔註24〕姜方錟編：《蜀詞人評傳》（成都：成都古籍書店，1984年8月第一版第一刷），頁60。

〔註25〕收錄於況周頤著、孫克強輯考：《蕙風詞話　廣蕙風詞話》（鄭州：中川古籍出版社，2003年11月第1版第1刷），《廣蕙風詞話》卷五，頁412～413。

〔註26〕詳見〔清〕沈雄撰：《古今詞話》，詞評，上卷，「牛嶠」條。收錄於唐圭璋編：《詞話叢編》（北京：中華書局，2005年10月第2版第5刷），第一冊，頁971。

　　　　紫塞月明千里，金甲冷，戍樓寒。夢長安。　　鄉思望中
　　　　天闊。漏殘星亦殘。畫角數聲嗚咽。雪漫漫。（頁512）
描寫邊塞征夫的塞外荒寒與思鄉之苦。以「冷」、「寒」、「殘」、「嗚咽」
等語，表達征人的心理狀態，在一片開闊的景域中，凸顯征夫戍卒的
無限荒愁。

（四）張　泌

　　生卒年不詳，字里無考。﹝註27﹞《花間集》列於牛嶠、毛文錫
之間，稱為張舍人。其詞見載於《花間》、《尊前》集中，共十三調，
二十八闋。

　　況周頤評張泌詞云：「其佳者，能蘊藉，有韻致，如〈浣溪沙〉
諸闋。又〈河傳〉云：『夕陽芳草，千里萬里。雁聲無限起。』又
云：『斜陽似共春光語。』衹是不盡之情，目前之景。卻未經人道。」
﹝註28﹞李冰若《栩莊漫記》評其詞云：「介乎溫、韋之間，而與韋
最近。」﹝註29﹞張泌詞風較為清俊，如〈浣溪沙〉其二：

　　　　馬上凝情憶舊遊。照花淹竹小溪流。鈿箏羅幕玉搔頭。　　早
　　　　是出門長帶月，可堪分袂又經秋。晚風斜日不勝愁。（頁517）
上片以「馬上」帶出整段回憶，回想與佳人舊遊，小溪流畔，悠悠傳
情。下片述說經常披星戴月、馬上奔波的感慨。末句回歸現實，在秋
天晚風，落日餘暉中，徒增愁腸。詞中之境宛若畫境，流水潺湲，意
境綿長。李冰若評云：「以憶舊遊領起，全詞實處皆化空靈，章法極

﹝註27﹞《唐五代詞紀事會評》中張泌的傳記資料部份，列有各家對其生平、
　　　　字里之說，惜未能有明確考證。詳見史雙元編著：《唐五代詞紀事會
　　　　評》（合肥：黃山書社，1995年12月第1版第1刷），頁794～795。
　　　　陳明在其碩士論文中有「關於張泌——兼談南唐詞不被《花間集》
　　　　入選原因之斷想」一節，仔細論斷張泌之事蹟。詳見陳明：《《花間
　　　　集》與巴蜀文化》（西安：西北大學碩士學位論文，2000年5月），
　　　　頁6～12。
﹝註28﹞見況周頤著、孫克強輯考：《蕙風詞話　廣蕙風詞話》（鄭州：中州古
　　　　籍出版社，2003年11月第1版第1刷），《廣蕙風詞話》卷四，頁211。
﹝註29﹞見李冰若：《花間集評注》，收錄於楊家駱主編：《宋紹興本花間集附
　　　　校注》（臺北：鼎文書局，1974年10月初版），卷四，頁104。

妙。」〔註30〕

《古今詞話》引《才調集》謂〈江城子〉二闋得名於時。〔註31〕
〈江城子〉二闋：

> 碧欄干外小中庭。雨初晴。曉鶯聲。飛絮落花，時節近清
> 明。睡起卷簾無一事，勻面了，沒心情。（其一，頁525）
>
> 浣花溪上見卿卿。臉波明。黛眉輕。綠雲高綰，金簇小蜻
> 蜓。好是問他來得麼，和笑道，莫多情。（其二，頁526）

前闋上片寫景，下片寫情，雖美景在眼前，然意中人不在身邊，饒是明
媚光景，女子仍舊「沒心情」，對美景、事物缺乏興致。後闋上片寫男
女相遇情景，刻畫佳人嬌俏姿容，下片兩人一問一答，頗有情趣。陳廷
焯謂之「結六字寫得可人」、「妙在若會意，若不會意之間」。〔註32〕以
輕鬆慵懶的筆調，道出心中情意，詞意更見流暢生動。

（五）牛希濟

生卒年不詳。〔註33〕牛嶠之姪，前蜀王衍時，累官至翰林學士、
御史中丞。後唐莊宗同光三年（西元925年）降於後唐，明宗時拜爲
雍州節度副使。《十國春秋》本傳中載牛希濟：「素以詩詞擅名……次
牛嶠〈女冠子〉四闋，時輩嘖嘖稱道。」〔註34〕其詞共五調，十二闋。

〔註30〕　見李冰若：《花間集評注》，收錄於楊家駱主編：《宋紹興本花間集附
　　　　　校注》（臺北：鼎文書局，1974年10月初版），卷四，頁105。
〔註31〕　詳見〔清〕沈雄撰：《古今詞話》，詞評，上卷，「張泌」條。收錄於
　　　　　唐圭璋編《詞話叢編》（北京：中華書局，2005年10月第2版第5
　　　　　刷），第一冊，頁972。
〔註32〕　前者見載《雲韶集》卷一；後者見載《詞則・閒情卷》卷一。皆轉
　　　　　引自史雙元編著：《唐五代詞紀事會評》（合肥：黃山書社，1995年
　　　　　12月第1版第1刷），頁797。
〔註33〕　《花間詞研究》言牛希濟生卒年約在西元872～926以後。見高鋒著：
　　　　　《花間詞研究》（南京：江蘇古籍出版社，2001年9月第1版第1刷），
　　　　　頁208。
〔註34〕　〔清〕吳任臣撰：《十國春秋》（臺北：臺灣商務印書館，1986年3
　　　　　月，景印文淵閣《四庫全書》本），史部二二三，冊465，卷四十四，
　　　　　頁403上。

　　牛希濟詞詞筆清俊，亦善白描，以自然取勝。如〈生查子〉其一：

　　　春山煙欲收，天澹稀星小。殘月臉邊明，別淚臨清曉。　　語
　　已多，情未了。迴首猶重道。記得綠羅裙，處處憐芳草。（頁
　　545）

寫男女離別，情景交融，纏綿悱惻。千言萬語，意猶未盡，反覆述說，
道出女子情意。末二句聯想之語，希冀男子能見景如見人，言情之極，
最受人稱道，堪稱佳作。李冰若《栩莊漫記》云：「『記得綠羅裙，處
處憐芳草』，詞旨悱惻溫厚，而造句近乎自然，豈飛卿輩所可企及？
『語多情未了，迴首猶重道』，將人人共有之情和盤托出，是爲善於
言情。」〔註35〕唐圭璋先生言：「以處處芳草之綠，而聯想人羅裙之
綠，設想似癡，而情則極摯。」〔註36〕而〈生查子〉其二：

　　　新月曲如眉，未有團圞意。紅豆不堪看，滿眼相思淚。　　終
　　日劈桃穰，人在心兒裏。兩朵隔墻花，早晚成連理。（頁547）

以象徵比喻的手法，表現女子情思。詞中「新月」、「紅豆」、「桃穰」、
「隔墻花」語義雙關，處處是相思。俞陛雲謂此詞云：「妙詞妙喻，
深得六朝短歌遺意。五代詞中希見之品。」〔註37〕

　　此外，尚有鮮麗之詞，如〈臨江仙〉其一：

　　　峭碧參差十二峯。冷煙寒樹重重。瑤姬宮殿是仙蹤。金鑪
　　珠帳，香靄畫偏濃。　　一自楚王驚夢斷，人間無路相逢。
　　至今雲雨帶愁容。月斜江上，征棹動晨鐘。（頁543）

上片寫神女廟的景色，「宮殿」、「金鑪」、「珠帳」、「香靄」處處見妍
麗。下片詠楚懷王夢神女一事，「夢斷」、「無路」、「愁容」在在流露
出悽涼之意。末二句寫景，以「斜月」、「征棹」、「晨鐘」做烘托，使
江上實景空靈化，更具情致。李冰若《栩莊漫記》云：「全詞詠巫山

〔註35〕見李冰若：《花間集評注》，收錄於楊家駱主編：《宋紹興本花間集附
　　　校注》（臺北：鼎文書局，1974年10月初版），卷五，頁134。
〔註36〕唐圭璋著：〈唐宋兩代蜀詞〉，收錄於《詞學論叢》（上海：上海古籍
　　　出版社，1986年6月第1版第1刷），頁874。
〔註37〕俞陛雲著：《唐五代兩宋詞選釋》（上海：上海古籍出版社，1985年
　　　9月），頁66。

女事，妙在結二句，使實處俱化空靈矣。」〔註38〕仇遠曰：「牛公〈臨江仙〉，芊綿溫麗極矣，自有憑弔凄愴之意，得咏史體裁。」〔註39〕

（六）尹　鶚

生卒年不詳，四川成都人。前蜀王衍時爲翰林校書，累官至參卿。性滑稽，與李珣爲好友，曾作詩嘲笑李珣。《鑑誠錄·斥亂常》記載：「尹校書鶚者，錦城煙月之士也，與李生常爲善友。遽因戲，遂嘲之，李牛文章，掃地而盡。詩曰：『異域從來不亂常，李波斯強學文章。假饒折得東堂桂，狐臭薰來也不香。』」〔註40〕滑稽調笑之語，實含挖苦譏諷之味，所謂「戲言成於思」，雖兩人友善，然詩中對於李珣「強學文章」、「不香」的攻訐態度，顯見當時李珣於文壇的處境。其詞共十二調，十七闋。

其詞或被評爲「流於狹暱」，如〈清平樂〉「應待少年公子，鴛幃深處同歡」、「賺得王孫狂處，斷腸一搦腰肢」、〈撥棹子〉「特地向、寶帳顛狂不肯睡」等句。〔註41〕

或評爲「明淺簡淨」，張炎云：「後唐尹鶚，官參卿，其詞以明淺動人，以簡淨成句者也。」〔註42〕如〈菩薩蠻〉其一：

> 隴雲暗合秋天白。俯窗獨坐窺煙陌。樓際角重吹。黃昏方醉歸。　　荒唐難共語。明日還應去。上馬出門時。金鞭莫與伊。（頁579）

〔註38〕見李冰若：《花間集評注》，收錄於楊家駱主編：《宋紹興本花間集附校注》（臺北：鼎文書局，1974年10月初版），卷五，頁130。

〔註39〕〔清〕沈雄撰：《古今詞話》，詞評，上卷，「牛希濟」條引仇遠語。收錄於唐圭璋編：《詞話叢編》（北京：中華書局，2005年10月第2版第5刷），第一冊，頁973。

〔註40〕〔五代〕何光遠撰：《鑑誡錄》，收錄於《叢書集成新編》（臺北：新文豐出版股份有限公司，1985年1月初版），冊八十六，卷四，頁24。

〔註41〕見李冰若：《花間集評注》，收錄於楊家駱主編：《宋紹興本花間集附校注》（臺北：鼎文書局，1974年10月初版），卷九，頁217。

〔註42〕〔清〕沈雄撰：《古今詞話》，詞評，上卷，「尹鶚」條。收錄於唐圭璋編：《詞話叢編》（北京：中華書局，2005年10月第2版第5刷），第一冊，頁973。

上片寫天色漸暗，女子倚窗獨坐，望著煙霧籠罩的遠路，盼人歸來，報時的號角數度響起，接近黃昏時分，男子才醉醺醺返家。下片以男子酒醉無法清醒，料想明日又將如此，遂起念將馬鞭收起。其詞「由未歸說到歸，由『荒唐難共語』，想到明日出門時，層層轉折，與無名氏〈醉公子〉略同。『金鞭莫與伊』，尤有不盡之情，癡絕，昵絕。《全唐詩》鶚詞十六闋，此闋最為佳勝。」〔註43〕、「況蕙風謂鶚詞以此首最佳，良不虛也。」〔註44〕

（七）李　珣

約生於唐昭宗大順元年（西元 890 年），卒於宋太祖建隆元年（西元 960 年），〔註45〕字德潤。其先為波斯人，後家梓州（今四川三臺附近），少有詩名。妹舜弦為王衍昭儀，珣嘗以秀才預賓貢，又通醫

〔註43〕見況周頤著、孫克強輯考：《蕙風詞話　廣蕙風詞話》（鄭州：中州古籍出版社，2003 年 11 月第 1 版第 1 刷），《廣蕙風詞話》卷四，頁 214。

〔註44〕唐圭璋著：〈唐宋兩代蜀詞〉，收錄於《詞學論叢》（上海：上海古籍出版社，1986 年 6 月第 1 版第 1 刷），頁 876。

〔註45〕楊學娟《波斯裔花間詞人李珣研究》認為「李珣的生年應該在唐末，而不在僖宗入蜀。」詳見楊學娟：《波斯裔花間詞人李珣研究》（銀川：寧夏大學碩士學位論文，2003 年 4 月），頁 4～5。蒲曾亮《李珣生平及其詞研究》對於李珣的生卒年，有一番仔細考辨，並認為張璋謂李珣「約西元八九六年前後在世」之說失之籠統、廣泛。雖未有定論，但大致定於西元八九五至九四五年。詳見蒲曾亮：《李珣生平及其詞研究》（湘潭：湘潭大學碩士學位論文，2005 年 5 月），頁 8～11。高法成〈五代詞人李珣《瓊瑤集》及其生平新探〉一文試就李珣傳世的詞作爬梳別抉，探析李珣生平，並根據《十國春秋》、《鑒誡錄》、《茅亭客話》加以推究，詳細考辨李珣「國亡不仕」之因，推斷出李珣生年大致在西元八九五年前後，至《花間集》編選成集時（西元 940 年）李珣尚在世。再就李珣詞作內容中呈現的生活經歷觀察，可知《尊前集》中所收錄的〈漁父〉、〈定風波〉諸詞，在《花間集》選輯時，尚未作成，而是在廣東扎根後所作，距離《花間集》中所錄最後作品，時間間隔不應少於十年，故推估李珣生卒年約在西元八九○年至西元九六○年左右。詳見高法成撰：〈五代詞人李珣《瓊瑤集》及其生平新探〉，收錄於《今日南國》，（2009 年 1 月），第 112 期，頁 103。筆者認為，高法成之考辨頗有其理，故從此說。

理，兼賣香藥。前蜀亡，不仕。〔註46〕著有《瓊瑤集》，已佚。其詞共十五調，五十四闋。

李珣詞大概可分爲閨情詞、隱逸詞、風土詞三種類別，多以疏朗之筆描情繪景。閨情一類詞，較少濃豔氣息，多以含蓄委婉之語，敍寫方寸之哀愁。如〈浣溪沙〉其一：

> 入夏偏宜澹薄妝。越羅衣褪鬱金黃。翠鈿檀注助容光。　　相見無言還有恨，幾回拚卻又思量。月窗香逕夢悠颺。（頁595）

上片寫女子之妝容，下片敍述女子對心愛男子欲語還休，徒留遺憾，反覆思量的複雜心情。末句寫女子月下思念。「夢悠颺」一語，予人綿長幽遠之感，表達出女子情思之深遠。全詞詞淺意深，耐人涵詠。

前蜀亡國後，李珣未再出仕，山林中漁隱的生活與澹泊的心境，表達在〈漁歌子〉、〈漁父〉、〈定風波〉數闋中。姜方錟《蜀詞人評傳》評〈漁歌子〉三闋云：「專寫山水田園之佳趣，名利塵埃，高節可風矣。」〔註47〕李冰若《栩莊漫記》云：「〈定風波〉諸詞，緣題自書胸境，灑然高逸，均可誦也。」〔註48〕從詞中「酒盈罇，雲滿屋，不見人間榮辱」、「酒盈杯，書滿架，名利不將心挂」、「棹輕舟，出深浦，緩唱漁歌歸去」、「任東西，無定止，不議人間醒醉」、「輕爵祿，慕玄虛」、「避世垂綸不記年，官高爭得似君閒」、「終日醉，絕塵勞」、「志在煙霞慕隱淪，功成歸看五湖春」、「十載逍遙物外居，白雲流水似相於」等語，均可見李珣性格高潔、無視人間榮辱、不染煙塵的情懷。

〔註46〕高法成〈五代詞人李珣《瓊瑤集》及其生平新探〉一文認爲李珣「不仕」的可能影響因素有二：一是自幼受前蜀學府教化，秉有亡國之恨，抱守忠義；二是其妹李舜弦爲「王衍昭儀」，昭儀位於九嬪之首，地位僅次於皇后和四妃，而後唐亡前蜀時，李存勗遣中使向延嗣「盡殺王衍宗族於秦川驛」，以李舜弦之地位，或在被殺行列，李珣因而抱恨，不仕後唐。收錄於《今日南國》，（2009年1月），第112期，頁103。

〔註47〕姜方錟編：《蜀詞人評傳》（成都：成都古籍書店，1984年8月第一版第一刷），頁134。

〔註48〕收錄於史雙元編著：《唐五代詞紀事會評》（合肥：黃山書社，1995年12月第1版第1刷），頁851。

李珣早年曾漫遊各地,前蜀亡後,隱居湖鄉水澤,對於地方風土民情甚爲熟稔,〈南鄉子〉十七闋,爲其風土詞的代表作。李冰若《栩莊漫記》云:「〈南鄉子〉諸首,寫景物、寫風俗,均以明淨之句,繪影繪聲,引人入勝。」〔註49〕姜方錟《蜀詞人評傳》云:「〈南鄉子〉描寫風土人情,亦屬駭觀之佳製。」〔註50〕俞陛雲《唐五代兩宋詞選釋》云:「詠南荒風景,唐人詩中以柳子厚爲多。五代詞如歐陽炯〈南鄉子〉、孫光憲〈菩薩蠻〉亦詠及之。惟李珣詞有十七首之多。荔子輕紅、桃榔深碧、猩啼暮雨、象渡瘴溪,更索以豔情,爲詞家特開新采。」〔註51〕詞中提及的南國地方活動有「採蓮」、「採眞珠」;植物有「荳蔻」、「荷花」、「蓮花」、「桃榔」、「荔枝」、「刺桐花」、「紅豆」、「椰子」等;動物有「孔雀」、「大象」、「鱸魚」等;器物有「藤籠」、「畫舸」、「螺杯」等,李珣運用清麗明快的筆法,將南國景物逐一呈現,勾勒出一幅活潑生動的南國風景畫。詞中「競攜藤籠」、「紅上面」、「偎伴笑」、「爭窈窕」、「競折團荷」、「暗裏迴眸」、「遺雙翠」、「羅袖斂」、「雙髻墜,小眉彎」、「玉纖遙指」、「爭回顧」更使得南國女子嬌俏可人的風情躍然紙上。

(八)毛文錫

生卒年不詳,字平珪,高陽(今屬河北)人。〔註52〕十四歲登

〔註49〕見李冰若:《花間集評注》,收錄於楊家駱主編:《宋紹興本花間集附校注》(臺北:鼎文書局,1974年10月初版),卷十,頁230。

〔註50〕姜方錟編:《蜀詞人評傳》(成都:成都古籍書店,1984年8月第一版第一刷),頁135。

〔註51〕俞陛雲著:《唐五代兩宋詞選釋》(上海:上海古籍出版社,1985年9月),頁69。

〔註52〕歷來舊說爲「南陽」(今河南南陽一帶)人。高鋒《花間詞研究》亦稱高陽人,惟高陽指今河南杞縣西。見高鋒著:《花間詞研究》(南京:江蘇古籍出版社,2001年9月第1版第1刷),頁212。曾編本《全唐五代詞》,據《十國春秋》本傳,參酌陳尚君《花間詞人事輯》敘寫毛文錫生平事蹟。詳見曾昭岷等編撰:《全唐五代詞》(北京:中華書局,1999年12月第1版第1刷),上冊,正編卷三,頁528~529。本文謹從此說。

進士第，以時亂流寓巴蜀。前蜀開國，官至中書舍人、翰林學士承旨，
與貫休時有唱和。後遷禮部尚書、判樞密院士，再進文思殿大學士，
又拜司徒。後被貶茂州司馬。前蜀亡，隨王衍降唐。未幾，復事孟氏，
與歐陽炯等五人以小詞爲後主所賞，尤工豔語。著有《前蜀紀事》二
卷、《茶譜》一卷。其詞二十一調，三十二闋。

　　詞作風格，多被評爲「庸率淺直」。李冰若《栩莊漫記》云：「文
錫詞在《花間》舊評均列爲下品，然亦時有秀句，如『紅紗一點燈』、
『夕陽低映小窗明』，非不琢飾求工，特情致終欠深厚。又多供奉之
作，其庸率也固宜。」〔註53〕如〈西溪子〉：

　　　昨夜西溪遊賞。芳樹奇花千樣。瑣春光，金罇滿。聽絃管。
　　　嬌妓舞衫香暖。不覺到斜暉。馬馱歸。（頁531）

詞中「遊賞」、「金罇滿」、「聽絃管」、「香暖」、「不覺」、「馬馱歸」在
在表露出男子放鬆自在，肆意暢遊的輕快模樣。又〈甘州遍〉其一：

　　　春光好，公子愛閒遊。足風流。金鞍白馬，雕弓寶劍，紅
　　　纓錦襠出長楸。　　花蔽膝，玉銜頭。尋芳逐勝歡宴，絲
　　　竹不曾休。美人唱，揭調是〈甘州〉。醉紅樓。堯年舜日，
　　　樂聖永無憂。（頁533）

以「閒遊」、「風流」的形象；「尋芳逐勝」、「醉紅樓」的行動，展現
出沉湎秦樓楚館、醉生夢死的歡快心境。雖直言抒情，卻缺乏韻味。

　　然而詞作中，亦見有情致，令人稱道者。唐圭璋先生道：「葉夢
德云：『毛詞以質直爲情致，殊不知流於率露，致令諸人之評庸陋詞
者，必曰，此乃仿毛文錫之〈贊成功〉不及者乎。逮覽其全集，而咏
其〈巫山一段雲〉，其細心微詣，眞造蓬萊頂上。』實則毛詞佳者，
不僅〈巫山一段雲〉。」〔註54〕姜方錟《蜀詞人評傳》云：「平珪詞，
率多平直，〈贊成功〉即其實例。〈巫山一段雲〉、〈紗窗恨〉、〈醉花間〉、

〔註53〕見李冰若：《花間集評注》，收錄於楊家駱主編：《宋紹興本花間集附
　　　校注》（臺北：鼎文書局，1974年10月初版），卷五，頁116。
〔註54〕唐圭璋著：〈唐宋兩代蜀詞〉，收錄於《詞學論叢》（上海：上海古籍
　　　出版社，1986年6月第1版第1刷），頁875。

〈虞美人〉諸闋，其傑作也。」〔註55〕如〈巫山一段雲〉其一：

> 雨霽巫山上，雲輕映碧天。遠風吹散又相連。十二晚峰前。
>   暗濕啼猿樹，高籠過客船。朝朝暮暮楚江邊。幾度降
> 神仙。（頁 540）

此詞緣題而作，上片寫雨後初晴，以「雲清」、「遠風吹散」、「又相連」呈現出一片澄淨的天地，一掃巫山雲霧繚繞的陰霾之氣。下片首句以「暗濕」兩字淡化了猿聲淒屬之味，反而凸顯出高山上矗立之樹，籠罩著底下江上往來的客船。最後以等待神女降臨一事，抒發心情。詞謂「朝朝暮暮」者，豈止於「降神仙」一事？言未盡也。次如〈更漏子〉：

> 春夜闌，春恨切。花外子規啼月。人不見，夢難憑。紅紗
> 一點燈。　　偏怨別。是芳節。庭下丁香千結。宵霧散，
> 曉霞輝。梁間雙燕飛。（頁 532）

李冰若《栩莊漫記》云：「文錫詞質直寡味，如此首婉而多怨，絕不概見，應為其壓卷之作。」〔註56〕詞的上片，因春夜深、春愁密，杜鵑夜啼而牽動思念。一縷幽幽的燭火，更凸顯心中哀情。下片言及丁香含苞不放，猶如愁思難解，終夜難眠，眼見燕兒雙宿雙飛，來表達恨別離的心情，淒怨深沉之意無盡。詞中以哀怨幽微的心境，深切描繪出女子的情思，讀來頗有韻致。

（九）魏承班

生卒年字里不詳。為前蜀駙馬都尉，官至太尉。其詞共九調，二十一闋。〔清〕沈雄《古今詞話》云：

> 元遺山曰：「魏承班俱為言情之作，大旨明淨，不更苦心刻
> 意，以競勝者。」《柳塘詞話》曰：「魏承班詞，較南唐諸
> 公，更淡而近，更寬而盡，盡人喜效為之。」愚按，「相見
> 綺筵時，深情黯共知。難話此時心，梁燕雙來去」，亦為弄

<hr>

〔註55〕姜方錟編：《蜀詞人評傳》（成都：成都古籍書店，1984 年 8 月第一版第一刷），頁 76～77。

〔註56〕見李冰若：《花間集評注》，收錄於楊家駱主編：《宋紹興本花間集附校注》（臺北：鼎文書局，1974 年 10 月初版），卷五，頁 119。

姿無限，只是一腔摹出。至「好天涼月盡傷心」，「為是玉郎長不見，少年何事負初心」，「淚滴鏤金雙衼」，有故意求盡之病。〔註57〕

況周頤曰：

魏承班詞，沈偶僧言其有故意求盡之病。余謂不妨說盡，只是少味耳。如「嫁得薄情夫，長抱相思病。」「王孫何處不歸來，應在倡樓酩酊。」此等句有何意味耐人涵泳翫索耶？惟〈謁金門〉云：「煙水闊。人值清明時節。雨細花零鶯語切。愁腸千萬結。　雁去音徽斷絕。有恨欲憑誰說。無事傷心猶不徹。春時容易別。」又云：「春欲半。堆砌落花千片。早是潘郎長不見。忍聽雙語燕。　飛絮晴空颺遠。風送誰家絃管。愁倚畫屏凡事懶。淚沾金縷線。」前調云：「長思憶。思憶佳人輕擲。霜月透簾澄夜色。小屏山凝碧。　恨恨君何太極。記得嬌嬈無力。獨坐思量愁似織。斷腸煙水隔。」《全唐詩》班詞二十闋，如右三闋。尚覺行間句裏，饒有清氣。斷句如〈訴衷情〉云：「別後憶纖腰。夢魂勞。如今風葉又蕭蕭。恨迢迢。」〈木蘭花〉云：「凝然愁望靜相思，一雙突羼嚬香藥。」似此筆近清疏，亦復披沙揀金，未易多得。〈生查子〉云：「羞看繡羅衣，爲有金鸞竝。」祇是刷色鮮豔耳。五代詞自是詞流之詞，余謂承班可附馬之詞，世有知音或不以爲過當。〔註58〕

認爲魏承班的「求盡」，即是缺少韻味，較少蘊藉之意。「大旨明淨」，可謂切中魏承班的詞作風格。其詞多直言作結，語意表露無餘，故詞作淺近朗淨，惟少深意。然〈生查子〉其一：

煙雨晚晴天，零落花無語。難話此時心，梁燕雙來去。　琴韻對薰風，有恨和情撫。腸斷斷弦頻，淚滴黃金縷。(頁486)

〔註57〕見〔清〕沈雄撰：《古今詞話》，詞評，上卷，「魏承班」條。收錄於唐圭璋編：《詞話叢編》（北京：中華書局，2005 年 10 月第 2 版第 5 刷），第一冊，頁 974。

〔註58〕見況周頤著、孫克強輯考：《蕙風詞話　廣蕙風詞話》（鄭州：中州古籍出版社，2003 年 11 月第 1 版第 1 刷），《廣蕙風詞話》卷四，頁 213。

上片以景帶起女子心中無限煩亂，難以訴說的糾結情緒。下片本欲以琴聲抒發愁緒、撫慰心情，無奈哀怨情愁依然無法排遣。女子柔腸寸斷，情斷弦也斷，終究只能默默垂淚。倒數第二句連用兩「斷」字，使感情表達更爲強烈。整首詞娓娓道來，幽怨心情，一覽無遺。

（十）顧 夐

生卒年、字里均不詳。前蜀王建時以小臣給事內廷，擢茂州刺使。復仕後蜀孟知祥，累官至太尉。善小詞，以〈醉公子〉〔註59〕爲一時豔稱。其詞共十六調，五十五闋，爲蜀中大家。〔註60〕

其詞題材範圍不脫男歡女愛、離情別緒，然風格濃麗，寫情深刻。況周頤《歷代詞人考略》云：「顧夐詞《全唐詩》附五十五首，皆豔詞也。濃淡疏密，一歸於豔。誠如蕙風詞隱所云：『五代豔詞之上駟矣。』」〔註61〕《餐櫻廡詞話》云：「顧夐豔詞，多質樸語，妙在分際恰合。孫光憲便涉俗。」、「工致麗密，時復清疏，以豔之神與骨爲清，其豔乃益入神入骨。」〔註62〕如〈河傳〉其一：

〔註59〕此調有兩闋：「漠漠愁雲澹。紅藕香侵檻。枕倚小山屏。金鋪向晚扃。　睡起橫波慢。獨望情何限。衰柳哀數聲蟬。魂銷似去年。」、「岸柳垂金線。雨晴鶯百囀。家住綠楊邊。往來多少年。　馬嘶芳草遠。高樓簾半卷。斂袖翠蛾攢。相逢爾許難。」見曾昭岷等編撰：《全唐五代詞》（北京：中華書局，1999 年 12 月第 1 版第1 刷），上冊，正編卷三，頁 568。

〔註60〕《十國春秋》記載顧夐：「尤善詼諧，常於前蜀時見隸武秩者，多拳勇之夫，戲造武舉謀以譏之，人以爲滑稽云。謀曰：「大順年，侍郎李吒叱下進士及第三十餘人，姜癲子、張打胸、李嗑咀、李破肋、李吉了、樊忽雷、王號馳、郝牛矢、陳波斯、羅蠻子等試〈亡命山澤賦〉、〈到處不生草詩〉。」見〔清〕吳任臣撰：《十國春秋》（臺北：臺灣商務印書館，1986 年 3 月，景印文淵閣《四庫全書》本），史部二二三，冊465，卷五十六，頁 499 下。筆者讀之，頗覺莞爾，會心一笑。

〔註61〕收錄於況周頤著、孫克強輯考：《蕙風詞話　廣蕙風詞話》（鄭州：中州古籍出版社，2003 年 11 月第 1 版第 1 刷），《廣蕙風詞話》卷四，頁 215。

〔註62〕以上兩條收錄於況周頤著、孫克強輯考：《蕙風詞話　廣蕙風詞話》（鄭州：中州古籍出版社，2003 年 11 月第 1 版第 1 刷），《廣蕙風詞話》卷五，頁 412。

燕颺，晴景。小窗屏暖，鴛鴦交頸。菱花掩卻翠鬟欹，慵
整。海棠簾外影。　　繡幃香斷金鸂鶒。無消息。心事空
相憶。倚東風。春正濃。愁紅。淚痕衣上重。（頁 552）

上片以雙飛燕、交頸鴛鴦，反襯出女子形單影隻，無心打扮。下片深
繪女子內心所思，因爲思念之人「無消息」，只能在心裡「空相憶」，
而感到無限哀愁、珠淚暗垂。此中以景寓情，以情寫景，意蘊情深。

　　顧詞中亦有以細膩白描的手法，來表達眞摯情感，如〈訴衷情〉：
「換我心、爲你心，始知相憶深。」將女子的怨懟、炙熱濃烈的感情
婉轉寫出，實爲「透骨情語」。〔註 63〕而〈荷葉杯〉九闋，末兩句皆
以「某麼某」疊句，如「知麼知，知麼知」、「愁麼愁，愁麼愁」、「狂
麼狂，狂麼狂」、「羞麼羞，羞麼羞」、「歸麼歸，歸麼歸」、「吟麼吟，
吟麼吟」、「憐麼憐，憐麼憐」、「嬌麼嬌，嬌麼嬌」、「來麼來，來麼來」
在重複的語句中，展現出一種言猶未盡，語眞情切的自然筆調。

（十一）鹿虔扆

　　生卒年、字里均不詳。後蜀時登進士第，累官爲學士，後主孟昶
廣政年間（西元 938～854 年）爲永泰軍節度使，進檢校太尉，加太
保。與歐陽炯、韓琮、毛文錫、閻選稱五鬼，以小詞供奉後主。其詞
共四調六闋，數量甚少。

　　詞作內容多寫愁緒。〔註 64〕如〈臨江仙〉（金鎖重門荒苑靜）爲

〔註 63〕《花草蒙拾・徐山民襲顧太尉》：「顧太尉『換我心，爲你心，始知
　　　　相憶深』，自是透骨情語。」〔清〕王士禎撰：《花草蒙拾》，收錄於
　　　　唐圭璋編：《詞話叢編》（北京：中華書局，2005 年 10 月第 2 版第 5
　　　　刷），第一冊，頁 674。
〔註 64〕《樂府紀聞》、《栩莊漫記》皆言鹿詞「多感慨之音」。前輩學者多從
　　　　此說，然張以仁〈從鹿虔扆的〈臨江仙〉談到他的一首〈女冠子〉〉
　　　　一文中，對此說頗有疑義。其認爲鹿詞於《花間集》及《全唐詩》
　　　　中所輯錄者皆爲今傳六首，六詞中〈思越人〉、〈虞美人〉、〈臨江仙〉
　　　　（無賴曉鶯驚夢斷）爲思婦之詞，兩首〈女冠予〉僅寫女道士，都
　　　　不能算是「感慨之音」，更甚者還說「多感慨之音」。《樂府紀聞》所
　　　　指，應爲〈臨江仙〉（金鎖重門荒苑靜）一作，張氏更質疑《栩莊漫
　　　　記》據此作將鹿詞分有「沉痛蒼涼」一類，似是大作文章，言之太

「弔古之音」；〈臨江仙〉（無賴曉鶯驚夢斷）、〈思越人〉（翠屏欹）、〈虞美人〉（卷荷香澹浮煙渚）三闋皆爲「女子相思」；〈女冠子〉（鳳樓琪樹）與（步虛壇上）緣題寫女道士，後闋純寫女道士之生活；然前闋「惆悵劉郎一去」、「愁空結」、「人間信莫尋」、「可知心」表現出女道士之心曲。其詞爲人讚譽者，一爲〈臨江仙〉其一：

> 金鎖重門荒苑靜，綺窗愁對秋空。翠華一去寂無蹤。玉樓
> 歌吹，聲斷已隨風。　　煙月不知人事改，夜闌還照深宮。
> 藕花相向野塘中。暗傷亡國，清露泣香紅。（頁569）

此乃感傷亡國之作。楊愼：「故宮禾黍之思，令人黯然。此詞比李後主浪淘詞更勝。」〔註65〕況周頤《餐櫻廡詞話》云：「鹿太保，孟蜀遺臣，堅持雅操。其〈臨江仙〉含思悽惋，不減李重光『晚涼天淨月華開，想得玉樓瑤殿影，空照秦淮』之句。」〔註66〕一爲〈思越人〉：

> 翠屏欹，銀燭背，漏殘清夜迢迢。雙帶繡窠盤錦薦，淚侵
> 花暗香銷。　　珊瑚枕膩鴉鬟亂。玉纖慵整雲散。苦是適
> 來新夢見。離腸爭不千斷。（頁571）

此乃女子相思悲離之作。湯顯祖：「悼亡詩不過如此。」〔註67〕姜方錟《蜀詞人評傳》云：「〈思越人〉一闋，辭熔句冶，鏤玉鐫金。」〔註68〕

甚。並以蕭繼宗《評點校注花間集》評此詞云：「詞意諸家言之盡矣；惟執此以與唐人詩及他家詞比較，似屬多餘，且不免過譽。」之意見爲持平之論。詳見張以仁著：《花間詞論集》（台北：中央研究院中國文哲研究所籌備處，民國90年11月修訂一版），頁271～272。筆者以爲，張氏之論，言之有理，以一詞蓋括，失之偏頗，故以詞作多寫愁緒爲其風格。

〔註65〕轉引自李冰若：《花間集評注》，收錄於楊家駱主編：《宋紹興本花間集附校注》（臺北：鼎文書局，1974年10月初版），卷九，頁208。

〔註66〕收錄於況周頤著、孫克強輯考：《蕙風詞話　廣蕙風詞話》（鄭州：中州古籍出版社，2003年11月第1版第1刷），《廣蕙風詞話》卷五，頁410。

〔註67〕轉引自李冰若：《花間集評注》，收錄於楊家駱主編：《宋紹興本花間集附校注》（臺北：鼎文書局，1974年10月初版），卷九，頁210。

〔註68〕姜方錟編：《蜀詞人評傳》（成都：成都古籍書店，1984年8月第一版第一刷），頁128。

（十二）毛熙震

生卒年、字里均不詳，蜀人。曾爲後蜀祕書監，善爲詞。其詞共十三調，二十九闋。

毛詞筆姿柔媚，如〈浣溪沙〉數闋，詞中「殘紅滿地碎香鈿」、「花榭香紅煙景迷」、「晚起紅房醉欲銷」、「繡羅紅嫩抹酥胸」、「雪香花語不勝嬌」、「捧心無語步香階」、「睡容無力卸羅裙」等句，處處有綺麗、香軟之味。李冰若《栩莊漫記》評〈浣溪沙〉（晚起紅房醉欲銷）云：「平淡之狀而出以穠麗，使人之意也消。」〔註69〕姜方錟《蜀詞人評傳》引鄭振鐸評〈浣溪沙〉（春暮黃鶯下砌前）云：「能以細膩婉約以描出無人曾畫之景色。」〔註70〕

王國維《人間詞話》云：「周密《齊東野語》稱其（毛熙震）詞新警而不爲獷薄。余猶愛其〈後庭花〉，不獨意勝，即以調論，亦有雋上清越之致。」〔註71〕如〈後庭花〉其一：

鶯啼燕語芳菲節。瑞庭花發。昔時歡宴歌聲揭。管絃清越。

自從陵谷追遊歇。畫梁塵黦。傷心一片如珪月。閑鎖宮闕。（頁591）

上片在鶯啼燕語、繁花盛開的時節中，展現從前宮廷歡唱宴飲、放意肆恣的生活。下片描寫宮廷榮景不在，不得尋歡遊樂，只能對染塵的畫樑、殘月照臨下的宮闕，徒感傷心，以今昔對比，深切表達出弔古之情。

（十三）歐陽炯

生於唐昭宗乾寧三年（西元896年），卒於宋太祖開寶四年（西

〔註69〕見李冰若：《花間集評注》，收錄於楊家駱主編：《宋紹興本花間集附校注》（臺北：鼎文書局，1974年10月初版），卷九，頁220。
〔註70〕姜方錟編：《蜀詞人評傳》（成都：成都古籍書店，1987年8月第一版第一刷），頁128。
〔註71〕王國維撰：《人間詞話》，附錄一，「毛熙震詞」條。收錄於唐圭璋編：《詞話叢編》（北京：中華書局，2005年10月第2版第5刷），第五冊，頁4269。

元 971 年），字號不詳，益州華陽（今四川華陽附近）人。少事王衍，爲中書舍人。後蜀時拜爲宰相，最後隨孟昶歸宋，授左散騎常侍。《宋史》載其「性坦率，無檢操，雅善長笛。」〔註72〕《十國春秋》記載歐陽炯：「與鹿虔扆、韓琮、閻選、毛文錫等，俱以工小詞供奉後主，時人忌之者，號曰：『五鬼』」。〔註73〕曾爲《花間集》作序。其詞二十調，四十七闋。

　　況周頤《歷代詞人考略》云：「歐陽炯詞，豔而質，質而愈豔，行間句裏，卻有清氣流行。大概詞家如炯，求之晚唐五代，亦不多覯。」〔註74〕如〈定風波〉：

　　　暖日閒窗映碧紗。小池清水浸晴霞。數樹海棠紅欲盡。爭忍。
　　　玉閨深掩過年華。　　　獨憑繡床方寸亂。腸斷。淚珠穿破臉
　　　邊花。鄰舍女郎相借問。音信。教人羞道未還家。（頁464）

上片觸景生情，以海棠爲喻，花期將盡的海棠，猶如逝去青春年華的女子，憐花亦憐人。下片描寫女子內心的眞實感受，從傷痛欲絕的愁苦心境到無法掩飾的脆弱表情，最後述說內心的殷勤企盼，層層遞進，用詞含蓄委婉，自顯多情。

　　唐圭璋先生云：「《十國春秋》謂其宮詞淫靡，甚于韓偓，實則其小詞亦然。」〔註75〕如〈浣溪沙〉其三：

　　　相見休言有淚珠。酒闌重得敘歡娛。鳳屛鴛枕宿金鋪。　　　蘭
　　　麝細香聞喘息，綺羅纖縷見肌膚。此時還恨薄情無。（頁449）

況周頤云：「自有豔詞以來，殆莫豔于此矣。半塘僧鶩曰：『奚翅豔而

〔註72〕〔元〕脫脫等撰：《宋史》（臺北：鼎文書局，1980 年 5 月再版），冊十七，卷四百七十九，頁 13894。

〔註73〕〔清〕吳任臣撰《十國春秋》（臺北：臺灣商務印書館，1986 年 3 月，景印文淵閣《四庫全書》本），史部二二三，冊 465，卷五十六，頁 500 下。

〔註74〕收錄於況周頤著、孫克強輯考：《蕙風詞話　廣蕙風詞話》（鄭州：中州古籍出版社，2003 年 11 月第 1 版第 1 刷），《廣蕙風詞話》卷四，頁 216。

〔註75〕唐圭璋著：〈唐宋兩代蜀詞〉，收錄於《詞學論叢》（上海：上海古籍出版社，1986 年 6 月第 1 版第 1 刷），頁 871。

已，直是大且重。』苟無花間詞筆，孰敢爲斯語者。」〔註76〕上片寫
男女重逢之歡愉心情，下片直述歡合情事，赤裸露骨。

　　歐陽詞亦有清新寫景之作，如〈南鄉子〉八闋。唐圭璋先生云：
「寫炎方風物，又一洗綺羅香澤之態，而能樸質眞切，別有意致。」
〔註77〕詞中多見南國風物，如「石榴花」、「槿花」、「芭蕉」、「木蘭花」、
「桃榔葉」、「蓼花」、「紅豆」、「豆蔻花」、「白蘋」、「孔雀」、「翡翠」、
「鵁鶄」等，在在展現出南國獨特的風情。

　　至於懷古之作，有〈江城子〉：

　　　晚日金陵岸草平。落霞明。水無情。六代繁華，暗逐逝波
　　　聲。空有姑蘇臺上月，如西子鏡，照江城。（頁455）

詞中以景寓情，因空闊中帶有寂寥，絢麗中帶有蒼茫的景色，自然興
起到六朝繁華殆盡的盛衰感。末三句追溯吳越舊事，巧妙地以「月」、
「鏡」瑩照出一片空靈的境地，正如李冰若《栩莊漫記》云：「此詞
妙處在如西子鏡一句，橫空牽入，遂爾推陳出新。」〔註78〕全詞意象
悲涼沉寂，爲歐陽詞中少見且特出者。

三、其　他

（一）閻　選

　　生卒年不詳，字里不傳。後蜀布衣，與歐陽炯、鹿虔扆、毛文錫、
韓琮稱五鬼。〔註79〕善小詞，時人稱爲閻處士。其詞共七調，十闋。

〔註76〕語出況周頤撰：《蕙風詞話》，卷二，「歐陽炯豔詞」條。收錄於唐圭
　　　璋編：《詞話叢編》（北京：中華書局，2005年10月第2版第5刷），
　　　第五冊，頁4424。
〔註77〕唐圭璋著：〈唐宋兩代蜀詞〉，收錄於《詞學論叢》（上海：上海古籍
　　　出版社，1986年6月第1版第1刷），頁872。
〔註78〕見李冰若：《花間集評注》，收錄於楊家駱主編：《宋紹興本花間集附
　　　校注》（臺北：鼎文書局，1974年10月初版），卷六，頁142。
〔註79〕《十國春秋》記載鹿虔扆.「與歐陽炯.韓琮，閻選、毛文錫等，俱
　　　以工小詞供奉後主，時人忌之者，號曰：『五鬼』」。見〔清〕吳任臣
　　　撰：《十國春秋》（臺北：臺灣商務印書館，1986年3月，景印文淵
　　　閣《四庫全書》本），史部二二三，冊465，卷五十六，頁500下。

　　詞作風格，被評為「側豔」。李冰若《栩莊漫記》云：「閻處士詞多側豔語，頗近溫詞一派，然意多平衍，蓋與毛文錫伯仲耳。」〔註80〕唐圭璋先生亦言其詞：「語多側豔，意多平衍。在《花間集》中，此為最次。」〔註81〕然詞作中亦有清新疏淡者。姜方錟《蜀詞人評傳》云：「處士詞後人多謂其直率平淡而無蘊藉，然其〈八拍蠻〉之『遇人推道不宜春』，〈定風波〉之『露迎珠顆入圓荷』自然入妙。未必文錫、熙震輩克辦。」〔註82〕如〈定風波〉：

> 水沉沉帆影過。游魚到晚透寒波。渡口雙雙飛白鳥。煙裏。蘆花深處隱漁歌。　　扁舟短棹歸蘭浦。人去。蕭蕭竹徑透青莎。深夜無風新雨歇。涼月。露迎珠顆入圓荷。（頁575）

描寫從黃昏到深夜的江景。上片透過「游魚」、「白鳥」、「漁歌」等生命躍動的場景，反映出江面靜謐的氣氛，帶起下片「蕭蕭竹徑」及「涼月」所瀰漫的蕭疏冷落的氣息。從而透露出「人去」後的寂寥心情。

（二）其　他

　　此外，尚有幾位西蜀詞人，如庾傳素〔註83〕、韓琮〔註84〕、花蕊

〔註80〕見李冰若：《花間集評注》，收錄於楊家駱主編：《宋紹興本花間集附校注》（臺北：鼎文書局，1974 年 10 月初版），卷九，頁 211。

〔註81〕唐圭璋著：〈唐宋兩代蜀詞〉，收錄於《詞學論叢》（上海：上海古籍出版社，1986 年 6 月第 1 版第 1 刷），頁 877。

〔註82〕姜方錟編：《蜀詞人評傳》（成都：成都古籍書店，1984 年 8 月第一版第一刷），頁 119。

〔註83〕生卒年字里不詳。仕前蜀王建，為蜀州刺史，累官至左樸射，兼中書侍郎、同平章事。後主王衍即位，加太子少保，復兼中書侍郎、同平章事。前蜀亡，降後唐，授刺史。《尊前集》載〈木蘭花〉詞：「木蘭紅豔我情態。不似凡花人不愛。移來孔雀檻邊栽，折向鳳凰釵上戴。　　是何芍藥爭風彩。自共牡丹長作對。若教為女嫁東風，除卻黃鸝難匹配。」一首。見曾昭岷等編撰：《全唐五代詞》（北京：中華書局，1999 年 12 月第 1 版第 1 刷），上冊，正編卷三，頁 493。

〔註84〕生卒年不詳。沈雄《古今詞話》載：「梅墩詞話曰：韓琮舍人事蜀主衍，為五鬼之一。楊柳枝二首，特見推於時，詞云：『梁苑隋隄事已空。萬條猶舞舊春風。那堪更想千年後，惟見楊花入漢宮。』、『枝鬥纖腰葉鬥眉。春來無處不如絲。瀟陵原上多離別，少有長條拂地垂。』實以此諷諫其君也。」〔清〕沈雄撰：《古今詞話》，詞話，上

夫人〔註85〕、歐陽彬〔註86〕、劉保乂〔註87〕、許岷〔註88〕、文珏〔註89〕
等，由於傳世作品稀少，不再贅述。

卷，「韓琮楊柳枝」條。收錄於唐圭璋編：《詞話叢編》（北京：中華書局，2005 年 10 月第 2 版第 5 刷），第一冊，頁 756。

〔註85〕 生卒年不詳，徐氏（一作費氏），青城（今四川灌縣）人。以才色入蜀，事後蜀後主孟昶，拜貴妃，號花蕊夫人，又升號慧妃。後蜀亡，入宋宮。《能改齋漫錄》載〈採桑子〉詞：「初離蜀道心將碎，離恨綿綿。春日如年，馬上時時聞杜鵑。　三千宮女皆花貌，妾最嬋娟。此去朝天，只恐君王寵愛偏。」一首。見曾昭岷等編撰：《全唐五代詞》（北京：中華書局，1999 年 12 月第 1 版第 1 刷），上冊，正編卷三，頁 734。

〔註86〕 生年無考，卒於西元九五○年，字齊美，衡州衡山（今湖南衡陽）人。家世為縣吏。博學能文，先以所著書詣馬殷，不用，乃入蜀。獻〈萬里朝天賦〉，後主王衍大悅，擢為翰林學士。前蜀亡，歸後蜀高祖孟知祥。廣政初，為嘉州刺史，累官尚書左丞，出為寧江軍節度使。《尊前集》載〈生查子〉詞：「竟日畫堂歡，入夜重開宴。剪燭蠟煙香，促席花光顫。　待得月華來，滿院如鋪練。門外簇華騶，直待更深散。」一首。見曾昭岷等編撰：《全唐五代詞》（北京：中華書局，1999 年 12 月第 1 版第 1 刷），上冊，正編卷三，頁 614。

〔註87〕 生年無考，卒於西元九四七年，青州（今屬山東）人。後主廣政初，官戶部郎中，充諸王宮侍讀。《尊前集》載〈生查子〉詞：「深秋更漏長，滴盡銀臺燭。獨步出幽閨，月晃波澄綠。　菱荷風乍觸。一對鴛鴦宿。虛棹玉釵驚，驚起還相續。」一首。見曾昭岷等編撰：《全唐五代詞》（北京：中華書局，1999 年 12 月第 1 版第 1 刷），上冊，正編卷三，頁 614。

〔註88〕 生平無考，後蜀人。《尊前集》載〈木蘭花〉詞：「小庭日晚花零落。倚戶無聊妝臉薄。寶箏金鴨任生塵，繡畫工夫全放卻。　有時覷著同心結。萬恨千愁無處說。當初不合儘饒伊，贏得如今長恨別。」、「江南日暖芭蕉展。美人折得親裁翦。書成小束寄情人，臨行更把輕輕撚。　其中撚破相思字。卻恐郎疑蹤不似。若還猜妾倩人書，誤了平生多少事。」兩首。見曾昭岷等編撰：《全唐五代詞》（北京：中華書局，1999 年 12 月第 1 版第 1 刷），上冊，正編卷三，頁 777～778。

〔註89〕 生平無考，宋本《全芳備祖》錄其詞一首，署「西蜀文珏」。詞為〈虞美人〉。「歌骨乍啟塵飛處。翠葉輕輕舉。似通舞態逞妖容。嫩條纖麗玉玲瓏。怯秋風。　虞姬珠碎兵戈裏。莫訝埋魂地。只因遺恨寄芳叢。露和清淚濕輕紅。古今同。」見曾昭岷等編撰：《全唐五代詞》（北京：中華書局，1999 年 12 月第 1 版第 1 刷），上冊，正編卷三，頁 778。

第二節　詞人創作背景

　　〔宋〕王灼《碧雞漫志》云：「唐末五代，文章之陋極矣，獨樂章可喜，雖乏高韻，而一種奇巧，各自立格，不相沿襲。」〔註90〕足見唐末五代在整體的文學表現上，並不出色，惟有詞在當時尚具發展。雖政治大環境混亂不安，然西蜀詞人薈萃，憑藉各方條件的孕育，終能創作出別具特色的「西蜀詞」。

一、偏安蜀地，物產豐饒

　　西蜀的所在地——四川，位居優越的地理位置，擁有豐富的物產，史書典籍、文章辭賦中歷歷見載。《漢書·地理志》言蜀地：

> 土地肥美，有江水沃野，山林竹木疏食果實之饒。〔註91〕

《後漢書·隗囂公孫述列傳》：

> 蜀地沃野千里，土壤膏腴，果實所生，無穀而飽。女工之業，覆衣天下。名材竹幹，器械之饒，不可勝用。又有魚鹽銅銀之利，浮水轉漕之便。〔註92〕

《三國志·蜀書·諸葛亮傳》載：

> 益州險塞，沃野千里，天府之土，高祖因之以成帝業。〔註93〕

〔晉〕左思〈蜀都賦〉：

> 其封域之內，則有原隰墳衍，通望彌博。演以潛沬，浸以綿雒。溝洫脈散，疆里綺錯。黍稷油油，秔稻莫莫。指渠口以爲雲門，灑滮池而爲陸澤。雖星畢之滂沲，尚未齊其膏液。〔註94〕

〔註90〕詳見卷二「唐末五代樂章可喜」條。〔宋〕王灼著、岳珍校正：《碧雞漫志校正》（成都：巴蜀書社，2000 年 7 月第一版第一刷），頁 32。

〔註91〕〔漢〕班固撰：《漢書》（臺北：鼎文書局，1986 年 10 月六版），冊二，卷二十八下，頁 1645。

〔註92〕南朝〔宋〕范曄著：《後漢書》（臺北：鼎文書局，1987 年 1 月五版），冊一，卷十三，頁 535。

〔註93〕〔晉〕陳壽撰：《三國志》（臺北：鼎文書局，1987 年 5 月六版），冊二，卷三十五，頁 912。

〔註94〕收錄於〔梁〕蕭統編、〔唐〕李善注：《文選》（臺北：華正書局有限

《華陽國志‧蜀志》：

> **蜀沃野千里，號爲陸海。**旱則引水浸潤，雨則杜塞水門，
> 故記曰：「水旱從人，不知饑饉。」時無荒年，天下謂之「天
> 府」也。……皆灌溉稻田，膏潤稼穡。是以蜀川人稱郫、
> 繁曰膏腴，綿、洛爲浸沃也。〔註95〕

> 家有鹽銅之利，戶專山川之材，居給人足，以富相尚。……
> 富侔公室，豪過田文；漢家食貨，以爲稱首。**蓋亦地沃土
> 豐，豪侈不期而至也。**〔註96〕

〔唐〕陳子昂〈上蜀川軍事〉：

> **伏以國家富有巴蜀，是天府之藏。**自隴右及河西諸州，軍
> 國所資，郵驛所給，商旅莫不皆取於蜀。〔註97〕

以上引文，在在揭示出蜀地「沃野千里」、「物產豐饒」、「自給自足」
的不凡條件，因之自古以來享有「天府之國」的美譽。

在物產豐厚的優勢條件下，蜀地農作糧食盛產，水利灌溉方便，
其經濟發展自不容小覷。安史之亂時，玄宗逃蜀，因蜀地「歲稔民安，
儲供無缺」，後升成都爲南京。〔註98〕晚唐時，黃巢攻入潼關，僖宗
逃奔興元，因其「儲侍不豐」，群臣表諫，請幸成都。到成都後，「蜀
中府庫充實，與京師無異，賞賜不乏，士卒欣悅。」〔註99〕「歲稔民
安」、「府庫充實」足見蜀地之優越。是以在紛亂的時代中，西蜀因得
天獨厚的地理位置而成爲文化重心。物阜民康的安定社會，爲詞人創

公司，2000 年 10 月），第四卷，頁 77 下。
〔註95〕〔晉〕常璩撰、嚴茜子點校：《華陽國志》卷三，收錄於《二十五別
　　　　史》（濟南：齊魯書社，2000 年 5 月），第十冊，頁 30～31。
〔註96〕〔晉〕常璩撰、嚴茜子點校：《華陽國志》卷三，收錄於《二十五別
　　　　史》（濟南：齊魯書社，2000 年 5 月），第十冊，頁 32～33。
〔註97〕收錄於周紹良主編：《全唐文新編》（長春：吉林文史出版社，2000
　　　　年 12 月成都第 1 刷），冊 4，卷二百十一，頁 2418。
〔註98〕後〔晉〕劉昫等撰：《舊唐書》（臺北：鼎文書局，1985 年 3 月四版），
　　　　冊一，卷九，頁 233。
〔註99〕〔宋〕司馬光編著、〔元〕胡三省音註：《資治通鑑》（臺北：華世出
　　　　版社，1987 年 6 月），冊 9，卷二百五十四，頁 8248。

作的溫床,《蜀檮杌》卷下載:

> 是時,蜀中久安,賦役俱省,斗米三錢。城中之人,子弟
> 不識稻麥之苗,以筍芋俱生於林木之上,蓋未嘗出至郊外
> 也。村落閭巷之間,弦管歌誦,合筵社會,晝夜相接。府
> 庫之積,無一絲一粒入於中原,所以財幣充實。〔註100〕

此乃後蜀後祖廣正十三年(西元 950 年)蜀中景象。城中人民不識農
物;村落閭巷樂音繞耳,當時府庫充實、百姓富庶的繁盛樣貌,可想
而知。政治的偏安,社會相對安定;物產的豐厚,經濟自然繁榮。在
此環境下,人們不用顛沛流離,於是生活富庶、豪華享受漸漸成風。

二、社會風氣,奢靡縱情

宋代黃休復的〈悼蜀詩〉:「蜀國富且庶,風俗衿浮薄。奢侈極珠
貝,狂佚務娛樂。虹橋吐飛泉,煙柳閉朱閣。燭影逐星沉,歌聲和月
落。鬥雞破百萬,呼盧縱大口處。游女白玉璫,嬌馬黃金絡。酒肆夜
不扃,花事春慚作。禾稼暮雲連,紈繡淑氣錯。」〔註101〕相當清楚
地表達出蜀國經濟富庶、風俗浮薄的特色。而早在《隋書‧地理志》
就記載:「蜀地四塞,山川重阻,水陸所湊,貨殖所萃,蓋一都之會
也。……其人敏慧輕急……多溺於逸樂……人多工巧,綾錦雕鏤之
妙,殆侔於上國。」〔註102〕說明蜀地自然環境之豐沃,蜀人浮華輕
漫、耽溺享樂之特點。

蜀地經濟繁榮,政局穩定,但前、後蜀君主卻沒有遠大的政治抱
負,不思進取,滿足於偏安一隅,盡情享受游宴之樂,刻意追求感官
享受。上行下效,再加上蜀人歷來「尚滋味」、「好辛香」,耽於享樂

〔註100〕 〔宋〕張唐英撰、王文才、王炎校箋:《蜀檮杌校箋》(成都:巴蜀
書社,1999 年 1 月),第四卷,頁 381。

〔註101〕 〔宋〕黃休復撰:《茅亭客話》(臺北:臺灣商務印書館,1986 年 3
月,景印文淵閣《四庫全書》本),子部三四八,冊 1042,卷六,
頁 942 下。

〔註102〕 〔唐〕魏徵等撰:《隋書》(臺北:鼎文書局,1980 年 6 月三版),
冊一,卷二十九,頁 830。

的傳統習性，狂熱的享樂欲望在西蜀大地瀰漫，游樂之風愈演愈烈。
上自皇帝、文武百官，下至文人墨客、市井百姓，莫不熱衷於宴飲游
歷、聲色歌舞之樂。〔註103〕

　　政治的偏安、物產的豐饒，所帶來的是奢靡縱情的社會風氣，上
自君王，下至百姓，無不沉溺在如此的氛圍裡。呂思勉《隋唐五代史》
論及隋唐五代人民生計時曾說道：「隋、唐、五代，爲風俗奢靡之世。」
〔註104〕前蜀開國君主王建少無賴，晚年多內寵，曾因臣子潘炕之妾
絕色而多才，向潘炕討之。其子王衍「以佞臣韓昭等爲狎客，雜以婦
人，以恣荒宴，或自旦至暮，繼之以燭。」〔註105〕、「年少荒淫，作
怡神亭，與諸狎客、婦人日夜酣飲其中。」〔註106〕極盡酣暢淫狎之
舉。《十國春秋·前蜀三·後主本紀》載有許多王衍荒淫之事：

　　乾德三年，帝荒淫無度，創爲流星輦，凡二十輪，以牽駿
　　馬。又雅好蹴踘，引錦布障以翼之，往往擊毬其中，漸至
　　街市而不知。常爇諸名香，晝夜相繼，久而厭之，更爇皂
　　角以亂其氣。結繒爲山，及宮殿樓觀於其上，又別立二綵
　　亭於前，列諸金銀錡斧之屬，取御廚食料烹燀於其間，帝
　　乃憑綵樓視之，號曰：「當面廚」。爲風雨所敗，則易新者。
　　或樂飲繒山，陟旬不下。山前通渠穿禁中，間乘船夜歸，
　　令宮女秉蠟炬千餘照之，水面如晝。〔註107〕

　　乾德四年三月，命士民皆著大裁帽，蜀人富而喜遨，俗競

〔註103〕　謝桃坊著：〈蜀學的性質與文化淵源及其與巴蜀文化的關係〉收錄
　　　　　於《蜀學》（成都：四川出版集團巴蜀書社，2006年9月第1版第
　　　　　1刷），第一輯，頁124。
〔註104〕　呂思勉著：《隋唐五代史》（上海：上海古籍出版社，2005年11月
　　　　　第1版第1刷），下冊，頁721。
〔註105〕　〔宋〕薛居正等著：《舊五代史》（臺北：鼎文書局，1985年12月
　　　　　四版），冊三，卷一百三十六，頁1819。
〔註106〕　〔宋〕歐陽修編：《新五代史》（臺北：鼎文書局，1985年1月四版），
　　　　　卷六十二，頁791。
〔註107〕　〔清〕吳任臣撰：《十國春秋》（臺北：臺灣商務印書館，1986年3
　　　　　月，景印文淵閣《四庫全書》本），史部二二三，冊465，卷三十七，
　　　　　頁340下。

爲小帽，而帝好戴大帽。酒肆倡家，無所不到，索筆題曰：
「王一來」。〔註108〕

乾德五年四月，幸浣花溪，龍舟綵舫，十里綿亘，自百花
潭至萬里橋，遊人士女，珠翠夾岸。〔註109〕

《新五代史·前蜀世家》亦記載：

蜀人富而喜遨，當王氏晚年，俗競爲小帽，僅覆其頂，俛
首即墮，謂之「危腦帽」。衍以爲不祥，禁之。而衍好戴大
帽，每微服出遊民間，民間以大帽識之，因令國中皆戴大
帽。又好裹尖巾，其狀如錐。而後宮皆戴金蓮花冠，衣道
士服，酒酣免冠，其髻鬌然，更施朱粉，號「醉粧」，國中
之人皆効之。嘗與太后太妃游青城山，宮人衣服，皆畫雲
霞，飄然望之若仙。衍自作〈甘州曲〉，述其仙狀，上下山
谷，衍常自歌，而使宮人皆和之。〔註110〕

王衍好戴大帽、裹纏尖巾，不僅自身喜愛，還下令國人仿效學習，其
後宮嬪妃衣飾頭冠，飄然若仙。更好作詞吟唱，享盡浮華之能事。其
作〈醉妝詞〉云：

者邊走。那邊走。只是尋花柳。那邊走。者邊走。莫厭金
杯酒。〔註111〕

詞中「尋花問柳」、「酣暢淋漓」，短短數語，十足展現淫靡、放縱之
味。前蜀有恣肆之王衍，後蜀亦有貪樂之孟昶。《蜀檮杌》卷下記載：

是時，蜀中百姓富庶，夾江皆覣亭榭游賞之處，都人士女，
傾城游玩，珠 翠綺羅，名花異香，馥鬱森列。昶御龍舟觀

〔註108〕 〔清〕吳任臣撰：《十國春秋》（臺北：臺灣商務印書館，1986 年 3
月，景印文淵閣《四庫全書》本），史部二二三，冊 465，卷三十七，
頁 341 下。

〔註109〕 〔清〕吳任臣撰：《十國春秋》（臺北：臺灣商務印書館，1986 年 3
月，景印文淵閣《四庫全書》本），史部二二三，冊 465，卷三十七，
頁 342 上。

〔註110〕 〔宋〕歐陽修編：《新五代史》（臺北：鼎文書局，1985 年 1 月四版），
卷六十三，頁 792。

〔註111〕 曾昭岷等編撰：《全唐五代詞》（北京：中華書局，1999 年 12 月第
1 版第 1 刷），上冊，正編卷三，頁 491。

水嬉，上下十里，人望之如神仙之境。昶曰：「曲江金殿鎖
千門，殆未及此。」兵部尚書王廷珪賦曰：「十字水中分島
嶼，數重花外見樓臺。」昶稱善久之。〔註112〕

時值後蜀後祖廣正十二年（西元 949 年）。城中亭榭樓閣，不可勝數；
綺羅名花，繁盛錦簇，顯見孟昶肆志嬉遊之快意心態。《十國春秋‧
後蜀二‧後主本紀》記載：

中歲稍稍以侈靡爲樂，常命一梭織成錦被，凡三幅帛，上
鏤二穴，名曰：「鴛衾」。又以芙蓉花徧染繒爲帳幔，名曰：
「芙蓉帳」。至溺器，皆以七寶裝之。〔註113〕

此外亦見史籍載有孟昶「幸晉、漢之際，中國多故，而據險一方，君
臣務爲奢侈以自娛，至於溺器，皆以七寶裝之。」〔註114〕、「在蜀專
務奢靡，爲七寶溺器，他物稱是。」〔註115〕十足展現孟昶之豪侈好樂。

至宋伐後蜀，孟昶派王昭遠、趙彥韜禦敵。《新五代史》載：「昶
遣李昊等餞之，昭遠手執鐵如意，指揮軍事，自比諸葛亮，酒酣，謂
昊曰：「吾之是行，何止克敵，當領此二三萬雕面惡少兒，取中原如
反掌爾！」〔註116〕可知當朝大臣好於逸樂，敵軍將至，不思嚴正禦
敵，竟然還發出狂妄豪語。「昶又遣子玄喆率精兵數萬守劍門。玄喆
輦其愛妾，攜樂器、伶人數十以從，蜀人見者皆竊笑。」〔註117〕、「玄
喆離成都，但攜姬妾、樂器及伶人數十輩，晨夜嬉戲，不恤軍政。」

〔註112〕　〔宋〕張唐英撰、王文才、王炎校箋：《蜀檮杌校箋》（成都：巴蜀
　　　　　書社，1999 年 1 月），第四卷，頁 375。
〔註113〕　〔清〕吳任臣撰：《十國春秋》（臺北：臺灣商務印書館，1986 年 3
　　　　　月，景印文淵閣《四庫全書》本），史部二二三，冊 465，卷四十九，
　　　　　頁 459 下。
〔註114〕　〔宋〕歐陽修編：《新五代史》（臺北：鼎文書局，1985 年 1 月四版），
　　　　　冊二，卷六十四，頁 805～806。
〔註115〕　〔元〕脫脫等撰：《宋史》（臺北：鼎文書局，1980 年 5 月再版），
　　　　　冊十七，卷四百七十九，頁 13881。
〔註116〕　〔宋〕歐陽修編：《新五代史》（臺北：鼎文書局，1985 年 1 月四版），
　　　　　冊二，卷六十四，頁 806。
〔註117〕　〔宋〕歐陽修編：《新五代史》（臺北：鼎文書局，1985 年 1 月四版），
　　　　　冊二，卷六十四，頁 806。

〔註 118〕此等上下一片，奢靡縱情的風氣，正是詞人得以創作的大環境。早前在四川發掘前蜀王建墓，棺材石座上雕刻了盛大的妓樂場面：樂工歌妓手執各式樂器正在歌舞作樂。前蜀主王衍、後蜀主孟昶，都是亡國之君。西蜀詞人大多不是仕於前蜀就是仕於後蜀，政治上多無作為。君臣歡娛，形同狎客。西蜀詞有相當數量就是在醇酒與美女中創作出來的。〔註 119〕

當時蜀地熱鬧繁盛的景象，在詞作中即能觀之，如韋莊〈怨王孫〉：

> 錦里。蠶市。滿街珠翠。千萬紅妝。玉蟬金雀，寶髻花簇
> 鳴璫。繡衣長。　　日斜歸去人難見。青樓遠。隊隊行雲
> 散。不知今夜，何處深鎖蘭房。隔仙鄉。（頁 172）

詞的上片描寫人們買賣、遊賞，而且衣著華美、妝容妍麗，正是成都蠶市的熱鬧樣貌。而尹鶚〈金浮圖〉上片：

> 繁華地。王孫富貴。玳瑁筵開，下朝無事。厭紅茵、鳳舞
> 黃金翅。立玉纖腰，一片揭天歌吹。滿目綺羅珠翠。和風
> 淡蕩，偷散沈檀氣。（頁 582）

描繪出繁華榮盛之地，王孫富貴之家，閒暇無事，設宴開筵，滿堂歡樂，歌聲入天的欣喜場景。又毛文錫〈甘州遍〉：

> 春光好，公子愛閒遊。足風流。金鞍白馬，雕弓寶劍，紅
> 纓錦襜出長楸。　　花蔽膝，玉銜頭。尋芳逐勝歡宴，絲
> 竹不曾休。美人唱，揭調是甘州。醉紅樓。堯年舜日，樂
> 聖永無憂。（頁 533）

以一位「愛閒遊」、「風流瀟灑」的公子，尋芳逐勝，歌舞歡宴，酒醉紅樓，反映出一種華貴享樂，太平盛世的耽樂心態。

西蜀詞人群的最大特徵，即是多具備官宦身分。身為朝臣，宴飲

〔註118〕〔元〕脫脫等撰：《宋史》（臺北：鼎文書局，1980 年 5 月再版），冊十七，卷四百七十九，頁 13876。
〔註119〕吳惠娟著：《唐宋詞審美觀照》（上海：學林出版社，1999 年 8 月第 1 版第 1 刷），頁 238。

享樂爲普遍現象，加之西蜀社會風氣奢靡縱情，故詞作中多反映「聲色歌舞、觥籌交錯」的社會現象。

　　孫光憲《北夢瑣言》卷三記載：「蜀之士子，莫不酤酒，慕相如滌器之風也。」〔註120〕而「日暮飲歸何處客，繡鞍驄馬一聲嘶，滿身蘭麝醉如泥」（韋莊〈浣溪沙〉四）〔註121〕、「魂銷千片玉樽前」（張泌〈河傳〉二）、「盡日醉尋春，歸來月滿身」（尹鶚〈醉公子〉）、「金盞不辭須滿酌」（毛文錫〈酒泉子〉）、「金罇滿」（毛文錫〈西溪子〉）、「酒傾金琖滿，蘭燭重開宴，公子醉如泥」（歐陽炯〈菩薩蠻〉二）、「飲處交飛玉斝」（歐陽炯〈春光好〉二）等，俱是醇酒之享，暢飲之歡。

　　此外，詞中多見秦樓楚館，歌舞昇天的宴游場面，如「玳瑁筵開，下朝無事」及「一片揭天歌吹」（尹鶚〈金浮圖〉）、「聽絃管，嬌妓舞衫香暖」（（毛文錫〈西溪子〉）、「尋芳逐勝歡宴，絲竹不曾休。美人唱，揭調是甘州。醉紅樓」（毛文錫〈甘州遍〉一）、「小院奏笙歌，香風簇綺羅」（歐陽炯〈菩薩蠻〉二）、「寶柱秦箏方再品，青娥紅臉笑來迎，又向海棠花下飲」（歐陽炯〈玉樓春〉一）等語。《蜀檮杌》卷下載：「昊事前後蜀五十年，資貨巨萬，奢侈踰度，妓妾數百。」〔註122〕可見耽溺於北里章臺，沉湎於煙花門戶之中，乃當代盛行風氣。而透過詞作內容，對於五代西蜀的社會面貌，可以有一定程度的了解。

三、君王提倡，臣屬相和

　　上有所好，下必有甚焉。統治者的好尚直接影響著文人士大夫們的生活態度。同時五代時的文人心態與盛唐、中唐時期已有了很大的不同。社會動盪亂離，個人理想破滅，命運多舛，只求明哲保身，及

〔註120〕　見「陳會螳蜋賦」條。〔五代〕孫光憲撰、賈二強點校：《北夢瑣言》（北京：中華書局 2002 年 6 月第 1 版第 1 刷），卷三，頁 62。
〔註121〕　以下列舉諸詞，詳見附錄一【西蜀詞人群體創作主題分類表】。
〔註122〕　〔宋〕張唐英撰、王文才、王炎校箋：《蜀檮杌校箋》（成都：巴蜀書社，1999 年 1 月），第四卷，頁 412。

時行樂，縱情聲色之中，冶遊宴樂這種當時盛行的享樂之風，在詞中有著藝術的再現。作爲一個君主，王衍是無道和失敗的，但他的知音能文，又好追求世俗享樂，對蜀詞的繁榮起了推動的作用。〔註 123〕《十國春秋・前蜀三・後主本紀》記載王衍：

> 頗知學問，童年即能屬文，甚有才思。尤酷好靡麗之辭，常集豔體詩二百篇，號曰《烟花集》。凡有所著，蜀人皆傳誦焉。〔註 124〕

> 乾德五年三月，帝以上巳節，宴怡神亭，自執板唱〈霓裳羽衣〉，内臣嚴凝月等競歌〈後庭花〉、〈思越人〉之曲。〔註 125〕

可知王衍愛好麗辭，宴飲歌唱，並有詞作。其詞流傳至今，可見者有二，一爲〈醉妝詞〉（者邊走），一爲〈甘州曲〉（畫羅裙）兩首。〔註 126〕王國維《人間詞話》言：「魏承班詞，遜於薛昭蘊、牛嶠，而高於毛文錫，然皆不如王衍。」〔註 127〕對王衍之作評價甚高。而孟昶亦愛唱詞，據《十國春秋》卷四十一載：

> （毛文錫）及國亡，隨後主降唐，未幾，復事孟氏，與歐陽炯等人，以小辭爲後蜀主所賞。〔註 128〕

〔註 123〕 郭楊波：《五代西蜀詞論稿》（成都：四川大學碩士學位論文，2003年 4 月），頁 12。

〔註 124〕 〔清〕吳任臣撰：《十國春秋》（臺北：臺灣商務印書館，1986 年 3月，景印文淵閣《四庫全書》本），史部二二三，冊 465，卷三十七，頁 338 上。

〔註 125〕 〔清〕吳任臣撰：《十國春秋》（臺北：臺灣商務印書館，1986 年 3月，景印文淵閣《四庫全書》本），史部二二三，冊 465，卷三十七，頁 342 上。

〔註 126〕 兩首詞作《全唐五代詞》俱收錄。見曾昭岷等編撰：《全唐五代詞》（北京：中華書局，1999 年 12 月第 1 版第 1 刷），上冊，正編卷三，頁 491。

〔註 127〕 王國維撰：《人間詞話》，附錄一，「魏承班詞」條。收錄於唐圭璋編：《詞話叢編》（北京：中華書局，2005 年 10 月第 2 版第 5 刷），第五冊，頁 4269。

〔註 128〕 〔清〕吳任臣撰：《十國春秋》（臺北：臺灣商務印書館，1986 年 3月，景印文淵閣《四庫全書》本），史部二二三，冊 465，卷四十一，頁 383 上。

卷五十六記載鹿虔扆：

> 與歐陽炯、韓琮、閻選、毛文錫等，俱以工小詞供奉後主，
> 時人忌之者，號曰：「五鬼」。〔註129〕

由臣子們善小詞、供後主的反應，即可看出君主的喜好。孟昶亦有詞傳世，爲〈玉樓春〉（冰肌玉骨清無汗）一首。〔註130〕雖然兩後主傳世之作寥寥可數，然就史籍所載，足能看出當時好尚小詞的風氣。是以君主愛好提倡，臣屬繼之而作，一爲博取君心，一爲時代風氣所趨。除此之外，《舊五代史・莊宗紀》記載：「初莊宗爲公子，雅好音律，又能自撰曲子詞。其後凡用軍，前後隊伍皆以所撰詞授之，使揭聲而唱，謂之御制。」〔註131〕亦可看出五代時君主倡導塡詞之風氣。

四、文學環境，娛樂緣情

南朝曾經是文學用於娛樂思想的產地，〈玉臺新詠序〉就是娛樂說的代表。以文學作爲娛樂消遣工具的這種傾向，晚唐再次出現，而進入五代，又有了進一步的發展。此時創作內容上轉向閨閣生活，而藝術追求上則主要趨於婉麗、柔媚、輕豔，與內容的需要相一致，都是爲了達到消遣的目的。創作上的主要傾向在理論上有完整表述，便是歐陽炯的〈花間集序〉：

> 鏤玉彫瓊，擬化工而迥巧；裁花剪葉，奪春豔以爭鮮。是
> 以唱〈雲謠〉則金母詞清，挹霞醴則穆王心醉。名高〈白
> 雪〉，聲聲而自合鸞歌；響遏行雲，字字而偏諧鳳律。〈楊
> 柳〉、〈大堤〉之句，樂府相傳；芙蓉、曲渚之篇，豪家自
> 製。莫不爭高門下，三千玳瑁之簪；競富樽前，數十珊瑚

〔註129〕 〔清〕吳任臣撰：《十國春秋》（臺北：臺灣商務印書館，1986年3月，景印文淵閣《四庫全書》本），史部二二三，冊465，卷五十六，頁500下。

〔註130〕 曾昭岷等編撰：《全唐五代詞》（北京・中華書局，1999年12月第1版第1刷），下冊，副編卷一，頁1071。詞後附有考辨，綜結多家對於此詞作者之疑義。

〔註131〕 〔宋〕薛居正等著：《舊五代史》（臺北：鼎文書局，1985年12月四版），冊一，卷三十四，頁478。

之樹。則有綺筵公子，繡幌佳人，遞葉葉之花牋，文抽麗
錦；舉纖纖之玉指，拍按香檀；不無清絕之辭，用助嬌饒
之態。自南朝之宮體，扇北里之倡風。何止言之不文，所
謂秀而不實。有唐已降，率土之濱，家家之香逕春風，寧
尋越豔；處處之紅樓夜月，自鎖嫦娥。在明皇朝，則有李
太白應制〈清平樂〉詞四首，近代溫飛卿復有《金荃集》，
邇來作者，無媿前人。今衛尉少卿字弘基，以拾翠洲邊，
自得羽毛之異；織綃泉底，獨殊機杼之功。廣會眾賓，時
延佳論。因集近來詩客曲子詞五百首，分爲十卷。以炯粗
遇知音，辱請命題，仍爲序引。昔郢人有歌〈陽春〉者，
號爲絕唱，乃命之爲《花間集》。庶以〈陽春〉之甲，將使
西園英哲，用資羽蓋之歡；南國嬋娟，休唱蓮舟之引。

這篇序文，把爲淫樂生活而創作與欣賞的目的說得很明白，基本思想
與徐陵〈玉臺新詠序〉並無二致。﹝註132﹞序文以華麗工巧的駢文寫
成，說明《花間集》的編訂原則，在於「應歌」而編，以「鏤玉彫瓊」、
「裁花剪葉」爲歌詞之美者。當時的曲子詞是豪家的歌兒舞女配合音
樂而歌唱的作品，而其功能，只是供給上層社會用以在花間月下，伴
酒助歡而已。序文對於這些題材狹窄、內容庸俗、風格浮豔的作品，
稱爲「清絕之辭」、「羽毛之異」，並且和〈陽春〉、〈白雪〉相比，表
示對這些作品的特別讚賞。這種讚賞，說明了他的藝術趣味，以及對
於浮靡浮薄文風的提倡，同時也反映出在晚唐五代的歷史環境下，豔
體詩詞的流行風氣。﹝註133﹞

　　此外，五代的文人，對於詞自有其價值評斷。如牛希濟在〈文章
論〉道：

　　……今國朝文士之作，有詩、賦、策、論、箴、判、贊、
　　誦、碑、銘、書、序、文、檄、表、記，此十有六者，文

﹝註132﹞ 羅宗強著：《隋唐五代文學思想史》（北京：中華書局，2003 年 10
　　　　 月第 1 版第 1 刷），頁 282～284。
﹝註133﹞ 復旦大學中文系古典文學教研組編：《中國文學批評史》（上海：上
　　　　 海古籍出版社 1979 年 10 月新 1 版第 1 刷），上冊，頁 338。

章之區別也。制作不同，師模各異。然忘於教化之道，以
妖豔爲勝，夫子之文章，不可得而見矣，古人之道，殆以
中絕。……君子以言可教於人，謂之文。垂是非於千載，
歿而不朽者，唯君子之文而已。且時俗所省者，唯詩賦兩
途，即有身不就學，口不知書，而能吟詠之列，是知浮豔
之文，焉能臻於理道。〔註134〕

對「忘於教化之道，以妖豔爲勝」之文批判甚烈，主張爲文當「臻於
理道」。然其詞「須知狂客，判死爲紅顏」〔註135〕、「記得綠羅裙，
處處憐芳草」〔註136〕卻帶有語直情深、情意纏綿之味。而《十國春
秋》卷五十六載顧敻：

前蜀通正時以小臣給事內廷，會禿鶖鳥翔摩訶池上，敻作
詩刺之，禍幾不測……敻善小詞，有〈醉公子〉曲，爲一
時豔稱。〔註137〕

其詞尚被評爲「一時豔稱」。再者，孫光憲《北夢瑣言》卷六記載：

晉相和凝，少年時好爲曲子詞，布於汴、洛。泊入相，專
託人收拾焚毀不暇。然相國厚重有德，終爲豔詞玷之。契
丹入夷門，號爲「曲子相公」。所謂好事不出門，惡事行千
里，士君子得不戒之乎！〔註138〕

可知孫光憲以「終爲豔詞玷之」、「好事不出門，惡事行千里」評論和

〔註134〕收錄於周紹良主編：《全唐文新編》（長春：吉林文史出版社，2000
年12月成都第1刷），冊15，卷八百四十五，頁10617。
〔註135〕詳見〈臨江仙〉（江繞黃陵春廟閑）一詞。曾昭岷等編撰：《全唐五
代詞》（北京：中華書局，1999年12月第1版第1刷），上冊，正
編卷三，頁544。
〔註136〕詳見〈生查子〉（春山煙欲收）一詞。曾昭岷等編撰：《全唐五代詞》
（北京：中華書局，1999年12月第1版第1刷），上冊，正編卷三，
頁545。
〔註137〕〔清〕吳任臣撰：《十國春秋》（臺北：臺灣商務印書館，1986年3
月，景印文淵閣《四庫全書》木），史部二二三，冊465，卷五十六，
頁499下。
〔註138〕見「以歌詞自娛蜀相韋莊晉相和凝附」條。〔五代〕孫光憲撰、貫
二強點校：《北夢瑣言》（北京：中華書局2002年6月第1版第1
刷），卷六，頁135。

凝作詞一事；以「豔詞」名之，正可見其對詞之評價。而孫光憲亦作詞，凡八十四闋，此中六十一闋被收錄在《花間集》中。

除了娛樂爲主的潮流外，著重抒情亦是五代文學思潮的一個主軸。而重抒情的文學思想，在《舊唐書》中已有反映。《舊唐書》作者文學思想的主要特點，是從文學的發展現實出發，強調文學的抒情特徵。〈文苑傳序〉在論唐代作家的成就後說：「並非肆業使然，自是天然秀絕。若隋珠色澤，無假淬磨；孔璣翠羽，自成華彩，置之文苑，實煥緗圖。」作者的這種文學思想，反映出五代文學思潮繼晚唐的發展之後，已經無可挽回地走向緣情說了。緣情說在創作實踐上取得成就的，是南唐的作家們。〔註 139〕晚唐五代「情愛意識」的勃興及其在詞體文學中的「泛濫」，一方面固然表現了晚唐五代社會政治衰落腐敗和城市經濟畸形繁榮，所帶來的社會文化心理趨「豔」嗜「情」的庸俗情調，但是另一方面，它又是長期遭受封建禮教桎梏的人類，與生俱來的情愛天性的一次大解放與大宣洩。〔註 140〕如李後主的「問君能有幾多愁，恰似一江春水向東流」〔註 141〕、「流水落花春去也，天上人間」〔註 142〕、「往事只堪哀，對景難排」〔註 143〕都是直抒胸臆，將人世變化的感慨包藏在短短數語中。此外，〔唐〕徐鉉的〈蕭庶子詩序〉：「人之所以靈者，情也。情之所以通者，言也。其或情之

〔註 139〕 羅宗強著：《隋唐五代文學思想史》（北京：中華書局，2003 年 10 月第 1 版第 1 刷），頁 284～285。

〔註 140〕 劉尊明著：《唐五代詞的文化觀照》（臺北：文津出版社，1994 年 12 月初版一刷），頁 21。

〔註 141〕 詳見〈虞美人〉（春花秋月何時了）一詞。曾昭岷等編撰：《全唐五代詞》（北京：中華書局，1999 年 12 月第 1 版第 1 刷），上冊，正編卷三，頁 741。

〔註 142〕 詳見〈浪淘沙〉（簾外雨潺潺）一詞。曾昭岷等編撰：《全唐五代詞》（北京：中華書局，1999 年 12 月第 1 版第 1 刷），上冊，正編卷三，頁 765。

〔註 143〕 詳見〈浪淘沙〉（往事只堪哀）一詞。曾昭岷等編撰：《全唐五代詞》（北京：中華書局，1999 年 12 月第 1 版第 1 刷），上冊，正編卷三，頁 758。

深，思之遠，鬱積乎中，不可以言盡者，則發爲詩。詩之貴於時久矣。」
〔註144〕眞摯的情感需要一個管道來抒發，不管是作詩、塡詞，重抒
情而追求自然即是五代文學的思想風潮。

五、王朝更迭，詞人興感

　　由於地理位置得天獨厚，蜀地經濟繁榮、政局穩定，然而就整個
大環境、局勢觀之，仍是屬於動盪不安的時期。西蜀包含兩個時期：
前蜀與後蜀。前蜀乃先祖王建於後梁開平元年（西元 907 年）所建，
終於後祖王衍咸康元年（西元 925 年），歷時十九年；後蜀乃先祖孟
知祥於後唐閔帝應順元年（西元 934 年）所建，終於後祖孟昶廣政二
十八年（西元 965 年），歷時三十二年，國祚均相當短暫。

　　前、後蜀君主多缺乏遠大的政治抱負，不思進取，沉湎於安逸閒
適的遊樂生活。而在朝爲宦的文人公卿，面對政局的更迭，亦各表其
態，或有不困一地，展現己長者，如牛希濟。據《十國春秋》記載：
「國亡入洛，唐明宗宣宰相王鍇、張格、庾傳素及希濟各賜一韻，試
〈蜀主降唐詩〉五十六字，鍇等皆諷後主僭號，荒淫失國，獨希濟得
川字，詩意但述數盡，不謗君親。明宗得詩嘆曰：『如希濟才思敏妙，
不傷兩國，迴存忠孝者，罕矣。』即拜雍州節度副使。其詩云：滿朝
文物欲朝天，不覺鄰師犯寒煙。唐主再懸新日月，蜀主還卻舊山川。
非干將相扶持拙，自是吾君數盡年。古往今來亦如此，幾曾歡笑幾潸
然。」〔註145〕詩中對於舊蜀主不作批判，對於新唐主亦不阿諛奉承，
頗得唐主讚賞。然而相對於傳統儒家思想中，忠君愛國的倫常觀念，
牛希濟所爲，正違背傳統儒家的道德倫理觀，尤其是儒家倫常關係
中，核心君臣關係的崩潰。其再仕新朝在五代，不僅不受輿論責難，

〔註144〕　收錄於周紹良主編：《全唐文新編》（長春：吉林文史出版社，2000
　　　　　年 12 月成都第 1 刷），冊 16，卷八百八十一，頁 11068。
〔註145〕　〔清〕吳任臣撰：《十國春秋》（臺北：臺灣商務印書館，1986 年 3
　　　　　月，景印文淵閣《四庫全書》本），史部二二三，冊 465，卷四十四，
　　　　　頁 402 下～403 上。

而且毫無道德上的負疚心理，簡直成爲一種天經地義的事情，也成了一種大家認可的不成文的道德準則。〔註146〕對於政權的傾軋，或有忠義堅貞，不仕二姓者，如李珣。〔註147〕其在前蜀亡國後，經過三峽，進入巴楚、瀟湘之地，最後到達廣東，在這段歷經數年、數地的遊歷生活中，李珣寄情於山光水色，創作出一系列充滿漂泊、淡然襟懷的「漁隱詞」；也透過所見所聞，將南國風光訴諸於字裡行間，詳實呈現出帶有地域色彩的「風土詞」。

此外，西蜀詞人親身經歷了唐王朝的宦官專權、朝官黨爭、藩鎮裂土、外族入侵等多重打擊下，走向衰敗以致滅亡、五代十國小朝廷「亂烘烘你方唱罷我登場」的痛苦過程，政治腐敗、王朝更替、戰火連綿，已成爲日常生活中揮之不去的一部分，個體生命的價值和意義也隨之失去了應有的光輝。歷史上的動盪和篡亂每每在「詩人之眼則通古今而觀之」的智慧觀照下，被順理成章的置換爲現實社會的殊相，成爲撫感時事、寄託遙深的載體。〔註148〕因之詞人抒發所思所感，或述「感傷亡國」之哀嘆；或述「去國懷鄉」之淒苦；或述「詠史懷古」之幽情。

在此般戰事頻仍的局勢中，西蜀偏安四川，詞人少有投身沙場、馬革裹屍的經歷，然邊廷戰事或多或少仍爲詞人所關切，成爲其創作的題材，而創作的靈感是多元且充沛的，由於：（一）晚唐時期邊患不斷，吐蕃曾頻年飲馬長安，雲南蠻軍曾數度血洗西蜀，奚人長期在東北作亂，五代時契丹與奚人一道入侵華北，晚唐五代各個政權都未能有效地解除邊患、收復失地。而前後蜀西部盤據著吐蕃、烏蠻，南面又與雲南隔大渡河相望，承受相當大的軍事壓力；（二）詞人試圖以文學創作和娛樂方式回味與表現自己的軍事閱歷；（三）古代邊塞文學傳

〔註146〕楊學娟撰：《波斯裔花間詞人李珣研究》（寧夏大學碩士論文，2003年4月），頁10。
〔註147〕李珣「不仕二姓」之因，參見本章第46條註釋，此不贅述。
〔註148〕閔定慶撰：〈論花間詞人的詠史懷古詞〉《中國韻文學刊》，2000年第1期，頁54。

統悠久，積澱深厚，對詞人有著很大的影響；（四）外來文化（如西域文明等）已內化爲晚唐五代人們日常生活的一部分，異域物產、風情深受人們的喜愛，如薛昭蘊〈相見歡〉詞：「細草平沙蕃馬，小屏風。」這說明當時已有以胡馬裝飾屏風素壁的習俗，這一切很能激發詞人的靈感；（五）作爲新興文體，詞尚未走完「緣題所賦」的歷史階段，中唐文人詞、敦煌曲子詞等早期詞作中的邊塞詞，以及若干有關邊情的詞牌很大程度上支配著創作走向，顯然，西蜀詞人是依靠間接經驗和想像來溝通、彌合創作主體與客體之間客觀存在的隔膜感的。

　　雖然缺乏邊塞體驗的詞人只能通過間接經驗，加以想像後進行創作，然而創作時，已鑽進自己想像力所營造的虛幻世界中，並從中獲得無意識願望的假想滿足，釋放了人格焦急，刺激了人世情懷的眞情流露。他們內心深處建功立業的渴望和對於邊廷的關注，具有很強烈的現實性和普遍性，代表了許多士人的心聲，因此在一定程度上能夠博得心靈的共鳴，解消生活閱歷的不足和缺憾。〔註149〕此類作品在西蜀詞人群體的總創作數量來看，相當稀少，內容亦缺乏盛唐邊塞詩的遒勁之氣，然而詞中所呈現的邊塞荒寒與征人之苦，仍有其可觀之處。

〔註149〕 閔定慶撰：〈論《花間集》裡的邊塞詞〉，《深圳信息職業技術學院學報》，2000 年第 1 期，頁 44～45。

第三章　西蜀詞人群體創作主題（上）
——男女情愛

　　本章將西蜀詞作分爲「閨情詞」、「思念詞」、「歡會詞」、「別離詞」、「美人詞」、「遊仙詞」、「女冠詞」等七個主題探析。〔註1〕「閨情詞」分爲「惜春傷春」、「秋思秋愁」、「閨愁閨怨」、「宮怨」等四個類別，多寫閨中女子抒發幽怨心情之事。「思念詞」又分「女子思念」、「男子思念」、「男女相思」等三個類別，敘述思念之情。「歡會詞」分爲「男子之愛慕」、「女子之心儀」、「男女歡會」等三個類別，探析男女間心儀、戀慕的心情與幽會、歡合的情況。「別離詞」分爲「女子傷別」、「男子傷別」、「友人送別」等三個類別，描繪人們面臨分別時，所流露的眞摯情感。「美人詞」分爲「紅粉佳人」與「歌舞藝妓」兩個類別，呈現女子的姿容與情態。「遊仙詞」分爲「仙女與劉阮」、「巫山神女」、「謝眞人」、「蕭史與弄玉」、「湘妃」、「洛神」、「漢皋神女」、「羅浮仙子」、「牛郎織女」、「月宮諸神」、「仙人生活」等十一個類別，詠仙人的愛恨嗔癡與日常生活。「女冠詞」分爲「清麗高潔」與「任性眞率」兩類，透過女冠日常生活的描繪與心曲訴說，凸顯女冠形象。

〔註1〕　本章及第四章將西蜀詞作一一分類探析，詳見附錄一。凡文中所引詞作，均於詞後標明頁次，不再逐一另註作品版權、頁次。

第一節　閨情詞

　　此主題多寫女子因空閨寂寞、感情不順遂，以及與情人朝夕共處，或觸景有感而抒發心中幽怨恨悔之情，可分為「惜春傷春」、「秋思秋愁」、「閨愁閨怨」、「宮怨」四個類別探析。

一、惜春傷春

　　春天富有生機蓬勃、希望無限之象徵，明媚春景使人滿懷期待，而虛擲春光，則讓人更添愁腸。此類別多寫女子因感歎春光消逝，繼而聯想自己年華老去而生傷春情意；或因春景之美，反襯自己形單影隻而起惜春情思。如韋莊〈清平樂〉其五：

　　　　窗春暮。滿地梨花雨。君不歸來情又去。紅淚散沾金縷。
　　　　　夢魂飛斷煙波。傷心不奈春何。空把金鍼獨坐，鴛鴦
　　愁繡雙窠。（頁173）

此詞寫暮春時節，女子苦等情人之愁。「瑣窗」二句點明時序已至暮春，然情人仍不思歸，只能傷感哀泣，淚濕金線。下片「夢魂」二句寫思念之深，雖傷心至極也無力改變苦苦等待的事實；春光已逝正如芳華不再，充滿莫可奈何的意味。「空把」二句，寫女子悵然若失，只能把情感寄託在針黹上，繡著成雙鴛鴦，聊自安慰。又如毛文錫〈喜遷鶯〉：

　　　　芳春景，曖晴煙。喬木見鶯遷。傳枝隈葉語關關。飛過綺
　　叢間。　　錦翼鮮，金毳軟。百囀千嬌相喚。碧紗窗曉怕
　　聞聲，驚破鴛鴦暖。（頁530）

此詞寫女子睹物生情，雖著筆於黃鶯，實抒內心羨慕、幽怨之情。上片寫晴日煙暖的芳春時節裡，黃鶯的種種活動，從喬遷、跳躍、和鳴到飛舞，處處可見其活潑靈巧的形象。下片「錦翼」三句，承上片寫來，將黃鶯毛色鮮豔、輕軟，千嬌百囀的模樣，描繪得栩栩如生。「碧紗」二句，回歸女子內心感受，只能寄情於夢中，惟恐鶯啼驚破美夢，「怕」字一出，將窗外的美好景象與閨中的孤獨處境對比，更顯哀愁。另如顧敻〈河傳〉其一：

　　　　燕颺，晴景。小窗屏暖，鴛鴦交頸。菱花掩卻翠鬟欹，慵

整。海棠簾外影。　　繡幃香斷金鸂鶒。無消息。心事空
相憶。倚東風。春正濃。愁紅。淚痕衣上重。（頁552）

此詞寫閨中春怨。「燕颺」四句，由外而內，描繪明媚春景，輕飛之
燕子與屏上交頸鴛鴦，反襯出女子空閨寂寞。「菱花」三句，寫女子
慵懶無心的樣子，與簾外盛開海棠成強烈對比。「繡幃」三句，寫情
人全無訊息，空餘相思。「倚東風」三句，寫女子寄情於風中，卻因
紅花嬌豔，或怨或憐，而起愁緒。末句「重」字，表淚滿香腮、濕透
羅衣，乃傷心之至也。此詞句短意繁，步步寫來，曲折盡情，給人以
跌宕騰挪、調急弦促的藝術感受。〔註2〕再如毛熙震〈何滿子〉其一：

寂寞芳菲暗度，歲華如箭堪驚。緬想舊歡多少事，轉添春
思難平。曲檻絲垂金柳，小窗絃斷銀箏。　　深院空聞燕
語，滿園閑落花輕。一片相思休不得，忍教長日愁生。誰
見夕陽孤夢，覺來無限傷情。（頁589）

此詞寫女子歎惋春光飛逝而生無限感傷之情。「寂寞」二句，寫虛擲
光陰的感嘆，又對年華如箭，速離而去感到心驚。「緬想」二句，寫
緬思無窮、舊歡難尋、憑添春思。「曲檻」四句，以景寄情，時序已
從「垂金柳」轉換到「閑落花」，在「弦斷」、「空聞」、「閑落」等狀
態、動作間，慵懶倦乏之情盡現。「一片」四句，愁思滿懷、傷情無
限。他如歐陽炯〈清平樂〉：

春來階砌。春雨如絲細。春地滿飄紅杏蒂。春燕舞隨風勢。
　　春幡細縷春繒。春閨一點春燈。自是春心繚亂，非干
春夢無憑。（頁465）

上片寫深閨庭院裡細雨如絲，花蒂飄落，燕子飛舞的春色。下片寫女
子在夜裡孤燈下，小心翼翼的在絲帛上織縷著各式花色圖案，做成美
麗的春幡。「春心」句，一語雙關，既言目睹春景所生之感傷，復言
戀慕、思念的心情。末句雖言無關，實為韶光易逝、不得與情人相聚
的感嘆。全詞人物情思多以寫景敘事出之，委婉曲折；而其每句都嵌

〔註2〕孔范今主編：《全唐五代詞釋注》（西安：陝西人民出版社，1998年
　　10月第1版第1刷），中冊，頁1044。

用「春」字，卻無重複、彆扭之感，反而頗富變化，且增加了語言回復往返之美，體現作者高超的文字技巧。〔註3〕

二、秋思秋愁

秋天的蕭瑟氣息，常使人觸景生情，而生淒涼冷寂之感，如牛希濟〈謁金門〉：

> 秋已暮。重疊關山歧路。嘶馬搖鞭何處去。曉禽霜滿樹。
> 　夢斷禁城鐘鼓。淚滴枕檀無數。一點凝紅和薄霧。翠娥愁不語。（頁546）

此詞以夢境為分界，上片寫夢中之事，下片寫夢醒之感。「秋已暮」二句，寫暮秋時節，行人遠行。「嘶馬」二句，描寫行人在金雞報曉、滿樹濃霜的路程中，茫然徬徨不知去向。下片「夢斷」二句，因禁城鐘鼓大響而夢醒，想起行人勞頓辛苦而淚濕枕畔。末二句以室內紅燭搖曳、煙霧繚繞、昏暗迷濛之景，觸發女子愁思而低默不語。又如李珣〈酒泉子〉其三：

> 秋雨聯綿，聲散敗荷叢裏，那堪深夜枕前聽。酒初醒。　牽愁惹思更無停。燭暗香凝天欲曉，細和煙，冷和雨，透簾旌。（頁603）

此詞寫秋雨連綿，挑起女子愁緒，自夜至晝，不得排遣。上片寫夜深酒醒後所聞，秋雨瀟瀟，雨滴敲打荷葉，宛若敲在女子心頭，在夜深人靜時更覺難忍。「那堪」二字，雖未言苦，然愁苦自現。下片寫酒醒後愁思之狀，緊承上片而來。「牽愁」句，將愁思與秋雨交織聯想，只因雨不停、愁不盡。「燭暗」四句，描寫女子一夜無眠，破曉之際，面對著室內燭光將滅、香煙凝絕，及室外細煙冷雨的感受。將女子淒寂心情，描繪得淋漓盡致。又如顧敻〈浣溪沙〉其五：

> 庭菊飄黃玉露濃。冷莎偎砌隱鳴蛩。何期良夜得相逢。
> 　背帳風搖紅蠟滴，惹香暖夢繡衾重。覺來枕上怯晨

〔註3〕孔范今主編：《全唐五代詞釋注》（西安：陝西人民出版社，1998年10月第1版第1刷），中冊，頁1167。

　　　　鐘。（頁 558）

此詞寫秋夜閨思，首二句寫景，點出閨思的時間與環境。「何期」句
將女子渴盼良人歸來之情表露無遺。「良夜」二字，呼應首二句，亦
烘托出女子獨守空閨、望君歸來的心情。下片寫夢境，燭光映帳、繡
被香暖、好夢方酣，無奈晨鐘一響，回歸現實，夢醒成空。「怯」字
一出，充分表達女子膽顫心驚、猶自可惜的心情。李冰若《栩莊漫記》
評云：「寫夢境極婉轉。」〔註4〕將女子留連夢境的不捨心情，刻劃得
十分入微。又如顧敻〈楊柳枝〉：

　　　　秋夜香閨思寂寥。漏迢迢。鴛幃羅幌麝煙銷。燭光搖。　　　正
　　　　憶玉郎遊蕩去。無尋處。更聞簾外雨蕭蕭。滴芭蕉。（頁 562）

此詞亦寫秋夜閨思。上片「秋夜」、「更漏」、「麝煙」、「燭光」等構成
一幅清寂的畫面，女子身居其中，自然興起寂寞空虛的感覺。下片「正
憶」二句，表達女子情思，亦是夜深未眠的原因。「更聞」二句，寫
女子本已愁思未解、心煩意亂，又聞雨滴芭蕉聲，更添懊惱。景中含
情，言有盡而意無窮。又如閻選〈河傳〉：

　　　　秋雨。秋雨。無晝無夜，滴滴霏霏。暗燈涼簟怨分離。妖
　　　　姬。不勝悲。　　　西風稍急喧窗竹。停又續。膩臉懸雙玉。
　　　　幾回邀約雁來時。違期。雁歸人不歸。（頁 574）

此詞寫秋雨閨怨，首句即點明擾人心魂之物，將「秋雨」重複述說，
強調其擾亂人心，晝夜不止。湯顯祖評云：「三句皆重疊字，大奇大
奇。」〔註5〕「暗燈」三句，以「妖姬」狀女子之美，言其獨處在燭
光幽暗、簟蓆轉涼的空閨裡，不免心生怨懟、難忍悲情。下片「西風」
二句續寫秋夜環境，室外西風颯颯作響，搖窗震竹，斷續不歇的聲響，
增強悲涼的音調，彷若將淒楚吹進女子心底，使其柔腸寸斷，淚流滿
面。「幾回」三句，女子表白怨由，乃因男子「違期」、「不歸」，語氣

〔註4〕　見李冰若：《花間集評注》，收錄於楊家駱主編，《宋紹興本花間集附
　　　　校注》（臺北：鼎文書局，1974 年 10 月初版），卷七，頁 164。
〔註5〕　轉引自李冰若：《花間集評注》，收錄於楊家駱主編：《宋紹興本花間
　　　　集附校注》（臺北：鼎文書局，1974 年 10 月初版），卷九，頁 213。

紓緩而情感真切。

三、閨愁閨怨

　　此類別多描繪女子空閨幽怨的心情，或愁而無怨，或怨而自傷。如韋莊〈天仙子〉其四：

> 夢覺雲屏依舊空。杜鵑聲咽隔簾櫳。玉郎薄幸去無蹤。一
> 日日，恨重重。淚界蓮腮兩線紅。（頁165）

此詞寫女子對負心人的怨恨之情。「夢覺」句寫女子在夢中與情人相聚，夢醒後床冷屋空，「依舊」二字更將不得聚首的苦澀之情帶出。「杜鵑」句，藉由杜鵑啼聲淒切，與女子心緒相呼應，彷彿將女子心中苦悶一傾而出。「玉郎」三句，直言郎心似鐵、杳無信息，因此怨恨日深。末句極言女子內心悲苦，其造語誇張，遣辭精細，直寫怨恨，與日俱增，淚流滿面。〔註6〕將女子之哀怨愁苦，透過「兩線紅」三字，描繪得維妙維肖。又如顧敻〈酒泉子〉其五：

> 掩卻菱花，收拾翠鈿休上面。金蟲玉燕。鎖香奩。恨猒猒。
> 　　雲鬢半墜懶重篸。淚侵山枕濕，銀燈背帳夢方酣。雁
> 飛南。（頁561）

此首為閨怨詞。「菱花」、「翠鈿」、「金蟲」〔註7〕、「玉燕」〔註8〕、「香奩」等皆為婦人飾品妝奩，然女子透過「掩卻」、「收拾」、「休」、「鎖」等種種舉動，表達其情緒低落，無心打扮的慵懶情狀。下片寫淚流枕

〔註6〕沈祥源、傅生文注：《花間集新注》（南昌：江西人民出版社，1997年2月第二版），頁118。

〔註7〕《益部方物略記·金蟲》：「蟲質甚微，翠體金光，取而橋之，參飾釵梁。」後成為釵名。〔宋〕宋祁撰：《益部方物略記》（臺北：臺灣商務印書館，1986年3月，景印文淵閣《四庫全書》本），史部三四七，冊589，頁106下。

〔註8〕〔漢〕郭憲《洞冥記》載：「元鼎元年，起招仙閣，……神女留玉釵以贈帝。帝以賜趙婕妤。至昭帝元鳳中，宮人猶見此釵，黃諒欲之，明日示之，既發匣，有白燕飛昇天。後宮人學作此釵，因名玉燕釵，言吉祥也。」〔漢〕郭憲撰：《洞冥記》（臺北：臺灣商務印書館，1986年3月，景印文淵閣《四庫全書》本），子部三四八，冊1042，卷二，頁303上。

頭、雁聲驚夢的情景，委婉含蓄地傳達出女子的愁苦心情。又如顧夐
〈訴衷情〉其二：

> 永夜拋人何處去，絕來音。香閣掩。眉斂。月將沉。爭忍
> 不相尋。怨孤衾。換我心、爲你心。始知相憶深。（頁564）

此詞寫女子閨愁，然愁而無怨，一片癡情。「永夜」二句寫女子怨懟
之因。「香隔」三句描寫女子漫長等待的動作、情態，以及不見情人
蹤影之苦。「爭忍」二句因「永夜」二句而生，尋而不得，失望至極，
心生怨恨之意。「換我心」三句，頗有將心比心之味，然情眞意摯，
愛戀心思，躍然紙上。劉永濟《唐五代兩宋詞簡析》評云：「『換我心』
三句，乃人人意中語，卻能說出，所以可貴。」〔註9〕又如毛熙震〈何
滿子〉其二：

> 無語殘妝澹薄，含羞嚲袂輕盈。幾度香閨眠過曉，綺窗疏
> 日微明。雲母帳中偷惜，水精枕上初驚。　　笑靨嫩疑花
> 拆，愁眉翠斂山橫。相望只教添悵恨，整鬟時見纖瓊。獨
> 倚朱扉閑立，誰知別有深情。（頁590）

此詞寫女子閨愁。上片「無語」四句，寫女子神態、動作。「雲母」
二句，言「偷惜」，言「初驚」，皆表與情人難得歡聚，頃刻便要分離
的愁苦反應。下片「笑靨」四句，勾勒女子形象，雖柔美動人，惆悵
憾恨卻上眉頭。「獨倚」二句，將女子凝思閑立、眷戀深情一筆寫出，
神情並茂，美怨相生。湯顯祖評云：「豔麗亦復溫文，更不易得。」
〔註10〕

四、宮　怨

這個類別以描寫「宮人」爲主，或指嬪妃佳麗；或指宮娥婢妾。
身處皇宮大苑中，雖然錦衣玉食、榮華富貴，卻只能等待君王眷寵，青

〔註9〕劉永濟著：《唐五代兩宋詞簡析》（北京：中華書局，2007年10月第
　　　1版第1刷），頁19。

〔註10〕轉引自史雙元編著：《唐五代詞紀事會評》（合肥：黃山書社，1995
　　　年12月第1版第1刷），頁893。

春年華全葬送在深宮裡，常苦於深閨寂寞。如薛昭蘊〈小重山〉二闋：

> 春到長門春草青。玉階華露滴，月朧明。東風吹斷紫簫聲。
> 宮漏促，簾外曉啼鶯。　　愁極夢難成。紅妝流宿淚，不勝
> 情。手接裙帶繞階行。思君切，羅幌暗塵生。（其一，頁498）

> 秋到長門秋草黃。畫梁雙燕去，出宮牆。玉簫無復理霓裳。
> 金蟬墜，鸞鏡掩休妝。　　憶昔在昭陽。舞衣紅綬帶，繡鴛
> 鴦。至今猶惹御爐香。魂夢斷，愁聽漏更長。（其二，頁499）

薛昭蘊連作兩闋〈小重山〉寫宮人之怨。前闋寫春日之怨，上片寫景，
以「長門」〔註11〕青草，玉階露重，月色微明，風中簫聲，漏促鶯啼
襯托出宮人惆悵難眠的心情。通過春草、玉階、華露、月明、風清，
特別是通過易於傳達哀音的簫聲，和急迫似催人的漏聲，暗傳出宮人
那面對春臨大地，而人則依然憔悴的無可奈何的心聲。〔註12〕下片寫
因愁緒而無法成眠與思君之切。「紅妝」三句，極言思念之情，俞陛
雲《唐五代兩宋詞選釋》云：「『裙帶』句舊恨新愁，一時並赴，皆在
繞花徐步之時。」〔註13〕將宮人愁苦、焦灼、徬徨的複雜心境深刻、
靈動的描繪出來，使人同感其悲。末二句思君情切，難忘舊情。

　　後闋寫秋日之怨。上片「秋草黃」之景，一片淒涼，猶如宮人處
境。「畫梁」二句，眼見燕子成雙成對、自在飛舞，不受「宮牆」拘
束，正是宮人豔羨而難得的想望。「玉簫」三句，乃宮人無心吹奏玉
簫、梳妝打理的寫照。下片「憶昔」三句，追憶往日在昭陽宮中恣情
歡樂、備受眷寵的生活。末三句則回歸現實，舊歡如夢，往日成空，

〔註11〕漢宮殿名。陳皇后失寵後所居之處。〔漢〕司馬相如〈長門賦序〉云：
　　　「孝武皇帝陳皇后時得幸，頗妒。別在長門宮，愁悶悲思。聞蜀郡成
　　　都司馬相如天下工爲文，奉黃金百斤爲相如、文君取酒，因于解悲愁
　　　之辭。而相如爲文以悟上，陳皇后復得親幸。」收錄於〔梁〕蕭統編、
　　　〔唐〕李善注：《文選》（臺北：華正書局有限公司，2000年10月），
　　　卷十六，頁227下。長門典故，多表宮人失寵之苦與盼憐之情。
〔註12〕艾治平著：《花間詞藝術》（上海：學林出版社，2001年10月第1版
　　　第1刷），頁311。
〔註13〕俞陛雲著：《唐五代兩宋詞選釋》（上海：上海古籍出版社，1985年
　　　9月）。

因此魂夢已斷，不堪回首，只能在漏聲中度過無盡愁苦的漫漫長夜。
又如歐陽炯〈更漏子〉其二：

> 三十六宮秋夜永，露華點滴高梧。丁丁玉漏咽銅壺。明月
> 上金鋪。　　紅線毯，博山爐。香風暗觸流蘇。羊車一去
> 長青蕪。鏡塵鸞影孤。（頁464）

上片寫在秋天的漫漫長夜中，「宮廷」〔註14〕裡露珠、丁丁滴水聲、
月華所營造出一片冷寂的景象，呼應著宮女淒涼孤寂的感受。下片「紅
線」三句，寫昔時纏綿枕褥、嬌憐受寵的美好生活。「羊車」〔註15〕
二句，寫今日失寵、備受冷落的處境，今昔對比，孤單寂寞的身影更
顯悲涼悽楚。

　　宮怨詞中難得可見帶有掙脫意味，不逆來順受者，如張泌〈滿宮
花〉：

> 花正芳，樓似綺。寂寞上陽宮裏。鈿籠金瑣睡鴛鴦，簾冷
> 露華珠翠。　　嬌豔盈香雪膩。細雨黃鶯雙起。東風惆悵
> 欲清明，公子橋邊沉醉。（頁523）

此詞描寫「上陽宮」〔註16〕宮女感嘆傷愁的心情。上片寫正值花樣年

〔註14〕〔漢〕班固〈西都賦〉云：「離宮別館，三十六所。」收錄於〔梁〕
　　　　蕭統編、〔唐〕李善注：《文選》（臺北：華正書局有限公司，2000年
　　　　10月），卷一，頁24下。後多以「三十六宮」寫宮殿的深邃繁複。
〔註15〕《晉書・胡貴嬪傳》載：「並寵者甚眾，帝莫知所適，常乘羊車，恣
　　　　其所之，至便宴寢。宮人乃取竹葉插戶，以鹽汁灑地，而引帝車。」
　　　　〔唐〕房玄齡等撰：《晉書》（臺北：鼎文書局，1987年1月五版），
　　　　冊二，卷三十一，頁962。
〔註16〕宮名。唐高宗時建。《樂府詩集》卷九六引〈白居易傳〉云：「天寶
　　　　五載已後，楊貴妃專寵，後宮無復進幸。六宮有美色者，輒置別所，
　　　　上陽其一也。貞元中尚存焉。」白居易作〈上陽白髮人〉詩詠此事，
　　　　詩云：「上陽人，紅顏暗老白髮新。綠衣監使守宮門，一閉上陽多少
　　　　春。玄宗末歲初選入，入時十六今六十。同時采擇百餘人，零落年
　　　　深殘此身。憶昔吞悲別親族，扶入車中不教哭。皆云入內便承恩，
　　　　臉似芙蓉胸似玉。未容君王得見面，已被楊妃遙側目。妒令潛配上
　　　　陽宮，一生遂向空房宿。宿空房，秋夜長，夜長無寐天不明。耿耿
　　　　殘燈背壁影，蕭蕭暗雨打窗聲。春日遲，日遲獨坐天難暮。宮鶯百
　　　　囀愁厭聞，梁燕雙棲老休妒。鶯歸燕去長悄然，春往秋來不記年。

華的宮女，只能虛擲歲月在華麗的上陽宮中，望著金帛籠中的鴛鴦，猶如己身處境，希冀自由飛翔卻不可得。下片寫宮女在細雨輕斜、黃鶯飛舞景象中的感慨。與其深宮寂寞，不如與風流俏公子同遊，郊外踏青，沉醉橋邊，無限愜意。詞中透露出孤寂哀愁與渴盼自由的心聲。雖僅是掙脫苦悶的癡想，卻隱隱透露出「上陽人」極少有的叛逆味道，十分可貴。〔註17〕

第二節　思念詞

　　本節分為「女子思念」、「男子思念」、「男女相思」等三個類別探析，其中女子思念一類，又分為「閨婦思夫」與「征婦思夫」兩項。

一、女子思念

（一）閨婦思夫

閨中女子與丈夫或情人分離後，因男子久無音訊，所興起的相思

唯向深宮望明月，東西四五百迴圓。今日宮中年最老，大家遙賜尚書號。小頭鞋履窄衣裳，青黛點眉眉細長。外人不見見應笑，天寶末年時世妝。上陽人，苦最多，少亦苦，老亦苦。少苦老苦兩如何？君不見昔時呂向美人賦，又不見今日上陽白髮歌。」〔宋〕郭茂倩編撰：《樂府詩集》（臺北：里仁書局，1999年一月初版二刷），第二冊，頁1349。元稹亦作有〈上陽白髮人〉詩：「天寶年中花鳥使，撩花狎鳥含春思。滿懷墨詔求嬪御，走上高樓半酣醉。醉酣直入卿士家，閨闈不得偷迴避。良人顧妾心死別，小女呼爺血垂淚。十中有一得更衣，永配深宮作宮婢。御馬南奔胡馬蹙，宮女三千合宮棄。宮門一閉不復開，上陽花草青苔地。月夜聞聞洛水聲，秋池暗度風荷氣。日日長看提眾門，終身不見門前事。近年又送數人來，自言興慶南宮至。我悲此曲將徹骨，更想深冤復酸鼻。此輩賤嬪何足言，帝子天孫古稱貴。諸王在閣四十年，七宅六宮門戶闊。隋煬枝條襲封邑，肅宗血胤無官位。王無妃媵主無壻，陽亢陰淫結災累。何如決壅順眾流。女遣從夫男作吏。」收錄於清聖祖御製：《全唐詩》（臺北：明倫出版社，1971年5月初版），冊六，卷四一九，頁4615。

〔註17〕艾治平著：《花間詞藝術》（上海：學林出版社，2001年10月第1版第1刷），頁313。

之情。由於思念之苦，將女子的反應分爲「珠淚暗垂」、「惆悵怨懟」、「魂夢相尋」、「傾訴衷情」四個類別論述。

1、珠淚暗垂

相思無盡，愁苦之情難以訴說，只能藉由流淚來舒緩情緒，如韋莊〈應天長〉其二：

> 別來半歲音書絕。一寸離腸千萬結。難相見，易相別。又
> 是玉樓花似雪。　　暗相思，無處説。惆悵夜來煙月。想
> 得此時情切。淚沾紅袖黦。（頁157）

「別來」二句，極言相思鬱結之苦。「一寸」對「千萬」，非指實際數目，而是以誇張筆法抒情，一寸言其小，千萬狀其多；千萬結的寸寸離腸，強調出思念之切。「難相見」句，表別時容易見時難；「又是」句，表分別後時序風景已變化，觸景傷情，更添思愁。下片「暗相思」二句，既言相思情意深埋心底，無處訴說；復有說不盡相思之意。「惆悵」三句寫當下時刻，只能傾吐愁緒、淚濕粉臉。末句最是生動形象，一「黦」（「弄髒」之意）字，如畫龍點睛，令全詞生輝，足見詞人煉字工夫之深。〔註18〕又如：

> 雙飛雙舞。春畫後園鶯語。卷羅幨。錦字書封了，銀河雁
> 過遲。　　鴛鴦排寶帳，荳蔻繡連枝。不語勻珠淚，落花
> 時。（牛嶠〈女冠子〉其四，頁506）
>
> 春入橫塘搖淺浪。花落小園空惆悵。此情誰信爲狂夫，恨
> 翠愁紅流枕上。　　小玉窗前嗔燕語。紅淚滴穿金線縷。
> 雁歸不見報郎歸，織成錦字封過與。（牛嶠〈玉樓春〉，頁513）

以上兩首皆以「錦字書」〔註19〕、「雁傳書」〔註20〕典故寄寓相思之

〔註18〕孔范今主編：《全唐五代詞釋注》（西安：陝西人民出版社，1998年10月第1版第1刷），中冊，頁865。

〔註19〕《晉書·蘇蕙傳》載：「竇滔妻蘇氏，始平人也，名蕙，字若蘭。善屬文。滔，符堅時爲秦州刺史，被徙流沙，蘇氏思之，織錦爲迴文旋圖詩以贈滔。宛轉循環以讀之，詞甚悽惋，凡八百四十字。」〔唐〕房玄齡等撰：《晉書》（臺北：鼎文書局，1987年1月五版），冊四，卷九十六，頁2523。又據武則天〈織錦迴文記〉云：「前秦符堅時，……

情，前闋以「銀河雁過遲」表傳達相思情意受阻；後闋以「雁歸不見報郎歸」表全無音訊、不得所願，因此再寫信傳情。詞中「雙飛雙舞」、「鶯語」「鴛鴦」、「荳蔻」、「連理枝」、「燕語」等語皆是美好感情的象徵，見聞使人惆悵嗔怨，感懷自傷，痛苦至極而「不語勻珠淚」、「紅淚滴穿金線縷」。湯顯祖評〈玉樓春〉云：「雋調中時下雋句，雋句中時下雋字，讀之甘芳浹齒。」〔註21〕一片癡心，情意真摯，令人爲之動容。又如牛嶠〈感恩多〉其二：

> 自從南浦別。愁見丁香結。近來情轉深。憶鴛衾。　　幾
> 度將書託煙雁，淚盈襟。淚盈襟。禮月求天、願君知我心。
>
> （頁 507）

此詞寫別後相思。看見丁香花蕾，感到愁思鬱結、難以排遣。想念之深，更憶昔日兩情纏綿。「幾度」句可見情感豐沛，即使沒有消息回應，仍死心蹋地、繼續傳遞書信。疊寫「淚盈襟」句，以淚水之多，表達強烈情意。末句拜月求天，仍一心爲君祈願，更希望能將刻骨銘心的思念傳達給遠方的良人知曉。李冰若《栩莊漫記》評云：「情韻諧婉，純以白描見長。」〔註22〕語言明白曉暢，情意濃厚深刻。又如

寶滔留鎮襄陽，……攜寵姬趙陽臺之任，斷妻蘇蕙音問。蕙因織錦迴文，五綵相宣，瑩心耀目，其錦縱橫八寸，題詩二百餘首，計八百餘言。縱橫反覆，皆成章句，其文點畫無缺，才情之妙，超今邁古，名曰〈璇璣圖〉。……滔省覽錦字，感其妙絕，因送陽臺之關中，而具車徒盛禮，邀迎蘇氏。」收錄於周紹良主編：《全唐文新編》（長春：吉林文史出版社，2000 年 12 月成都第 1 刷），冊 2，卷九十七，頁 1138。後以「錦字」泛指妻子寄給丈夫的書信。

〔註20〕《漢書·蘇武傳》載：「昭帝即位，數年，匈奴與漢和親。漢求武等，匈奴詭言武死。後漢使復至匈奴，常惠請其守者與俱，得夜見漢使，具自陳道。教使者謂單于，言天子射上林中，得雁，足有係帛書，言武等在某澤中。使者大喜，如惠語以讓單于。單于視左右而驚，謝漢使曰：『武等實在。』」……單于召會武官屬，前以降及物故，凡隨武還者九人。」〔漢〕班固撰：《漢書》（臺北：鼎文書局，1986 年 10 月六版），冊三，卷五十四，頁 2466。據此，後有「雁傳書」之典故。

〔註21〕轉引自李冰若：《花間集評注》，收錄於楊家駱主編：《宋紹興本花間集附校注》（臺北：鼎文書局，1974 年 10 月初版），卷四，頁 101。

〔註22〕見李冰若：《花間集評注》，收錄於楊家駱主編：《宋紹興本花間集附

鹿虔扆〈虞美人〉其一：

> 卷荷香澹浮煙渚。綠嫩擎新雨。鎖窗疏透曉風清。象床珍
> 簟冷光輕。水紋平。　　九疑黛色屏斜掩。枕上眉心斂。
> 不堪相望病將成。鈿昏檀粉淚縱橫。不勝情。（頁571）

此詞上片寫景，下片抒情。雖寫室外雨後的荷塘美景與室內華麗的雅
致陳設，然風清簟冷，隱隱透出女子愁苦悵然的淒涼心境。「九疑」
三句，睹物思人，難抑相思苦痛而眉頭皺蹙，心力交瘁，漸成病疴。
「鈿昏」二句，寫女子粉淚縱橫，極力宣洩離愁相思之苦。又如歐陽
炯〈賀明朝〉其二：

> 憶昔花間相見後。只憑纖手。暗拋紅豆。人前不解，巧傳心
> 事，別來依舊。辜負春晝。　　碧羅衣上蹙金繡。睹對對鴛
> 鴦，空裏淚痕透。想韶顏非久。終是為伊，只恁偷瘦。（頁455）

此首寫女子與男子花間定情後，別後相思的情形。上片「憶昔」五句
寫女子芳心暗許、含羞傳情的往事。「別來」二句，寫兩人分別後，
生活平淡如常，辜負美好春光的感嘆。下片「碧羅」三句，寫女子睹
物思人，看著羅衣上恩愛纏綿的鴛鴦圖案，不禁想起意中人而淚濕衣
襟。末三句極寫思念之情，即使憔悴消瘦、飽嚐思念之苦，仍不後悔，
心堅意定，無比深情。

2、惆悵怨懟

相思之苦難以排遣，不免心生惆悵，而出怨懟之語，如牛嶠〈更
漏子〉其二：

> 春夜闌，更漏促。金爐暗挑殘燭。驚夢斷，錦屏深。兩鄉
> 明月心。　　閨草碧，望歸客。還是不知消息。辜負我，
> 悔憐君。告天天不聞。（頁508）

詞的上片寫夜闌、漏促、燈燼、燭殘之時，女子夢中驚醒，不得成眠，
而後對月感嘆，思念遠方情人。下片「閨草」三句，觸景懷人，由滿心
冀盼到落寞失意；末三句更因思念之深而發怨懟之語。憐君而忍受相思

校注》（臺北：鼎文書局，1974年10月初版），卷四，頁94。

之苦，怎奈滿腔摯情卻無人憐惜，即使向老天傾訴，亦無動於衷、難得回應。湯顯祖評云：「世間缺憾事不少，天也管不得許多。」〔註23〕郎不歸、天不聞，也只能惆悵自憐。又如張泌〈思越人〉：

> 燕雙飛，鶯百囀，越波堤下長橋。闘鈿花筐金匣恰，舞衣羅薄纖腰。　　東風澹蕩慵無力。黛眉愁聚春碧。滿地落花無消息。月明腸斷空憶。（頁 523）

上片寫郊野賞春，點明時間、地點以及女子服飾妝容之美。燕舞鶯啼的春景，雖襯托出女子之妍麗，卻也映照出其孤獨的寂寞身影。下片寫月下相思，將女子在舒緩蕩漾的東風吹拂下，嬌慵柔弱、雙眉緊蹙、滿懷愁緒的模樣，生動傳神的描繪出來。末二句落花滿地猶如自己年華逝去，在無從得知情人的任何消息下，只能對月傾懷，任憑相思斷腸。又如魏承班〈滿宮花〉其一：

> 雪霏霏，風凜凜。玉郎何處狂飲。醉時想得縱風流，羅帳香幃鴛寢。　　春朝秋夜思君甚。愁見繡屏孤枕。少年何事負初心，淚滴縷金雙袵。（頁 483）

此詞寫閨婦的哀怨。上片首二句，寫寒風刺骨、大雪紛飛的夜裡，女子空閨獨處的景象，其內心之寂寞與室外之嚴寒，兩相映襯，更顯淒楚。「玉郎」三句為女子想像之辭，以丈夫在外縱情冶遊、不思歸家，來表達憤慨、苦澀的埋怨心情。下片「春朝」二句，表思念之深長久遠，與獨守空閨的怨憤。「少年」句寫女子對丈夫的怨懟，恨丈夫薄情，辜負自己的情意，違反當初的海誓山盟。末句將女子的情感收束在淚水中，對於丈夫的寡義，無可奈何，只能默默承受。又如顧敻〈荷葉盃〉三闋：

> 春盡小庭花落。寂寞。憑檻斂雙眉。忍教成病憶佳期。知麼知。知麼知。（其一，頁 564）

> 歌發誰家筵上。寥亮。別恨正悠悠。蘭釭背帳月當樓。愁麼愁。愁麼愁。（其二，頁 564）

〔註23〕轉引自李冰若：《花間集評注》，收錄於楊家駱主編：《宋紹興本花間集附校注》（臺北：鼎文書局，1974 年 10 月初版），卷四，頁 95。

一去又乖期信。春盡。滿院長莓苔。手捻裙帶獨徘徊。來
麼來。來麼來。（其九，頁566）

以上三闋，透過「憑檻斂雙眉」、「手捻裙帶獨徘徊」的描寫，將女子
孤獨寂寞、殷切盼望的形象，傳神刻畫而出。「乖期信」、「憶佳期」、
「恨悠悠」，皆爲女子眞情流露的心聲。結句俱以重疊反覆之語訴說，
加強語氣，表達出女子所思所想的情感強度。唐圭璋《唐宋詞簡釋》
謂〈荷葉盃〉其九：「末兩句，重疊問之，含思淒悲，想見淚隨聲落
之慨。」〔註24〕

天含殘碧融春色。五陵薄幸無消息。盡日掩朱門。離愁暗
斷魂。　鶯啼芳樹暖。燕拂迴塘滿。寂寞對屛山。相思
醉夢間。（毛熙震〈菩薩蠻〉三）

此詞寫女子苦於情人毫無消息，只能寂寞沉醉，暗自傷悲。上片寫春
光雖好，卻因情郎遠去而滿懷愁苦、黯然神傷；「五陵」〔註25〕、「朱
門」雖是身分顯赫的象徵，卻也落得「薄幸」人的指稱，凸顯埋怨之
情。下片觸景感懷，在鶯啼花開、燕舞水滿的明媚春光裡，猶自寂寞
無依，只能愁對屛山，將相思之情寄於醉夢之中。

春早玉樓煙雨夜。廉外櫻桃花半謝。錦屛香冷繡衾寒，怊
悵憶君無計捨。　侵曉鵲聲來砌下。鸞鏡殘妝紅粉罷。
黛眉雙點不能描，留待玉郎歸日畫。（歐陽炯〈玉樓春〉二）

此詞以景寄情，上片寫早春夜晚玉樓外的景象，「煙雨夜」、「花半謝」、
「錦屛香冷」、「繡衾寒」等蕭索景象，勾起女子獨處、惆悵卻難以拋
捨的懷人情思。下片寫女子慵懶梳妝，望君早歸的情懷。「黛眉」二
句，將女子思君念君的心情表露無遺，雖言「不能描」，實爲「留待」
良人歸來，待夫妻聚首後，再行畫眉之樂。作者以揶揄之筆寫女子心

〔註24〕唐圭璋著：《唐宋詞簡釋》（上海．上海古籍出版社，1999 年 5 月第
1 版第 4 刷），頁 24。

〔註25〕即長陵、安陵、陽陵、茂陵、平陵，五座漢帝陵墓。因漢朝皇帝每
立陵墓，便將四方富家豪族和外戚遷至陵墓附近居住，故後來以五
陵代指富豪貴族所居之處。

理，既符合目前情事，又暗合張敞畫眉之典，虛實相生，趣味悠長，爲本詞增色不少。〔註26〕

3、魂夢相尋

男女分別後，思深念遠，苦於不得聚首，惟有夢中相隨、聊表安慰，如韋莊〈應天長〉其一：

> 綠槐陰裏黃鶯語。深院無人春晝午。畫簾垂，金鳳舞。寂寞繡屏香一炷。　　碧天雲，無定處。空役夢魂來去。夜夜綠窗風雨。斷腸君信否。（頁156）

此詞上片寫景，「綠槐」二句爲室外春景，雖有黃鶯低語，更顯環境幽靜寂寥。「畫簾」三句爲室內之景，「寂寞」一語，道盡女子孤獨無依之處境。下片「碧天」二句，以雲代指情郎，狀其飄忽不定、蹤跡難尋。「空役」句，雖言相見，卻只在夢中，展現出女子的無可奈何。「夜夜」二句，在風雨搖窗的環境中，傾訴深沉哀切的眷戀，可見思念之切。葉嘉瑩《迦陵論詞叢稿》評云：「懇摯深厚，眞乃直入人心，無所抗拒，且不僅直入人心，更且盤旋鬱結，久久而不能去。」〔註27〕又如韋莊〈女冠子〉其一：

> 四月十七。正是去年今日。別君時。忍淚佯低面，含羞半斂眉。　　不知魂已斷，空有夢相隨。除卻天邊月，沒人知。（頁169）

此闋與〈女冠子〉其二（昨夜夜半）闋聯章，分別以女、男角度敍述相思情意。上片首三句點明去年分別的時間，由女子記得確切的時間觀之，可見其濃濃的思情。「忍淚」句，寫當時離情依依，卻不敢直接表露出來，只能假裝低頭，藏住奔湧的淚水，「忍」字一出，足見內心澎湃之情意。「含羞」句，則表現出女子欲言又止、矛盾痛苦的情緒。下片「不知」二句，寫女子心之所繫，將魂斷夢繞、蘊藏在心

〔註26〕孔范今主編：《全唐五代詞釋注》（西安：陝西人民出版社，1998年10月第1版第1刷），中冊，頁1171。

〔註27〕葉嘉瑩著：《迦陵論詞叢稿》（石家庄：河北教育出版社，1998年6月第1版第2刷，修訂本）。

頭的相思，形象而明白地表現出來，含韻無窮。〔註28〕無奈魂夢相尋，
徒然無功，惟有明月清楚明白自己的心意，思念之苦，溢於言表。正
如〔清〕陳廷焯《詞則・閒情集》卷一評云：「一往情深，不著力而
自勝。」〔註29〕又如薛昭蘊〈謁金門〉：

> 春滿院。疊損羅衣金線。睡覺水精簾未捲。簷前雙語燕。
> 　　斜掩金鋪一扇。滿地落花千片。早是相思腸欲斷。忍
> 交頻夢見。（頁502）

此詞由晝寢開展，結於頻夢，夢醒成空，情調淒涼。在春色滿院的風
景中，本當歡心快意，然而良人未傍身側，因此心慵意懶，和衣臥榻。
「簷前」句，既寫燕語驚人夢，復寫呢喃依偎的親熱情狀，反襯女子
孤獨、無人陪伴。下片「斜掩」二句，爲睡醒後所見景象。「早是」兩
句相呼應，愈顯輾轉難眠，盡情吐露相思之苦。尋常相思，已是腸斷，
何況夢中頻見，愈難爲懷矣。此種情景交融之作，深婉之至。〔註30〕
又如顧敻〈浣溪沙〉其七：

> 雁響遙天玉漏清。小紗窗外月朧明。翠幃金鴨炷香平。
> 　　何處不歸音信斷，良宵空使夢魂驚。簟涼枕冷不勝
> 情。（頁558）

此詞情景交融，構成淒清寂冷的景象，亦反映出女子深夜懷人的孤寂
感受。上片三句以「雁響」、「漏清」、「月明」、「炷香」描繪出月夜的
清幽寂靜。下片「何處」二句，爲女子茫然不適、恐懼驚疑的反映，
即使夢中追尋，仍無從尋覓。末句寫簟涼枕冷，既「涼」又「冷」，
實爲女子失望至極的深刻感受。

4、傾訴衷情

〔註28〕沈祥源、傅生文注：《花間集新注》（南昌：江西人民出版社，1997
　　　年2月第二版），頁127。
〔註29〕收錄於史雙元編著，《唐五代詞紀事會評》（合肥：黃山書社，1995
　　　年12月第1版第1刷），頁734。
〔註30〕唐圭璋著：〈唐宋兩代蜀詞〉，收錄於唐圭璋著《詞學論叢》（上海：
　　　上海古籍出版社，1986年6月第1版第1刷），頁873。

此類寫女子直言相思情意，將滿腔熱情，一吐而盡，如韋莊〈思帝鄉〉其一：

> 雲髻墜，鳳釵垂。髻墜釵垂無力，枕函欹。翡翠屏深月落，
> 漏依依。說盡人間天上，兩心知。（頁167）

此詞首四句：髻墜、釵斜、困乏無力、倚枕而臥，乃女子因思念而慵懶失魂、心事重重。「翡翠」二句，以漏長更深、月落天曉營造出長夜寂寂的氣氛，凸顯女子輾轉難眠的苦悶。末二句傾訴衷情，直表其戀戀不忘、忠貞不渝的意志。又如顧敻〈荷葉盃〉其六：

> 我憶君詩最苦。知否。字字盡關心。紅牋寫寄表情深。吟
> 麼吟。吟麼吟。（頁565）

首二句寫女子以詩寄情，表達對男子的思念，希望對方能了解她的心意。「字字」二句，表明詩中字裡行間俱是深情關懷。末二句反覆訴說詩歌情意深摯、值得吟誦。全詞直言淺近，卻顯十足真情。

（二）征婦思夫

此類專寫女子於丈夫出征後的思念之情。「征婦」〔註31〕思夫的情懷，其來有自。唐代立國二百餘年，初盛唐間府兵制的演變，可為三個階段：第一階段是高祖太宗時的「義征」時期，人人應募，爭欲從軍，期得官職、勳爵及賞賜；第二階段是高宗顯慶五年（西元656年）以後，勳賞不行，或奪賜，或破勳，富室避役，窮人被迫從軍；第三階段是開元、天寶時期，征役頻仍，府兵制廢弛，代之以招募長

〔註31〕王忠林〈敦煌歌辭中「征婦怨」辭析論〉一文，論及任半塘所編的
《敦煌歌辭總編》中，除了宗教性的佛曲外，普通歌辭約有四百首
左右，而從這些作品的內容分析，表現征婦怨的歌辭有五十一首，
不但表達了征婦的閨中生活和情感，同時也呈現了時代和社會的意
義。此外唐詩中亦可見許多「征婦怨」詩，如直指其怨的〈征婦怨〉
詩（孟郊、張籍等作），其他託名如：〈關山月〉、〈擣衣〉、〈秋夜長〉、
〈折楊柳〉、〈別離怨〉、〈閨怨〉、〈古別離〉、〈恨從軍〉、〈思邊〉等
詩，都是寫閨中征婦的苦怨。詳見王忠林〈敦煌歌辭中「征婦怨」
辭析論〉，收錄於《高雄師大學報》，（1990年5月），第一期，頁53
～56。本類別援引「征婦」一詞，表達女子對丈夫從軍、出征後的
思念情懷。

征的職業兵，征兵歸期無定，征婦傷怨更爲深痛。〔註32〕這類詞作內容，或多或少反映出唐五代的社會狀況。古代「輪臺」〔註33〕、「陽關」〔註34〕、「遼陽」〔註35〕等都是邊塞荒遠之地，詞中凡有此語，多敘述邊塞荒寒與離鄉背景的愁苦心情。在征婦思夫一類詞中，這些地方所代表的則是遙不可及、相去萬里的阻隔障礙。丈夫遠去，音信全無，留女子獨守空閨，粉淚縱橫，如：

> 星漸稀，漏頻轉。何處輪臺聲怨。香閣掩，杏花紅。月明楊柳風。　挑錦字，記情事。唯願兩心相似。收淚語，背燈眠。玉釵橫枕邊。（牛嶠〈更漏子〉其一，頁508）

> 南浦情，紅粉淚。爭奈兩人深意。低翠黛，卷征衣。馬嘶霜葉飛。　招手別，寸腸結。還是去年時節。書託雁，夢歸家。覺來江月斜。（牛嶠〈更漏子〉其三，頁509）

牛嶠賦有三首〈更漏子〉，其一、其三皆寫女子對征夫的思念。前闋上片寫景，以景寄情。在月明星稀，更漏頻轉，香閨暗掩，楊柳春風的景象中，思念不知身在邊地何處的丈夫。「何處」句，寫出女子心中幽怨，言「輪臺聲怨」，實則怨輪臺羌笛、號角之聲。輪臺代指邊地，正是與丈夫聚首的最大阻隔。下片以蘇蕙織錦之典，寄寓女子深

〔註32〕詳見王忠林〈敦煌歌辭中「征婦怨」辭析論〉，收錄於《高雄師大學報》，（1990年5月），第一期，頁54～55。

〔註33〕地名，今新疆維吾爾自治區的米泉縣，在烏魯木齊市東北八十里許。《新唐書・地理志》載：「北庭大都護府有輪臺縣，大曆六年置。」〔宋〕歐陽修等撰：《新唐書》（臺北：鼎文書局，1985年2月四版），冊二，卷四十，頁1047。〔清〕沈雄《古今詞話》云：「輪臺，古邊謫地。岑參詩『西去輪臺萬里餘』。楊基詩『聖明寬逐客，不遣過輪臺』。牛嶠詞『星漸稀，漏頻轉，何處輪臺聲怨』。中呂宮，柳永有〈輪臺子〉。」〔清〕沈雄撰：《古今詞話》，詞品下卷，「用字」條。收錄於唐圭璋編《詞話叢編》（北京：中華書局，2005年10月第2版第5刷），第一冊，頁860。

〔註34〕漢時設置於甘肅省敦煌縣西南一百三十里的關隘。因位於玉門關之南，故稱爲「陽關」，與玉門關同爲往來西域的門戶。出玉門關者爲北道，出陽關者爲南道。

〔註35〕今遼寧省遼陽縣一帶，泛指征戍之地。

厚情感。「唯願兩心相似」句，情意眞摯，質樸感人。「收淚語」三句，
將女子思念之情收束沉澱，潛藏心底，頗有餘韻。

下闋寫去年送別的情景及今宵的無盡思念。「南浦」三句，表露
難分難捨情意。「低翠黛」五句，寫送別場景：女子低眉，行者捲衣，
馬兒嘶鳴，霜葉紛飛，舉手揮別，寸腸糾結，此間濃厚眞情，躍然紙
上。李冰若《栩莊漫記》評云：「『馬嘶霜葉飛』五字，足抵一幅秋閨
曉別圖。」〔註36〕以景托情，情調悽楚，愁思自見。「書託雁」三句，
寄書征夫，夢其返家，醒後成空，在在彰顯女子思念之情。

此外，對征夫表達怨懟之情者，如尹鶚〈菩薩蠻〉其二：

> 嗚嗚曉角調如語。畫樓三會喧雷鼓。枕上夢方殘。月光鋪
> 水寒。　　蛾眉應斂翠。咫尺同千里。宿酒未全消。滿懷
> 離恨饒。（頁580）

「嗚嗚」二句，寫邊地號角聲響，雷鼓喧天的狀況。「枕上」二句，
以景寫情，皎潔月光映照在水面上，呈現一股清寒氣習，正與女子惆
悵心情互相映襯。下片描寫女子表情、情緒，抒發心中怨情。「咫尺」
句，寫女子思念之情，難爲征夫所知，因此柔腸百結，借酒澆愁，無
奈未能解愁，更添離別之怨。末句表露出女子因思念至極，而起愁怨
之情。全詞思念洋溢，悵然無限。又如顧敻〈遐方怨〉：

> 簾影細，簟紋平。象紗籠玉指，縷金羅扇輕。嫩紅雙臉似花
> 明。兩條眉黛遠山橫。　　鳳簫歇，鏡塵生。遼塞音書絕，
> 夢魂長暗驚。玉郎經歲負娉婷。教人爭不恨無情。（頁560）

上片著力刻畫女子妍麗之姿容，下片「鳳簫」二句，寫女子無心奏樂
梳妝，以昔日風姿秀雅來凸顯今日黯然神傷。「遼塞」四句，將女子
擔憂恐懼、相思刻骨、痛苦無邊的心情詳實展現，因爲「負娉婷」，
而「恨無情」，如此糾結的心情無法傾洩，唯有責怪征夫來平復自己
的情緒。

〔註36〕見李冰若：《花間集評注》，收錄於楊家駱主編：《宋紹興本花間集附
校注》（臺北：鼎文書局，1974年10月初版），卷四，頁96。

又有委婉訴說思念情意者，如毛文錫〈醉花間〉其一：

> 休相問。怕相問。相問還添恨。春水滿塘生，鸂鶒還相趁。
> 　　昨夜雨霏霏，臨明寒一陣。偏憶戍樓人，久絕邊庭信。

（頁 536）

上片首三句，以「休」、「怕」如實描繪出女子懷念、失望之心情轉折，只怕難忍離別、思念之苦而心生怨懟。「春水」二句，以池中相偎相依、追逐戲水之鸂鶒反襯出女子寂寞無伴的孤獨身影。下片由夜雨霏霏，臨曉露寒，想起相距萬里、久無音信的征夫，必然也為身處塞外荒寒而苦。況周頤《餐櫻廡詞話》評云：「『昨夜雨霏霏』數語，情景不奇，寫出政復不易。語淡而眞，亦輕清，亦沉著。」〔註37〕滿腔摯情，深蘊其中。又如毛文錫〈訴衷情〉其二：

> 鴛鴦交頸繡衣輕。碧沼藕花馨。偎藻荇，映蘭汀。和雨浴
> 浮萍。　　思婦對心驚。想邊庭。何時解珮掩雲屏。訴衷
> 情。（頁 539）

上片以衣上的繡花興起女子思念心情。繡衣上的池塘中，水面清澈、荷花紅豔，鴛鴦依偎、交頸纏綿，細雨輕斜，青萍綠藻隨波淺動，呈現一派安適恩愛的景象。如此景象挑勾起女子對邊庭夫婿的懷想，只盼丈夫能早日歸來，傾訴綿綿情意。湯顯祖評云：「無定河邊，春閨夢裏，不只尋常閨怨。」〔註38〕《花間集新注》中認為湯顯祖之評是公允的，其謂：「這首詞明確提出『邊庭』，與唐代的閨怨詩意境是一脈相承的。湯顯祖所說的『無定河邊』，就是唐代詩人陳陶的〈隴西行〉中的句子，其詩云：『誓掃匈奴不顧身，五千貂錦喪胡塵。可憐無定河邊骨，猶是春閨夢裏人。』當然，毛文錫的這首詞，遠不及這首詩的尖銳、鮮明，其意義也不如此詩深刻。但在五代時的歷史條件

〔註37〕收錄於況周頤著、孫克強輯考：《蕙風詞話　廣蕙風詞話》（鄭州：中州古籍出版社，2003 年 11 月第 1 版第 1 刷），《廣蕙風詞話》卷五，頁 409。

〔註38〕轉引自李冰若：《花間集評注》，收錄於楊家駱主編：《宋紹興本花間集附校注》（臺北：鼎文書局，1974 年 10 月初版），卷五，頁 127。

下，能有這樣的思想情感，是不可多得的。」〔註39〕詞人藉物起興，
吐露女子思人念遠的心聲，情意真摯動人。

二、男子思念

此類別以男子口吻著筆，多半透由回憶方式，展現思念之情。有
描寫佳人形象，再以「夢醒」回歸現實，敘述對女子的相思情意者。
如韋莊〈女冠子〉其二：

> 昨夜夜半。枕上分明夢見。語多時。依舊桃花面，頻低柳
> 葉眉。　　半羞還半喜，欲去又依依。覺來知是夢，不勝
> 悲。（頁170）

此闋詞與〈女冠子〉其一（四月十七）聯章。前闋以女子口吻寫成，
本闋則以男子角度抒發，寫男子因相思成夢，夢而後悲的情況。首二
句寫男子夢見佳人，「分明」二字，極言夢境之美，歷歷在目，印象
深刻，宛如親眼所見。「語多」至「欲去」五句，描繪夢中佳人，透
過外表的刻畫，繼而深入內心的複雜情緒，將女子面容姣好、含羞帶
喜、留戀不捨的情態表現得淋漓盡致。因此當夢醒後，發現一切成空，
不由得無限悲傷。唐圭璋〈唐宋兩代蜀詞〉云：「記夢中相遇之情，
皆刻畫細微，如見其面，如聞其聲。兩結句重筆翻騰，暢發盡致，尤
覺哀思洋溢，警動無比。」〔註40〕全詞由表至裡，由淺而深，語短情
長，展現出情感的濃烈度。

有對感情執著，展現濃厚情意者，如張泌〈浣溪沙〉其三：

> 獨立寒階望月華。露濃香泛小庭花。繡屏愁背一燈斜。
> 　　雲雨自從分散後，人間無路到仙家。但憑魂夢訪天
> 涯。（頁517）

上片寫男子獨立於臺階，凝望著月光，在室內繡屏燈殘，室外露濃香

〔註39〕沈祥源、傅生文注：《花間集新注》（南昌：江西人民出版社，1997
　　　 年2月第二版），頁225。
〔註40〕收錄於唐圭璋著：《詞學論叢》（上海：上海古籍出版社，1986年6
　　　 月第1版第1刷），頁871。

重的環境烘托下，流露出一絲孤寂的哀愁。下片描述男子心緒，表達出兩人分別後，佳人芳蹤，無處尋覓的無奈。最後只能憑藉天涯海角，魂夢相隨的執著信念，展現其堅貞情意。又如顧夐〈浣溪沙〉其四：

> 惆悵經年別謝娘。月窗花院好風光。此時相望最情傷。
>
> 　青鳥不來傳錦字，瑤姬何處鎖蘭房。忍教魂夢兩茫茫。（頁 558）

上片寫男子因窗外月圓花好，而興起與佳人分別的惆悵情懷。看著窗外的良辰美景，想起難再聚首的佳人，更覺黯然神傷。下片「青鳥」〔註 41〕、「瑤姬」〔註 42〕等語與神仙之事相關，展露出佳人在男子心目中神秘、崇高的形象。男子無從得知佳人訊息，因而發出「忍教」之類無悵惘奈、茫然失措的語氣，更刻劃出男子一往情深的心意。

有難忍相思之情，落寞神傷者，如李珣〈浣溪沙〉其四：

> 紅藕花香到檻頻。可堪閑憶似花人。舊歡如夢絕音塵。
>
> 　翠疊畫屏山隱隱，冷鋪紋簟水潾潾。斷魂何處一蟬新。（頁 596）

上片寫男子觸景生情。空氣中飄散著芬芳的荷花香氣，使得男子聯想到嬌美如花的情人，只可惜情人音信斷絕，往事如夢，不復相見。下片寫男子的孤寂心情。「翠疊」二句，寫室內之清冷寂靜。「冷」字言景亦言情，烘托出往日歡情不在，如今孤獨寂寥之心境。末句「一蟬新」，新蟬鳴叫象徵春日將盡，時光的消逝正如全無信息的情人，使人魂斷神傷。又如毛文錫〈虞美人〉其一：

〔註41〕神話中西王母的使者。《藝文類聚》引《漢武故事》載：「七月七日，上于承華殿齋，正中，忽有一青鳥從西方來，集殿前。上問東方朔，朔曰：『此西王母欲來也。』有頃，王母至，有二青鳥如鳥，夾侍王母旁。」〔唐〕歐陽詢等奉敕撰：《藝文類聚》（臺北：臺灣商務印書館，1986 年 3 月，景印文淵閣《四庫全書》本），子部·一九四，冊888，卷九十一，頁 834 上。

〔註42〕關於瑤姬之典故，為求行文之一致性，此不做說明。詳見於本章第六節「遊仙詞·巫山神女」部分。

　　鴛鴦對浴銀塘暖。水面蒲梢短。垂楊低拂麹塵波。蛛絲結
網露珠多。滴圓荷。　　遙思桃葉吳江碧。便是天河隔。
錦鱗紅鬣影沉沉。相思空有夢相尋。意難任。（頁 529）

此詞以景寄情，上片寫景，下片言情。在清澈明淨的池塘中，鴛鴦雙棲
對浴，蒲草露出嫩綠，楊柳低垂拂波，蛛網上露珠瑩潤，滴落圓荷，一
片美景，盡在眼前。著眼於鴛鴦，乃因其雙雙對對，依偎纏綿，反襯出
男子的寂寥形影，故而不自禁思念起情人。下片以「桃葉渡」〔註43〕、
「天河隔」〔註44〕兩個典故說明兩情相悅卻不能相伴左右的痛苦。接著
以「錦鱗」、「紅鬣」〔註45〕述說無法相聚亦不得書信往返，惟有夢裡再
相逢，此番相思離愁著實難以承擔。末句「意難任」，正是男子無可奈
何的吶喊。

　　其他如毛文錫〈醉花間〉其二：

　　深相憶。莫相憶。相憶情難極。銀漢是紅牆，一帶遙相隔。
　　　　金盤珠露滴。兩岸榆花白。風搖玉珮清，今夕爲何夕。

（頁 536）

此詞以神話典故描述男子對佳人的思念，以及無法與佳人長相廝守的
痛苦無奈。開頭以「深」、「莫」描述男子情深意濃又強制遏止的心境，
以及思念無邊的淒楚。「銀漢」二句，《花間集新注》云：「用『銀漢』
與『紅牆』對舉成文，見其近在咫尺，而情悖難通。牛郎織女之事，
自然拈出。」〔註46〕以牛郎織女受銀河阻隔，只能遙遙相望的典故，

〔註43〕即〔晉〕王獻之愛妾名。《隋書·五行志》載：「陳時，江南盛歌王
　　　　獻之〈桃葉〉之詞曰：『桃葉復桃葉，渡江不用楫。但渡無所苦，我
　　　　自迎接汝。』」〔唐〕魏徵等撰：《隋書》（臺北：鼎文書局，1980 年
　　　　6 月三版），冊一，卷二十二，頁 637。後人稱此渡口爲「桃葉渡」，
　　　　稱此歌爲〈桃葉歌〉。此處「桃葉」代指所懷之人。
〔註44〕即牛郎織女之典故。爲求行文之一致性，此不做說明。詳見於本章
　　　　第六節「遊仙詞·牛郎織女」部分。
〔註45〕鬣，一解爲魚名，雄魚帶紅色，生殖季節色澤鮮豔。一解爲魚頜旁
　　　　的小鰭。古代多以魚雁代指書信，此處「錦鱗紅鬣」即指書信。
〔註46〕沈祥源、傅生文注：《花間集新注》（南昌：江西人民出版社，1997
　　　　年 2 月第二版），頁 219。

比喻現實世界中佳人深閨難出，不得相見之艱難處境。下片寫夢境，「金盤」〔註47〕二句，寫夢中之景。「風搖」句寫佳人之風采。「金夕」〔註48〕句，表終能重逢之美好。透由夢境，尋求心靈上的慰藉。又如歐陽炯〈賀明朝〉其一：

> 憶昔花間初識面。紅袖半遮，粧臉輕轉。石榴裙帶，故將
> 纖纖，玉指偷撚。雙鳳金線。　　碧梧桐鎖深深院。誰料
> 得兩情，何日教繾綣。羨春來雙燕。飛到玉樓，朝暮相見。
> （頁 454）

上片寫男子與佳人初次見面的情形，「半遮」、「輕轉」、「偷撚」處處展現佳人含羞帶俏的姿態身段。下片回歸現實，「碧梧」三句，言佳人深閨難出，繾綣無期。「羨春」三句，以燕子朝夕相對、雙宿雙飛之景來反襯自己形單影隻，在兩情受阻的苦悶情緒中，表達對佳人的深切思念。

三、男女相思

　　此類不同於一般思念詞，多寫一方之思，或以一方口吻揣度彼方相思情意，而係描述男女雙方的相思之情。如顧敻〈獻衷心〉：

> 繡鴛鴦帳暖，畫孔雀屏欹。人悄悄，月明時。想昔年歡笑，
> 恨今日分離。銀釭背，銅漏永，阻佳期。　　小爐煙細，
> 虛閣簾垂。幾多心事，暗地思惟。被嬌娥牽役，魂夢如癡。
> 金閨裏，山枕上，始應知。（頁 562）

〔註47〕《漢書‧郊祀志》注引《三輔故事》載：「建章宮承露盤高二十丈，大七圍，以銅爲之，上有仙人掌承露，承露和玉屑飲之。」〔漢〕班固撰：《漢書》（臺北：鼎文書局，1986 年 10 月六版），冊二，卷二十五，頁 1220。

〔註48〕《詩經‧唐風‧綢繆》：「今夕何夕？見此良人。」〔漢〕毛亨傳、鄭玄箋、〔唐〕孔穎達疏：《詩經》（臺北：藝文印書館股份有限公司，2001 年 12 月初版十四刷，十三經注疏本），卷六之二，頁 222 上。《古詩源》卷一載〈越人歌〉云：「今夕何夕兮，搴洲中流。今日何日兮，得與王子同舟。蒙羞被好兮，不訾詬恥。心幾煩而不絕兮，得知王子。山有木兮木有枝，心說君兮君不知。」〔清〕沈德潛撰：《古詩源》（臺北：華正書局，1975 年 1 月臺一版），頁 28。此處「今夕爲何夕」表夢中喜見所愛之人。

上片寫女子在夜闌人靜時歇息在鴛被錦帳中，思念往日和情人相聚的歡樂時光。面對著銀燈暗、漏聲長，不由得深深嘆息，只恨兩人今日不得廝守。下片寫男子心繫女子，魂牽夢縈，如癡如醉的情意。末三句寫兩人在各自獨眠時，彼此心意互通，想起對方倍覺思念。可見男女雙方為分離所苦，展現出堅定之情意。

第三節　歡會詞

　　人生而有情，對於美好的感情歸宿，自當有所追求。詞人將男女對愛情的渴望與追求，以浪漫的筆調與想像述諸文字，歌詠男女間彼此愛慕，沉浸於戀情的欣喜愉悅，而分為「男子之愛慕」、「女子之心儀」兩個類別。此外，詞人將男女雙方兩情相悅的情事，以大膽的筆調敷寫而出，述及男女間的幽會、歡合，又可分為「男女歡會」一類。

一、男子之愛慕

　　男子偶然間看見纖纖佳人，遂生愛慕之情，如牛嶠〈菩薩蠻〉其五：

> 風簾燕舞鶯啼柳。妝臺約鬢低纖手。釵重髻盤珊。一枝紅牡丹。　　門前行樂客。白馬嘶春色。故故墜金鞭。迴頭應眼穿。（頁511）

上片寫女子臨臺梳妝，纖手整鬢之姿態。「牡丹」一句，香花映美人，更顯佳人之美。下片寫男子騎馬遊春，乍見佳人，驚為天人，故意屢墜金鞭，以期能一覽佳人芳顏。愛慕之情，寫來生動傳神，情景如在眼前。又如張泌〈浣溪沙〉其九：

> 晚逐香車入鳳城。東風斜揭繡簾輕。漫迴嬌眼笑盈盈。　　消息未通何計是，便須佯醉且隨行。依稀聞道太狂生。（頁519）

此詞寫男子對佳人的大膽追求。佳人嬌波笑語，使男子為之傾倒，而

有「逐香車」、「佯醉且隨行」癲狂之舉，愛慕之情，溢於言表。李冰若《栩莊漫記》評云：「子澄筆下無難達之情，無不盡之境，信手描寫，情狀如生，所謂冰雪聰明者也。如此詞畫出一個狂少年舉動來。」〔註49〕全詞情真意切，饒富趣味。

二、女子之心儀

在春光燦爛的漫遊中，女子見到心儀對象，大方展現熱切情意，如韋莊〈思帝鄉〉其二：

> 春日遊。杏花吹滿頭。陌上誰家年少，足風流。妾擬將身嫁與，一生休。縱被無情棄，不能羞。（頁167）

詞一開頭，便展現出春光明媚，女子心情暢快的景象。後由景轉情，展現女子對一見鍾情的翩翩公子死心蹋地，情意堅貞的心情。其活潑大膽、熱情自然的形象，讓人倍覺嬌俏可愛。又如歐陽炯〈春光好〉其六：

> 芳叢肅，綠筵張。兩心狂。空遣橫波傳意緒，對笙簧。　　雖似安仁擲果，未聞韓壽分香。流水桃花情不已，待劉郎。
> （頁459）

此詞寫女子對心上人傳遞情意，無奈落花有意，流水無情。上片「兩心狂」一句，似為女子一廂情願之觀感，因此眉目傳情，徒留惘然。下片以「潘岳」〔註50〕、「韓壽」〔註51〕之典，說明自己單相思之愁

〔註49〕見李冰若：《花間集評注》，收錄於楊家駱主編：《宋紹興本花間集附校注》（臺北：鼎文書局，1974年10月初版），卷四，頁107～108。

〔註50〕潘岳，字「安仁」。《晉書‧潘岳傳》載：「岳美姿儀，辭藻絕麗，尤善為哀誄之文。少時常挾彈出洛陽道，婦人遇之者，皆連手縈繞，投之以果，遂滿車而歸。」〔唐〕房玄齡等撰：《晉書》（臺北：鼎文書局，1987年1月五版），冊二，卷五十五，頁1507。

〔註51〕《晉書‧賈充傳》載：「韓壽，字德真，美姿貌，善容止，賈充辟為司空掾。充每讌賓僚，其女輒於青璅中窺之，見壽而悅焉。問其左右識此人不，有一婢說壽姓字，云是故主人。女大感想，發於寤寐。婢後往壽家，具說女意，并言其女光麗艷逸，端美絕倫。壽聞而心動，便令為通殷勤。婢以白女，女遂潛修音好，厚相贈結，呼壽夕入。壽勁捷過人，踰垣而至，家中莫知，惟充覺其女悅暢異於常日。時西域有貢奇香，一著人則經月不歇，帝甚貴之，惟以賜充及大司

苦，結以「情不已，待劉郎」，表達女子追求愛情痴心不悔的情意。

三、男女歡會

此類別或寫男女約會時的狀況，或寫幽會時的場景，風格露骨直率、委婉含蓄兼而有之。以直言方式，表達男女間的熱烈激情者，如牛嶠〈菩薩蠻〉其七：

> 玉樓冰簟鴛鴦錦。粉融香汗流山枕。簾外轆轤聲。斂眉含笑驚。　　柳陰煙漠漠。低鬢蟬釵落。須作一生拼。盡君今日歡。（頁 512）

此詞寫男女歡會的私情。上片寫歡會情景，首二句直言露骨，無比冶豔。「斂眉含笑驚」句，言女子心情的層層轉折，既有對歡情的留戀，又有對即將離別的隱憂，更有因「歡愉嫌夜短」而頓其曉色的詫異。〔註 52〕況周頤《餐櫻廡詞話》云：「牛松卿『斂眉含笑驚』五字三層意，別是一種密法。」〔註 53〕正因相聚時分短暫，欲把握分分秒秒，故女子「須作一生拼，盡君今日歡」，盡情傾吐，狎昵至極，雖只十字，可抵千言萬語。〔清〕彭孫遹《金粟詞話》云：「牛嶠『須作一生拼，盡君今日歡』是盡頭語。作豔詞者，無以復加。」〔註 54〕又如歐陽炯〈浣溪沙〉其三：

馬陳騫。其女密盜以遺壽，充僚屬與壽燕處，聞其芬馥，稱之於充。自是充意知女與壽通，而其門閣嚴峻，不知所由得入。乃夜中陽驚，託言有盜，因使循牆以觀其變。左右白曰：「無餘異，惟東北角如狐狸行處。」充乃考問女之左右，具以狀對。充祕之，遂以女妻壽。」〔唐〕房玄齡等撰：《晉書》（臺北：鼎文書局，1987 年 1 月五版），冊二，卷四十，頁 1172～1173。

〔註 52〕高鋒著：《花間詞研究》（南京：江蘇古籍出版社，2001 年 9 月第 1 版第 1 刷），頁 207。

〔註 53〕收錄於況周頤著、孫克強輯考：《蕙風詞話　廣蕙風詞話》（鄭州：中州古籍出版社，2003 年 11 月第 1 版第 1 刷），《廣蕙風詞話》卷五，頁 408。

〔註 54〕〔清〕彭孫遹：《金粟詞話》，「學柳之過」條。收錄於唐圭璋編：《詞話叢編》（北京：中華書局，2005 年 10 月第 2 版第 5 刷），第一冊，頁 723。

相見休言有淚珠。酒闌重得敘歡娛。鳳屏鴛枕宿金鋪。

　　蘭麝細香聞喘息，綺羅纖縷見肌膚。此時還恨薄情
無。（頁 449）

此詞寫男女歡會情景，氣氛熱烈生動，十分露骨。首句與末句兩相對
比，從初會時的「休言」、「有淚珠」到歡聚後的「還恨」語，以疑問
語氣，將女子的心情轉折巧妙寫出，怨恨之情實已一掃而盡。

　　以含蓄風格表達美好歡會者，如尹鶚〈秋夜月〉：

三秋佳節。罩晴空，凝碎露，茱萸千結。菊藥和煙輕撚，
酒浮金屑。微雲雨，調絲竹，此時難輟。歡極、一片豔歌
聲揭。　　黃昏慵別。炷沈煙，薰繡被，翠幃同歇。醉並
鴛鴦雙枕，暖偎春雪。語丁寧，情委曲，論心正切。深夜、
窗透數條斜月。（頁 582）

此詞寫重陽佳節，歌伎與酒客宴會後歡好的情景。上片以煙霧繚繞，
茱萸凝露，菊花和煙寫出重陽節的景色。在如此美景中，遊客飲酒作
樂，歌伎引吭同歡。下片寫歌伎與酒客在黃昏後，燃香薰被，同床共
枕，細語叮嚀，傾訴心聲之貌，寫來深情委婉，纏綿至極。末句將旖
旎之情深藏在幽靜之景中。全詞按照時間的推移鋪陳，從白日的同宴
遊樂，到黃昏的同床雲雨，再描繪深夜的清幽景致，雖寫男女之樂，
然風格委婉，情意動人。

第四節　別離詞

　　「人有悲歡離合，月有陰晴圓缺」，世事阻隔，難為眷屬，只能
感嘆傷懷。《楚辭・九歌・少司命》云：「悲莫悲兮生別離。」〔註55〕
江淹〈別賦〉云：「黯然銷魂者，唯別而已矣。」〔註56〕人生中的「別
離」，不管是生離還是死別，總是讓人痛苦難忍，心緒頹喪。此處寫

〔註55〕〔宋〕朱熹撰、蔣立甫校點：《楚辭集注》（上海・上海古籍出版社，
　　　　2001 年 12 月），卷二，頁 40。
〔註56〕收錄於〔梁〕蕭統編、〔唐〕李善注：《文選》（臺北：華正書局有限
　　　　公司，2000 年 10 月），第十六卷，頁 237 上。

別情，語調自然，溫柔纏綿，悽楚哀怨，眞摯動人。此主題分爲「女子傷別」、「男子傷別」兩類，由於部分詞作內容涉及「友人送別」，不另立章節探析，並列於本主題敘述，故本節共分爲三個類別。

一、女子傷別

寫女子難忍分別，別後憔悴傷懷的模樣，如韋莊〈清平樂〉其四：

> 鶯啼殘月。繡閣香燈滅。門外馬嘶郎欲別。正是落花時節。
> 　　粧成不畫蛾眉。含愁獨倚金扉。去路香塵莫掃，掃即
> 郎去歸遲。（頁 160）

上片寫離別時的情景。首句即點明送別時的季節、時間與人物的心境。月圓象徵人團圓，而「殘月」語，既言景又言有情人的心境，反映出離別的愁苦。「繡閣」句，表面上爲「香燈滅」，實則香燈一夜未滅，兩人徹夜未眠，難分難捨。「門外」句，表離別時分已屆，馬鳴聲切，離別意濃。正如湯顯祖所評：「情與時會，倍覺其慘。」〔註57〕下片寫分離時女子的心情。「不畫蛾眉」、「倚金扉」、「香塵莫掃」，都是女子對男子深情依戀的表示，表達出女子難忍分離，望君早歸的心情。又如張泌〈河傳〉其一：

> 渺莽，雲水。惆悵暮帆，去程迢遞。夕陽芳草，千里萬里。
> 雁聲無限起。　　夢魂悄斷煙波裏。心如醉。相見何處是。
> 錦屛香冷無睡。被頭多少淚。（頁 521）

上片寫男子離去時的場景，呈現一片煙波遼闊，浩渺無際，蒼茫悲涼的氣氛。「雁聲無限」，更引思念之情。李冰若《栩莊漫記》評云：「起句颯然而來，不亞恨二賦首語，可謂工于發端，而承以夕陽千里三句，蒼涼悲咽，驚心動魄矣。」〔註58〕雲水、暮帆、夕陽、芳草、雁聲等，俱是景中含情，惆悵至極。下片寫女子送別後的傷心情懷，「夢

〔註57〕轉引自李冰若：《花間集評注》，收錄於楊家駱主編：《宋紹興本花間集附校注》（臺北：鼎文書局，1974 年 10 月初版），卷二，頁66。

〔註58〕見李冰若：《花間集評注》，收錄於楊家駱主編：《宋紹興本花間集附校注》（臺北：鼎文書局，1974 年 10 月初版），卷四，頁 109。

魂斷」、「心如醉」、「無睡」、「多少淚」語，都是女子黯然神傷的反應，
淒苦哀咽，眞切感人。又如顧敻〈玉樓春〉其四：

> 拂水雙飛來去燕。曲檻小屏山六扇。春愁凝思結眉心，綠
> 綺懶調紅錦薦。　　話別情多聲欲顫。玉筯痕留紅粉面。
> 鎮長獨立到黃昏，卻怕良宵頻夢見。（頁 556）

上片以雙飛燕起興，引發女子相思之情。在明媚的春天中，與情人離
別更顯哀愁，因此「結眉心」、「懶調」琴。下片極寫女子傷心之狀。
語長情多，然聲堵氣咽，泣不成聲。香腮粉淚，整日獨立，翹首盼望，
卻怕夢中常見郎影。「卻怕」句足見女子傷情，惟恐更添思念。李冰
若《栩莊漫記》評云：「別愁無俚，賴夢見以慰相思，而反云『卻怕
良宵頻夢見』，是更進一層寫法。」〔註59〕又如顧敻〈醉公子〉其二：

> 岸柳垂金線。雨晴鶯百囀。家住綠楊邊。往來多少年。　　馬
> 嘶芳草遠。高樓簾半卷。斂袖翠蛾攢。相逢爾許難。（頁 568）

上片首二句繪出春景之美，襯托男女相聚的歡樂情景，透露出自然愉
快的情調。下片寫分別時女子的情態和心中感慨。「翠蛾攢」表女子
愁態，「相逢爾許難」正是心中不由自主發出的嗟嘆，相會之難，更
添慇勤企盼之意。

　　以「離別場面」爲主軸，描繪男女雙方離別時，女子的心情，如
韋莊〈上行盃〉兩闋：

> 芳草灞陵春岸。柳煙深、滿樓絃管。一曲離聲腸寸斷。　　今
> 日送君千萬。紅縷玉盤金鏤盞。須勸。珍重意，莫辭滿。（其
> 一，頁 168）

> 白馬玉鞭金轡。少年郎、離別容易。迢遞去程千萬里。　　惆
> 悵異鄉雲水。滿酌一盃勸和淚。須愧。珍重意，莫辭醉。（其
> 二，頁 169）

韋莊〈上行盃〉二闋爲聯章體。前闋寫臨別餞行。上片從景言情，春
天時在灞陵畔的酒館舉行餞別宴，「芳草」、「柳煙」呈現的迷茫景象，

〔註59〕見李冰若：《花間集評注》，收錄於楊家駱主編：《宋紹興本花間集附
　　　校注》（臺北：鼎文書局，1974 年 10 月初版），卷七，頁 162。

更使人感受到離愁。席上的樂聲，讓人不忍聽聞，只覺肝腸寸斷。下片寫女方勸酒的情意。「紅縷玉盤金鏤盞」句，美酒佳餚不僅表示宴會上菜色之豐盛，更顯出女子送行的慎重情意。「須勸」三句，將女子滿腔的深情都投注在酒杯中，表達依依不捨之情。

　　下闋寫臨別時分。首句勾勒出男子翩翩俊雅的形象，「離別容易」似是女子對男子輕言別離而心有怨懟。此去萬里迢迢，不知何時得以重逢，女子仍是和淚勸酒，盼望男子珍重她的情意。又如薛昭蘊〈離別難〉：

> 寶馬曉鞴彫鞍。羅幃乍別情難。那堪春景媚。送君千萬里。
> 半妝珠翠落，露華寒。紅蠟燭。青絲曲。偏能鉤引淚闌干。
> 　　良夜促。香塵綠。魂欲迷。檀眉半斂愁低。未別心先咽。欲語情難說。出芳草、路東西。搖袖立。春風急。櫻花楊柳雨淒淒。（頁 500）

上片寫「將別」之際；下片寫「臨別」之時。首句寫備好鞍馬，即點明離別時刻將至，「別情難」正是佳人心頭最佳寫照。即使春光明媚、景色宜人，然而佳人離情依依，黯然神傷，無心打扮。離別之曲在在催人熱淚，使人斷腸。下片寫兩情繾綣，奈何良宵苦短而愁容滿面。「未別」二句，將佳人欲語而難語的神態，刻劃入微，足見柔腸寸斷。湯顯祖曾評此云：「咽心之別愈慘，難說之情轉迫。」〔註 60〕在一片離情濃厚的場景中，風雨淒淒更顯別離之苦。全詞層次井然，低徊婉轉，設色寫景旖旎柔婉，含情寓意深沉悽慘。〔註 61〕情感深切真摯，令人為之動容。

　　寫情人短暫相聚後，分別的情景，多著墨於女子離情依依的感受，如毛文錫〈應天長〉：

> 平江波暖鴛鴦語。兩兩釣船歸極浦。蘆洲一夜風和雨。飛

〔註60〕轉引自李冰若：《花間集評注》，收錄於楊家駱主編：《宋紹興本花間集附校注》（臺北：鼎文書局，1974 年 10 月初版），卷三，頁 85。
〔註61〕孔范今主編：《全唐五代詞釋注》（西安：陝西人民出版社，1998 年 10 月第 1 版第 1 刷），中冊，頁 903。

起淺沙翹雪鷺。　　　漁燈明遠渚。蘭棹今宵何處。羅袂從
風輕舉。愁殺採蓮女。（頁 539）

此詞寫採蓮女與情人相聚及別後愁思。全詞以「平江」、「極浦」、「淺
沙」、「雪鷺」、「漁燈」等特有景物，勾勒出一幅江上風景圖。復以「鴛
鴦」、「兩兩釣船」含蓄寫出情人間的歡聚。「漁燈」二句，簡淨質樸
而情景具足。「今宵何處」、「愁殺」語，乃採蓮女遙望而不得相見之
感歎。又如歐陽炯〈菩薩蠻〉其四：

畫屏繡閣三秋雨。香膏膩臉偎人語。語罷欲天明。嬌多夢
不成。　　　曉街鐘鼓絕。瞑道如今別。特地氣長吁。倚屏
彈淚珠。（頁 466）

此詞寫男女歡會後，天亮分別的心情。上片寫情人間溫存纏綿的情
事，下片寫臨別時女子的無奈和悲傷。女子的形象由「偎人語」、「瞑
道」、「氣長吁」到「彈淚珠」，層次分明，雖語言平淡，意致卻十分
綿密，人物的情感濃集在情態、行為的白描之中，寫豔情而不流於淫
靡。〔註62〕又如魏承班〈訴衷情〉其二：

春深花簇小樓臺。風飄錦繡開。新睡覺，步香階。山枕印
紅腮。　　　鬢亂墜金釵。語檀偎。臨行執手重重囑，幾千
迴。（頁 485）

此詞亦寫歡會後的別離。「新睡覺」至「語檀偎」等句，寫女子與情
郎纏綿歡合、同床共枕的甜蜜。「臨行」兩句，千般叮嚀、萬重囑咐，
足見女子的柔情蜜意與真切關懷。惟不同於前二詞充滿離別愁情，此
詞氣氛甜蜜，寄語情深。

二、男子傷別

此類別多寫男子與情人分別後，無從相見的憂愁悵然，如韋莊〈荷
葉盃〉其二：

記得那年花下。深夜。初識謝娘時。水堂西面畫簾垂。攜

〔註62〕孔范今主編：《全唐五代詞釋注》（西安：陝西人民出版社，1998 年
10 月第 1 版第 1 刷），中冊，頁 1164。

手暗相期。　　惆悵曉鶯殘月。相別。從此隔音塵。如今
俱是異鄉人。相見更無因。(頁 158)

此詞以回憶方式，表達離別傷愁。上片寫男子與情人初次見面、定情的
場景。在花間月下，水堂之畔，兩人情投意合，甜蜜相約。下片「曉鶯
殘月」狀離別的淒冷景象。「從此」三句，寫兩人音信斷絕，天涯各一
方，相會無期的悵然心情。湯顯祖評云：「情景逼真，自與尋常豔語不
同。」〔註63〕全詞語淡而悲，情意深長。又如尹鶚〈臨江仙〉其一：

一番荷芰生舊沼，檻前風送馨香。昔年於此伴蕭娘。相偎
佇立，牽惹敘衷腸。　　時逞笑容無限態，還如菡萏爭芳。
別來虛遣思悠颺。慵窺往事，金鎖小蘭房。(頁 577)

此詞同上闋，以回憶寫離情。上片首二句寫眼前景，由眼前之景引發難
忘之情，帶起對往事的回憶。「相偎」二句，寫兩人依偎纏綿，互述心
曲的甜蜜往事。「時逞」二句，狀佳人巧笑倩兮，嬌俏豔麗之態。「別來」
句，表離別後的無限思念，層層悵惘，只因無緣再會。末二句流露出人
去樓空，往事不堪回首的苦澀心情。又如李珣〈河傳〉其一：

去去。何處。迢迢巴楚。山水相連。朝雲暮雨。依舊十二
峯前。猿聲到客船。　　愁腸豈異丁香結。因離別。故國
音書絕。想佳人花下，對明月春風。恨應同。(頁 608)

此詞寫男子行舟遠去，痛別佳人之恨。上片起頭四字，男子徬徨之狀
宛然若見，只因對佳人的留戀不捨，徘徊不前。「迢迢」四句，寫巴
山楚水，朝雲暮雨，十二峰，相迭連綿，而離愁也似山水接連難斷，
表達男子對遠離的惆悵心情。隨船的猿聲，亦襯托著行客的愁思。下
片著眼於男子的心理描寫。以丁香花瓣層層緊裹，比喻鬱結不解之
愁，離別後音書隔絕而愁腸百結。末三句從對方著筆，設想佳人在明
月春風的花景中，離恨思念也跟自己相同，正是感情深厚，心心相印
的象徵。〔清〕陳廷焯《詞則‧別調集》評云：「一氣舒卷，有水流花

〔註63〕轉引自李冰若：《花間集評注》，收錄於楊家駱主編：《宋紹興本花
間集附校注》（臺北：鼎文書局，1974 年 10 月初版），卷二，頁
65。

放之致，結得溫厚。」〔註64〕

三、友人送別

> 握手河橋柳似金。蜂鬚輕惹百花心。蕙風蘭思寄清琴。
>
> 　　意滿便同春水滿，情深還似酒盃深。楚煙湘月兩沉
>
> 沉。（薛昭蘊〈浣溪沙〉其四，頁496）

上片開頭以「握手」之舉與「河橋柳」之景，昭示離別的景象。「蜂鬚」句，寫分別時蜂繞花舞的明媚春景，反襯出離別的傷感。「蕙風」句，寫彈琴送別，一方面顯出彈琴者高妙之琴藝，一方面寫出彈琴者清致之形象。下片臨流餞別，以春水之滿表心滿意足，酒杯之深表情誼深厚。末句以景結情，楚煙湘水，各自落寞沉寂，言景亦言情，語真意濃。又如薛昭蘊〈浣溪沙〉其六：

> 江館清秋攬客船。故人相送夜開筵。麝煙蘭焰簇花鈿。
>
> 　　正是斷魂迷楚雨，不堪離恨咽湘絃。月高霜白水連
>
> 天。（頁496）

此詞寫江館送別。上片寫送別的時間、地點與方式。秋夜月色融融，友人設宴餞別，席間蘭焰明滅，麝煙繚繞，美人簇聚，足見離宴之盛。下片寫行客的感受。煙雨迷濛、管絃嗚咽正是行客心中離情的寫照。結句言景亦言情，以孤月高懸，嚴霜冰冷，煙水茫茫構成的淒寂景象，凸顯行客孤寂、淒冷的惆悵心情。李冰若《栩莊漫記》評云：「一結便有怊悵不盡之意，可謂善於融情入景。」〔註65〕

第五節　美人詞

西蜀詞作中有許多內容與女子密不可分，或述其妝容；或述其姿態，多著墨於描繪女子的姿容與情態。本節將此類作品定名為「美人

〔註64〕轉引自史雙元編著：《唐五代詞紀事會評》（合肥：黃山書社，1995年12月第1版第1刷），頁849。

〔註65〕見李冰若：《花間集評注》，收錄於楊家駱主編：《宋紹興本花間集附校注》（臺北：鼎文書局，1974年10月初版），卷三，頁82。

詞」，再分爲「紅粉佳人」與「歌舞藝妓」兩大主題論述。

一、紅粉佳人

分爲「身段妝容」、「睡態」、「畫蝶」、「赴約」、「調笑」等五個類別敘述。

（一）身段妝容

詞人著力描寫佳人的服飾衣著、梳妝打扮，展現其嫻靜典雅、嬌羞含情、嫵媚嬌俏、慵懶閒散等萬種風情，刻畫入微，筆墨傳神。如韋莊〈清平樂〉其三：

何處遊女。蜀國多雲雨。雲解有情花解語。窣地繡羅金縷。

粧成不整金鈿。含羞待月鞦韆。住在綠槐陰裏，門臨春水橋邊。（頁 160）

此詞寫蜀地女子美麗而多情。上片「雲解」〔註66〕句，寫佳人善解人意。「窣地」句，寫佳人服飾典雅。下片「不整金鈿」、「含羞」等皆是佳人眞情自然的表現。末二句「寫景如畫」，〔註67〕以環境來烘托佳人，使人如臨其境，如見其人。又如顧夐〈荷葉盃〉兩闋：

金鴨香濃鴛被。枕膩。小鬢簇花鈿。腰如細柳臉如蓮。憐麼憐。憐麼憐。（其七，頁 566）

曲砌蝶飛煙暖。春半。花發柳垂條。花如雙臉柳如腰。嬌麼嬌。嬌麼嬌。（其八，頁 566）

以上二首，均以詢問的語氣、重疊的句式來呈現佳人之姿。前闋寫孤芳自賞的美人，腰細如柳，貌美如花，自問問人，雖有妍麗的姿容，

〔註66〕《開元天寶遺事・解語花》載：「明皇秋八月，太液池有千葉白蓮樹枝盛開，帝與貴戚宴賞焉。左右皆嘆羨。久之，帝指貴妃示于左右曰：『爭如我解語花？』」〔北周〕王仁裕撰：《開元天寶遺事》（臺北：臺灣商務印書館，1986年3月，景印文淵閣《四庫全書》本），子部三四一，冊 1035，卷三，頁 860 上。後多用「解語花」喻美人善解人意。

〔註67〕語出李冰若《栩莊漫記》。見李冰若：《花間集評注》，收錄於楊家駱主編：《宋紹興本花間集附校注》（臺北：鼎文書局，1974年10月初版），卷二，頁 66。

卻流露出孤寂而自憐自愛的惆悵情調。後闋寫美人的嬌媚情態，以人喻花，以花寫人，相互映襯，透露出美人正值青春年華，所綻放的嫵媚與活力。又如閻選〈謁金門〉：

> 美人浴。碧沼蓮開芬馥。雙鬟綰雲顏似玉。素蛾輝淡綠。
> 　雅態芳姿閒淑。雪映鈿裝金斛。水濺青絲珠斷續。酥
> 融香透肉。（頁575）

此詞寫美人沐浴，芳香襲人的景象。詞中勾勒出一位髮結雙鬟、淡妝蛾眉、肌膚勝雪、嫻靜淑惠的佳人形象。況周頤《餐櫻廡詞話》評首二句云：「形容絕妙，尤覺落落大方。是人是花，一而二，二而一，不必用『如』、『似』等字，是詞中暗字訣之一種。」〔註68〕比喻巧妙，形神俱得。又如毛熙震〈浣溪沙〉其五：

> 雲薄羅裙綬帶長。滿身新裹瑞龍香。翠鈿斜映豔梅妝。
> 　伴不覷人空婉約，笑如嬌語太猖狂。忍教牽恨暗形
> 相。（頁585）

此詞寫佳人的嬌態。上片寫佳人的衣著打扮，「羅裙」、「瑞龍香」〔註69〕、「豔梅妝」〔註70〕處處呈現服飾華美、滿身芳香、妝飾豔麗的形象。下

〔註68〕收錄於況周頤著、孫克強輯考：《蕙風詞話　廣蕙風詞話》（鄭州：中州古籍出版社，2003年11月第1版第1刷），《廣蕙風詞話》卷五，頁411。

〔註69〕香料名，即「龍腦香」，又稱「瑞腦」，以龍腦香的樹膠製成的藥，有強烈的香氣。另一說為「龍涎香」，凝結如蠟，舊說是龍吐涎而凝成，非是，得自於鯨魚內臟。《宋史‧禮志》載：「紹興七年，三佛齊國……進貢南珠、象齒、龍涎、珊瑚、琉璃、香藥。」〔元〕脫脫等撰：《宋史》（臺北：鼎文書局，1980年5月再版），冊四，卷一百一十九，頁2814。《游宦紀聞》：「諸香中龍涎最貴重。廣州市直每兩不下百千，次等亦五六十千，係番中禁榷之物，出大食國。」〔宋〕張世南撰：《游宦紀聞》（臺北：臺灣商務印書館，1986年3月，景印文淵閣《四庫全書》本），子部一七○，冊864，卷七，頁622上。

〔註70〕即「梅花妝」，又稱「壽陽妝」。《太平御覽》卷三十引《雜五行書》載：「宋武帝女壽陽公主，人日臥於含章殿簷下，梅花落公主額上，成五出花，拂之不去。皇后留，看得幾時，經三日，洗之乃落。宮女奇其異，竟效之，自後有所謂梅花妝。」〔宋〕李昉等奉敕撰：《太平御覽》（臺北：臺灣商務印書館股份有限公司，1997年7月臺

片寫佳人的儀態，先描繪其佯裝不看人的嬌羞姿態，而後一語一笑中又洋溢著任意灑脫的性情。末句從男子的角度著筆，表現對佳人美麗的容貌和舉止的欣賞，只恨自己不得與佳人親近。全詞生動自然，描繪出佳人裝扮合宜、性格分明的形象，也展現出男女間曲折幽微的情意表現。又如歐陽炯〈浣溪沙〉其二：

> 天碧羅衣拂地垂。美人初著更相宜。宛風如舞透香肌。
> 　　獨坐含嚬吹鳳竹，園中緩步折花枝。有情無力泥人
> 時。（頁449）

此詞寫美人的情態。上片寫美人的裝束，以碧藍、輕飄、垂地的羅衣，彰顯美人溫香柔嫩的肌膚，展現其風采和神韻。下片寫美人的神態，「獨坐」、「含嚬」表其孤獨愁苦的樣貌；「緩步」、「折花枝」表其若有所思的苦悶心情。末句將美人鬱鬱寡歡、慵懶無力的情狀，表露無遺。

（二）睡　態

> 膩粉瓊妝透碧紗。雪休誇。金鳳搔頭墜鬢斜。髮交加。　　倚
> 著雲屏新睡覺。思夢笑。紅腮隱出枕函花。有些些。（張泌
> 〈柳枝〉，頁524）

此詞寫女子睡態。上片寫女子脂粉玉妝，碧紗輕盈，肌膚白皙勝雪，釵墜髮亂的模樣。下片寫女子沉入夢鄉後，露出笑靨，枕花印腮，輕鬆歡樂的情態。李冰若《栩莊漫記》云：「『思夢笑』三字，一篇之骨。」〔註71〕《花間集新注》云：「閨思一般都以『愁態』出現，這首詞則以『夢笑』出現，獨出新裁，別具一格。」〔註72〕「思夢笑」句，既見女子睡態，又透露出其心中幸福之感，使得詞氣生動活潑，清新愉快。又如：

> 半醉凝情臥繡茵。睡容無力卸羅裙。玉籠鸚鵡猒聽聞。

一版第七刷），頁269上。
〔註71〕見李冰若：《花間集評注》，收錄於楊家駱主編：《宋紹興本花間集附校注》（臺北：鼎文書局，1974年10月初版），卷五，頁112。
〔註72〕沈祥源、傅生文注：《花間集新注》（南昌：江西人民出版社，1997年2月第二版），頁194。

　　　　慵整落釵金翡翠，象梳欹鬢月生雲。錦屏綃幌麝煙
薰。（毛熙震〈浣溪沙〉其七，頁586）

落絮殘鶯半日天。玉柔花醉只思眠。惹窗映竹滿爐煙。
　　　　獨掩畫屏愁不語，斜欹瑤枕髻鬟偏。此時心在阿誰
邊。（歐陽炯〈浣溪沙〉其一，頁448）

曉來中酒和春睡。四肢無力雲鬟墜。斜臥臉波春。玉郎休
惱人。　　　日高猶未起。爲戀鴛鴦被。鸚鵡語金籠。道兒
還是慵。（歐陽炯〈菩薩蠻〉其一，頁465）

以上三首詞具是女子睡態的描寫。或因思念情人而「凝情臥繡茵」；
或因寄情遠方而「愁不語」；或因愛侶撩逗而「戀鴛鴦被」，將女子嬌
弱、無力、慵懶之情狀，描繪得生動傳神，宛若一幅幅生動的美人圖。

（三）畫　蝶

　　　　胡蝶兒。晚春時。阿嬌初著淡黃衣。倚窗學畫伊。　　　還
　　　　似花間見，雙雙對對飛。無端和淚拭燕脂。惹教雙翅垂。（張
　　　　泌〈胡蝶兒〉，頁527）

此詞寫女子學畫蝶之情景。上片寫晚春時節，女子身著淡黃色如蝶色
的衣裳，學習畫蝶。「淡黃衣」既指女子衣服色澤，又指蝴蝶之色，
兩相映襯，相得益彰。下片寫畫中之蝶影。「雙雙」句，一語雙關，
畫中之蝶，栩栩如生，正如眼前翩翩飛舞之蝴蝶。俞平伯《唐宋詞選
釋》曾云：「這詞不寫真的蝴蝶而寫畫的蝴蝶；畫上的蝴蝶卻處處當
作真蝴蝶去寫，又關合作畫美人的情感。」〔註73〕看著畫中雙雙對對
之蝴蝶，而興起羨慕之情，反觀自己孤單寂寞，無人陪伴，不禁潸然
淚下。粉淚縱橫，沾染在畫布上，使得畫中飛翔的蝶翅，宛如垂落一
般，呼應著女子的心情。

（四）赴　約

　　　　錦江煙水。卓女燒春濃美。小檀霞。繡帶芙蓉帳，金釵芍

〔註73〕俞平伯選釋：《唐宋詞選釋》（北京：人民文學出版社，2005年8月
　　　　第2版第1刷），頁37。

藥花。　　額黃侵膩髮，臂釧透紅紗。柳暗鶯啼處，認郎
家。（牛嶠〈女冠子〉其二，頁 505）

此詞寫女子赴約。上片「錦江」二句，寫蜀地女子貌美而多情。〔唐〕
李肇《唐國史補》：「酒則有郢州之富水，烏程之若下，滎陽之土窟春，
富平之石凍春，劍南之燒春。」〔註74〕「卓女」句，以「文君當爐」
的典故，寫女子之殊豔姿態。「小檀霞」以下五句，用筆綺豔，極寫
女子服飾之華美，妝容之精緻，處處展露風情。末二句揭出本意，可
知女子精心打扮，爲的是前往赴約，與心上人見面，充分流露出女子
眞率自然的情意。正如〔明〕沈際飛《草堂詩餘別集》卷一云：「情
到至處，勿含蓄。」〔註75〕

（五）調　笑

胸鋪雪，臉分蓮。理繁絃。纖指飛翻金鳳語，轉嬋娟。　　嘈
嘈如敲玉佩，清泠似滴香泉。曲罷問郎名箇甚，想夫憐。（歐
陽炯〈春光好〉其三，頁 458）

此詞寫女子在情人面前彈琴時的情景。上片首二句狀女子姿色之盛，
「理繁絃」以下五句，展現高超琴藝及美妙琴聲。末二句寫女子與情
人間的調笑戲謔，曲調名「想夫憐」，實乃「相府蓮」的訛稱，一語
雙關，充滿浪漫情調。

二、歌舞藝妓

此類以「歌舞藝妓」爲主，依不同的技藝，分爲「歌女」、「舞女」、
「琴女」、「其他」四類，述其妝容、技藝、生活等，展現其風情萬種，
色藝過人的面貌。

（一）歌　女

輕斂翠蛾呈皓齒。鶯囀一枝花影裏。聲聲清迥過行雲，寂寂

〔註74〕〔唐〕李肇撰：《唐國史補》（臺北：臺灣商務印書館，1986 年 3 月，
景印文淵閣《四庫全書》本），子部三四一，冊 1035，頁 447。
〔註75〕轉引自史雙元編著：《唐五代詞紀事會評》（合肥：黃山書社，1995
年 12 月第 1 版第 1 刷），頁 790。

　　　畫梁塵暗起。　　玉罍滿斟情未已。促坐王孫公子醉。春風
　　筵上貫珠勻，豔色昭顏嬌綺旎。（魏承班〈玉樓春〉其二，頁484）

此詞寫歌女美貌無雙，歌藝動人，獻藝勸酒，與王孫公子宴飲歡樂的
情景。上片首句寫歌女之美貌，以下「鶯囀」、「聲聲」、「暗塵起」、「貫
珠」等語，在在形容歌女歌聲之動人，如黃鶯啼囀，婉轉流麗；歌聲
清越，高亢嘹亮；歌喉圓潤，似珠玉成串。其聲藝過人，殷勤勸酒，
使人為之陶醉。末句又寫歌女之容貌，與首句相呼應。全詞分片而意
不斷，極詠歌女高超之歌藝。《花間集新注》評云：「這首詞可以說是
詞中的〈琵琶行〉和〈聽穎師彈琴〉。」〔註76〕評價甚高。

（二）舞　女

　　燭爐香殘簾未捲，夢初驚。花欲謝。深夜。月朧明。何處
　　按歌聲。輕輕。舞衣塵暗生。負春情。（韋莊〈訴衷情〉其一，
　　頁167）

此詞寫舞女的怨情。「燭爐」五句，寫舞女所處的孤寂環境。「何處」
二句，說明女子半夜驚醒的原因，也表達出女子哀怨酸楚的情感。遠
處輕柔的歌聲，帶起女子無限哀愁，只因久未歡舞，舞衣已蒙塵。末
句，雖言辜負大好春景，實則抒發舞女落寞的心情。又如毛熙震〈後
庭花〉其二：

　　輕盈舞妓含芳豔。競妝新臉。步搖珠翠脩蛾斂。膩鬟雲染。
　　　　歌聲慢發開檀點。繡衫斜掩。時將纖手勻紅臉。笑拈
　　金靨。（頁592）

此詞寫舞女的姿容與嬌態。上片首句即點明舞女身姿輕盈曼妙，容貌
嬌豔的形象。全詞結合聲色歌舞，筆觸細膩，畫面生動。

（三）琴　女

　　捍撥雙盤金鳳。蟬鬢玉釵搖動。畫堂前，人不語，絃解語。

〔註76〕沈祥源、傅生文注：《花間集新注》（南昌：江西人民出版社，1997
　　　年2月第二版），頁378。白居易〈琵琶行〉、韓愈〈聽穎師彈琴〉及
　　　李賀〈李憑箜篌引〉被並稱為描寫音樂的「三絕」。

彈到昭君怨處，翠娥愁。不擡頭。（牛嶠〈西溪子〉，頁 513）

此詞寫女子彈琵琶的姿態。首句寫琵琶之精美。「蟬鬢」句，可見女子彈琵琶時專注認真的樣貌。「畫堂」二句，寫琵琶聲優美動人。「絃解語」以下，寫琵琶與人合而為一，女子彈奏琵琶時，透過琵琶聲，傳遞心中的哀愁，絃聲傳愁帶恨，人也輕蹙眉頭，不發一語。古樂府辭有〈王昭君〉，或名〈昭君辭〉、〈昭君嘆〉，描寫昭君出塞之事。杜甫〈詠懷古蹟〉詩其三云：「千載琵琶作胡語，分明怨恨曲中論。」〔註77〕張祜〈昭君怨〉詩其二云：「莫羨傾城色，昭君恨最多。」〔註78〕皆詠昭君事。女子彈奏琵琶時，或藉昭君之怨抒發自己的身世感懷。又如毛熙震〈南歌子〉其一：

遠山愁黛碧，橫波慢臉明。膩香紅玉茜羅輕。深院晚堂人靜、理銀箏。　　鬢動行雲影，裙遮點屐聲。嬌羞愛問曲中名。楊柳杏花時節、幾多情。（頁 589）

此詞寫女子以箏寄情。上片「遠山」三句，寫女子之姿容，「深院」句寫女子夜闌人靜時彈箏之景。下片「鬢動」二句，寫女子彈箏時的嬌態，「嬌羞」三句，表達出箏聲中蘊藏的脈脈春情。〔清〕陳廷焯《雲韶集》卷一評云：「風流蘊藉，妖而不妖。」〔註79〕「幾多情」語，情景相生，予人無限遐想。

（四）其　他

貌掩巫山色，才過濯錦波。阿誰提筆上銀河。月裏寫嫦娥。　　薄薄施鉛粉，盈盈挂綺羅。菖蒲花役魂夢多。年代屬元和。（毛文錫〈巫山一段雲〉其二，頁 541）

此詞詠唐代名妓薛濤。詞中可見薛濤才色過人，略施粉黛，身著綺羅，

〔註77〕見清聖祖御製：《全唐詩》（臺北：明倫出版社，1971 年 5 月初版），冊四，卷二三〇，頁 2511。

〔註78〕見清聖祖御製：《全唐詩》（臺北：明倫出版社，1971 年 5 月初版），冊八，卷五一一，頁 5834。

〔註79〕轉引自史雙元編著：《唐五代詞紀事會評》（合肥：黃山書社，1995 年 12 月第 1 版第 1 刷），頁 891。

風采十足。薛濤熟知音律，能詩善樂，與元稹交情甚篤。居於浣花里，門外廣植菖蒲花及琵琶花，因而元稹在〈寄贈薛濤〉詩中云：「別後相思隔煙水，菖蒲花發五雲高。」詞人引用此典，詠懷薛濤。又如尹鶚〈撥棹子〉其二：

> 丹臉膩。雙靨媚。冠子縷金裝翡翠。將一朵、瓊花堪比。窠窠繡、鴛鳳衣裳香窣地。　　銀臺蠟燭滴紅淚。潑酒勸人教半醉。簾幕外、月華如水。特地向、寶帳顛狂不肯睡。
>
> （頁581）

此詞寫妓女的生活。上片寫女子相貌之美豔與衣著之華麗，十足展露女子的婉媚風情。下片寫夜間與酒客放肆縱情、宴飲狂歡，燈紅酒綠的生活。李冰若《栩莊漫記》評「特地向、寶帳顛狂不肯睡」句，謂其「流於狎暱」。〔註80〕為社會寫實面相的呈現。

第六節 遊仙詞

文學典籍中，歌詠愛情的篇章不勝枚舉。「遊仙」一類主題，所述及的仙人或本於史傳，或本於神話，詞人敷衍本事，或抒男女不得白頭偕老之歡惋，或抒女子大膽追求愛情之勇氣，茲分「仙女與劉阮」、「巫山神女」、「謝真人」、「蕭史與弄玉」、「湘妃」、「洛神」、「漢皋神女」、「羅浮仙子」、「牛郎織女」、「月宮諸神」、「仙人生活」等十一個類別探析。

一、仙女與劉阮

〔宋〕李昉《太平廣記・女仙・天台二女》引《神仙記》載：

> 劉晨、阮肇，入天台採藥，遠不得返，經十三日饑。遙望山上有桃樹子熟，遂躋險援葛至其下。噉數枚，饑止體充。欲下山，以杯取水，見蕪菁葉流下，甚鮮妍。復有一杯流下，有胡麻飯焉。乃相謂曰：「此近人矣。」遂渡山。出一大溪，溪邊有二女子，色甚美，見二人持杯，便笑曰：「劉、

〔註80〕見李冰若：《花間集評注》，收錄於楊家駱主編：《宋紹興本花間集附校注》（臺北：鼎文書局，1974年10月初版），卷九，頁217。

阮二郎捉向杯來。」劉、阮驚。二女遂忻然如舊相識，曰：「來何晚耶？」因邀還家。南東二壁，各有絳羅帳，帳角懸鈴，上有金銀交錯，各有數侍婢使令。其饌有胡麻飯、山羊脯、牛肉，甚美。食畢行酒。俄有群女持桃子，笑曰：「賀汝婿來。」酒酣作樂。夜後各就一帳宿，婉態殊絕。至十日求還，苦留半年。氣候草木，常是春時，百鳥啼鳴，更懷鄉。歸思甚苦，女遂相送，指示還路。鄉邑零落，已十世矣。〔註81〕

此為劉晨、阮肇二人上天台採藥，與仙女相遇，停留仙境，後歸返人間的故事。韋莊賦〈天仙子〉一調，言仙女等待劉、阮二人歸來的心境，如：

> 金似衣裳玉似身。眼如秋水鬢如雲。霞裙月帔一羣羣。來洞口，望煙分。劉阮不歸春日曛。（韋莊〈天仙子〉其五，頁165）

詞起三句言仙女衣著、容貌之美，而後翹首盼望，期待劉、阮二人重返天台，無奈日暮黃昏仍不見情郎歸來。望而不歸，只輕輕一點，戛然而止，無限深情，盡在不言中。含蓄凝煉，神韻天成，有盡而不盡之妙。〔註82〕又如毛文錫〈訴衷情〉其一：

> 桃花流水漾縱橫。春晝彩霞明。劉郎去，阮郎行。惆悵恨難平。　　愁坐對雲屏。算歸程。何時攜手洞邊迎。訴衷情。（頁539）

此詞寫劉、阮二人去後，天仙思念之情。上片首二句寫世外桃源般的仙境。在一片明媚春景中，卻要面對情郎的離去，因此惆悵怨懟，心情難以平復。以樂景寫哀情，更顯其哀。下片極寫天仙的思念。「愁坐」、「算歸程」、「何時」、「迎」、「訴衷情」等語，在在表現出仙女癡癡盼望的深情思念。

〔註81〕〔宋〕李昉等奉敕撰：《太平廣記》（臺北：臺灣商務印書館，1986年3月，景印文淵閣《四庫全書》本），子部三四九，冊1043，卷六十一，頁310下。

〔註82〕艾治平著：《花間詞藝術》（上海：學林出版社，2001年10月第1版第1刷），頁254。

二、巫山（高唐）神女

關於巫山神女的傳說，可見於宋玉〈高唐賦〉與〈神女賦〉。〈高唐賦序〉：

> 昔者楚襄王與宋玉遊於雲夢之臺，望高唐之觀。其上獨有雲氣，崒兮直上，忽兮改容，須臾之間，變化無窮。王問玉曰：「此何氣也？」玉對曰：「所謂朝雲者也。」王曰：「何謂朝雲？」玉曰：「昔者先王嘗遊高唐，怠而晝寢，夢見一婦人曰：『妾巫山之女也，爲高唐之客。聞君遊高唐，願薦枕席。』王因幸之。去而辭曰：『妾在巫山之陽，高丘之阻，旦爲朝雲，暮爲行雨。朝朝暮暮，陽臺之下。』旦朝視之如言。故爲立廟，號曰『朝雲』。」

〔唐〕李善注引《襄陽耆舊傳》：

> 赤帝女曰：桃姬，未行而卒，葬於巫山之陽，故曰：巫山之女。楚懷王遊於高唐，晝寢，夢見與神遇，自稱是巫山之女。王因幸之。遂爲置觀於巫山之南，號爲朝雲。後至襄王時復遊高唐。〔註83〕

在〈神女賦〉中，巫山神女的仙姿：

> 其始來也，耀乎若白日初出照屋梁；其少進也，皎若明月舒其光。須臾之間，美貌橫生。曄兮如華，溫乎如瑩。五色並馳，不可殫形。詳而視之，奪人目精。其盛飾也，則羅紈綺績盛文章，極服妙采照四方。振繡衣，披袿裳，襛不短，纖不長，步裔裔兮曜殿堂。忽兮改容，婉若游龍乘雲翔。嫷披服，倪薄裝，沐蘭澤，含若芳。性合適，宜侍旁，順序卑，調心腸。〔註84〕

詞人詠巫山神女，有全詞未離故實者，如牛希濟〈臨江仙〉其 ·：

> 峭碧參差十二峯。冷煙寒樹重重。瑤姬宮殿是仙蹤。金鑪

〔註83〕宋玉〈高唐賦序〉、〔唐〕李善注引《襄陽耆舊傳》，收錄於〔梁〕蕭統編、〔唐〕李善注：《文選》（臺北・華正書局有限公司，2000 年 10 月），第十九卷，頁 264 下～265 上。

〔註84〕宋玉〈神女賦〉，收錄於〔梁〕蕭統編、〔唐〕李善注：《文選》（臺北：華正書局有限公司，2000 年 10 月），第十九卷，頁 267 下。

珠帳，香靄晝偏濃。　　一自楚王驚夢斷，人間無路相逢。
至今雲雨帶愁容。月斜江上，征棹動晨鐘。（頁543）

上片寫神女廟前，十二峯的景色。下片詠楚懷王夢神女之事。「夢斷」、「無路」、「愁容」在在流露出悽涼之意。末二句寫景，以「斜月」、「征棹」、「晨鐘」做烘托，使江上實景空靈化，情境縹緲，仙氣氤氳，更具情致。詞人寫巫山神女事，著眼於「驚夢斷」、「人間無路相逢」、「一自」、「至今」等語，乃詞人對於愛情已逝的無限慨歎。

三、謝眞人

傳說謝女得道於「謝女峽」，一名「謝女澳（仙女澳）」，在今廣東中山縣附近海域中。〔宋〕李昉《太平廣記·女仙·謝自然》引《集仙錄》載：

> 謝自然者，其先兗州人。父寰，居果州南充，舉孝廉，鄉里器重。……自然性穎異，不食葷血。年七歲，母令隨尼越惠，經年以疾歸。又令隨尼日朗，十月求還。常所言多道家事，詞氣高異。其家在大方山下，頂有古像老君。自然因拜禮，不願卻下。母從之，乃徙居山頂，自此常誦道德經、黃帝內篇。……貞元三年三月，於開元觀詣絕粒道士程太虛，受五千文〈紫靈寶錄〉。……貞元九年，刺史李堅至，自然告云：「居城郭非便，願依泉石。」堅即築室于金泉山，移自然居之。……貞元十年三月三日，移入金泉道場。其日雲物明媚，異于常景。自然云：「此日天眞群仙皆會。」……七月十一日，上仙杜使降石壇上，以符一道，丸如藥丸，使自然服之。……十月十一日，入靜室之際，有仙人來召，即乘麒麟升天。將天衣來迎，自然所著衣留在繩床上，卻回，著舊衣，置天衣於鶴背將去。云：「去時乘麟，回時乘鶴也。」……每天使降時，鸞鶴千萬，眾仙畢集。……二十六日、二十七日，東嶽夫人並來，勸令沐浴，兼用香湯。……自然絕粒，凡一十三年。……十一月九日，詣州與季堅別，云：「中旬的去矣。」亦不更入靜室。

二十日辰時，于金泉道場白日升天，士女數千人，咸共瞻
仰。祖母周氏、母胥氏、妹自柔、弟子李生，聞其訣別之
語曰：「勤修至道。」須臾，五色雲遮互一川，天樂異香，
散漫彌久。所著衣冠簪帔一十事，脫留小繩床上，結繫如
舊。〔註85〕

此爲謝女得道升天之事。牛希濟詠此事而作〈臨江仙〉其二：

謝家仙觀寄雲岑。嚴蘿拂地成陰。洞房不閉白雲深。當時
丹竈，一粒化黃金。　　石壁霞衣猶半挂，松風長似鳴琴。
時聞唳鶴起前林。十洲高會，何處許相尋。（頁543）

詞的上片寫謝眞人修煉之處與煉丹情形。「嚴蘿」兩句，構成幽邃隱
密的神仙境地，「當時」兩句，則寫仙丹煉成，燦爛如黃金的往事。
下片寫眞人芳影無蹤，然仙骨姍姍可見。李冰若《栩莊漫記》云：「詞
作道教語而妙在『石壁霞衣猶半挂，松風長似鳴琴』，用一『猶』字
一『似』字，便絕虛無縹緲，不落板滯矣。」〔註86〕本事言「去時乘
麟，回時乘鶴」，因之仙鶴啼鳴，更增仙境高出塵世的幽趣。「十洲」
〔註87〕兩句，語意雙關，尋仙者或指仙鶴，或有別指。全詞芊綿婉麗，
一景一物，清幽雅緻，予人如臨其境的眞實感。

四、蕭史與弄玉

〔宋〕李昉《太平廣記・神仙四》云：

蕭史不知得道年代，貌如二十許人，善吹簫作鸞鳳之
響……。秦穆公有女弄玉，善簫。公以弄玉妻之，遂教弄玉

〔註85〕〔宋〕李昉等奉敕撰：《太平廣記》（臺北：臺灣商務印書館，1986
　　　年3月，景印文淵閣《四庫全書》本），子部三四九，冊1043，卷六
　　　十六，頁331下～335下。
〔註86〕見李冰若：《花間集評注》，收錄於楊家駱主編：《宋紹興本花間集附
　　　校注》（台北：鼎文書局，1974年10月初版），卷五，頁131。
〔註87〕古時傳聞神仙所居之處。《海內十洲記》：「漢武帝既聞西王母說，八
　　　方巨海之中，有祖洲、瀛洲、玄洲、炎洲、長洲、元洲、流洲、生
　　　洲、鳳麟洲、聚窟洲。有此十洲，乃人跡所稀絕處。」〔漢〕東方朔
　　　撰：《海內十洲記》（臺北：臺灣商務印書館，1986年3月，景印文
　　　淵閣《四庫全書》本），子部三四八，冊1042，頁274上。

作鳳鳴。居十數年，吹簫似鳳聲，鳳凰來止其屋，公爲作鳳
台。夫婦止其上，不飲不食，不下數年。一旦，弄玉乘鳳，
蕭史乘龍昇天而去。秦爲作鳳女祠，時聞簫聲。〔註88〕

此爲蕭史、弄玉得道成仙，昇天而去之典故。牛希濟化用此典，作〈臨
江仙〉其三：

> 渭闕宮城秦樹凋。玉樓獨上無憀。含情不語自吹簫。調清
> 和恨，天路逐風飄。　　何事乘龍人忽降，似知深意相招。
> 三清攜手路非遙。世間屛障，彩筆劃嬌饒。（頁543）

此詞將主人翁化身爲弄玉，以弄玉的口吻，寫其對愛情的嚮往。上片
「秦樹凋」、「獨上」、「無憀」、「自吹簫」、「調清和恨」等語，透露出
弄玉孤獨寂寞的心境，只能藉由吹簫抒發心中幽情。下片寫弄玉與蕭
史的相遇，兩人情投意合，攜手同心，無懼於塵世阻隔，共赴仙家之
地。全闋既有人間纏綿之情，又有仙家飄逸之態，仙氣人情，水乳交
融，韻味深長。〔註89〕

五、湘　妃（娥皇、女英）

　　湘妃，即堯之二女，娥皇、女英，爲舜之妻。關於湘妃的事蹟，
見載於許多典籍。〔漢〕劉向《列女傳・母儀傳・有虞二妃》載：

> 有虞二妃者，帝堯之二女也。長娥皇，次女英。……四嶽
> 薦之於堯，堯乃妻以二女以觀厥內。二女承事舜於畎畝之
> 中，不以天子之女故而驕盈怠嫚，猶謙謙恭儉，思盡婦
> 道。……舜既嗣位，升爲天子，娥皇爲后，女英爲妃。……
> 天下稱二妃聰明貞仁。舜陟方，死於蒼梧，號曰重華。二
> 妃死於江湘之間，俗謂之湘君。君子曰：「二妃德純而行篤。
> 詩云：『不顯惟德，百辟其刑之。』」此之謂也。〔註90〕

〔註88〕〔宋〕李昉等奉敕撰：《太平廣記》（臺北：臺灣商務印書館，1986
　　　　年3月，景印文淵閣《四庫全書》本），子部三四九，冊1043，卷四，
　　　　頁22上。

〔註89〕沈祥源、傅生文注：《花間集新注》（南昌：江西人民出版社，1997
　　　　年2月第二版），頁231。

〔註90〕〔漢〕劉向撰、鄭曉霞、林佳鬱編：《列女傳彙編》（北京：北京圖

〔南朝·梁〕任昉《述異記》載：

　昔舜南巡，而葬於蒼梧之野，堯之二女娥皇、女英追之不
　及，相與慟哭，淚下沾竹，竹文上爲之斑斑然。〔註91〕

〔北魏〕酈道元《水經注·湘水》載：

　大舜之陟方也，二妃從征，溺於湘江，神遊洞庭之淵，出
　入瀟湘之浦。

　湘水又北，逕黃陵亭西，右合於黃陵水口，其水上承大湖，
　湘水西流，逕二妃廟南，世謂之黃陵廟也。〔註92〕

詞人詠湘妃之典者，如張泌〈臨江仙〉：

　煙收湘渚秋江靜，蕉花露泣愁紅。五雲雙鶴去無蹤。幾迴
　魂斷，凝望向長空。　　翠竹暗留珠淚怨，閑調寶瑟波中。
　花鬟月鬢綠雲重。古祠深殿，香冷雨和風。（頁520）

上片首二句，「煙收」、「秋江靜」，言湘妃所居之處，幽清靜謐。「露
泣」、「愁紅」，以物代人，言湘妃幽怨的心情。以環境烘托悲劇氣氛，
使景物呈現悲傷色彩。「五雲」三句，極寫舜崩而湘妃傷心斷腸。下
片「翠竹」二句，以「湘妃竹」與「湘妃鼓瑟」〔註93〕二事寫二妃之
怨。後三句以景結情，與開篇的悲傷氣息相呼應，正如湯顯祖評本《花
間集》卷二云：「語氣委婉，不即不離，水仙之雅調也。」〔註94〕全

書館出版社，2007 年 7 月第一版），卷一，頁 30～31。

〔註91〕〔南朝·梁〕任昉撰：《述異記》（臺北：臺灣商務印書館，1986 年
　　　　3 月，景印文淵閣《四庫全書》本），子部三五三，冊 1047，卷上，
　　　　頁 615。

〔註92〕〔北魏〕酈道元撰：《水經注》（臺北：臺灣商務印書館，1986 年 3
　　　　月，景印文淵閣《四庫全書》本），史部三三一，冊 573，頁 566 下
　　　　～567 上。

〔註93〕李冰若《花間集評注》：「〈楚辭〉：『使湘靈鼓瑟兮。』王注，湘水之
　　　　神也。洪興祖注，堯女娥皇、女英爲舜妃。舜崩蒼梧，二妃哭極哀，
　　　　淚染于竹，斑斑如淚痕。《洞庭志》，二妃墓在君山，〈楚辭〉之湘君、
　　　　湘夫人，或謂即皇、英也。」李冰若：《花間集評注》，收錄於楊家
　　　　駱主編：《宋紹興本花間集附校注》（臺北·鼎文書局，1974 年 10 月
　　　　初版），卷四，頁 108。

〔註94〕轉引自李冰若：《花間集評注》，收錄於楊家駱主編：《宋紹興本花間
　　　　集附校注》（臺北：鼎文書局，1974 年 10 月初版），卷四，頁 108。

詞「極縹渺之思，不落凡俗」。﹝註95﹞又如毛文錫〈臨江仙〉：

> 暮蟬聲盡落斜陽。銀蟾影挂瀟湘。黃陵廟側水茫茫。楚江
> 紅樹，煙雨隔高唐。　　岸泊漁燈風颭碎，白蘋遠散濃香。
> 靈蛾鼓瑟韻清商。朱絃淒切，雲散碧天長。（頁540）

此詞以景言情，詠湘妃鼓瑟之事。上片寓情於景，「暮蟬」、「斜陽」、
「水茫茫」等語具顯清冷淒寂，正是二妃心境的寫照。「楚山」二句，
引用楚王與神女事，來喻舜與二妃事，以「高唐」與「煙雨」相隔，
表達昔日歡愛已成往事，終難再續前緣。下片亦寫景。「靈蛾」二句
以鼓瑟之聲韻悲婉淒清，極言二妃之情懷哀怨悲切。最後以景結情。
全詞充滿疏朗古樸之韻味，別具格調。

六、洛　神

　　神話中洛水的女神。相傳是宓妃，伏羲氏之女，溺死於洛水中，
而被奉爲洛水之神。﹝註96﹞曹植經洛水有感，作〈洛神賦〉，其序言：

> 黃初三年，余朝京師，還濟洛川。古人有言，斯水之神，
> 名曰宓妃。感宋玉對楚王神女之事，遂作斯賦。

　　賦中致力描繪洛神的姿容儀態及衣著服飾：

> 其形也，翩若驚鴻，婉若游龍。榮曜秋菊，華茂春松。髣
> 髴兮若輕雲之蔽月，飄颻兮若流風之迴雪。遠而望之，皎
> 若太陽升朝霞；迫而察之，灼若芙蕖出淥波。襛纖得衷，
> 脩短合度。肩若削成，腰如約素。延頸秀項，皓質呈露。
> 芳澤無加，鉛華弗御。雲髻峨峨，脩眉聯娟。丹脣外朗，

﹝註95﹞ 語出李冰若《栩莊漫記》，見李冰若：《花間集評注》，收錄於楊家駱
　　　　主編：《宋紹興本花間集附校注》（臺北：鼎文書局，1974年10月初
　　　　版），卷四，頁108。

﹝註96﹞ 〈離騷〉：「吾令豐隆乘雲兮，求宓妃之所在。」〔宋〕朱熹撰、蔣立
　　　　甫校點：《楚辭集注》（上海：上海古籍出版社，2001年12月），卷
　　　　一，頁20。《史記・司馬相如傳・上林賦》：「若夫青琴宓妃之徒。」
　　　　裴駰集解引如淳曰：「宓妃，伏羲女，溺死洛水，遂爲洛水之神。」
　　　　〔漢〕司馬遷撰：《史記》（臺北：鼎文書局，1990年7月十版），冊
　　　　四，卷一百一十七，頁3039～3040。

皓齒內鮮。明眸善睞，靨輔承權。瑰姿豔逸，儀靜體閑。
柔情綽態，媚於語言。奇服曠世，骨像應圖。披羅衣之璀
粲兮，珥瑤碧之華琚。戴金翠之首飾，綴明珠以耀軀。踐
遠遊之文履，曳霧綃之輕裾。微幽蘭之芳藹兮，步踟躕於
山隅。於是忽焉縱體，以遨以嬉。〔註97〕

展現洛神之美。牛希濟亦作〈臨江仙〉其五詠洛神：

素洛春光瀲灩平。千重媚臉初生。凌波羅襪勢輕輕。煙籠
日照，珠翠半分明。　　風引寶衣疑欲舞，鸞迴鳳翥堪驚。
也知心許恐無成。陳王辭賦，千載有聲名。（頁544）

詞的上片寫春日洛水與洛神之美。詞人以「千重媚臉初生」，極言洛
神容貌嬌豔；「凌波羅襪勢輕輕」，寫其體態輕盈的綽約仙姿。湯顯祖
評本《花間集》卷二：「洛神寫照，正在阿堵中。驚鴻游龍數語，已
為描盡。」〔註98〕既寫景，又寫神，兩者相輝映，更顯其麗。下片「風
引」二句，續詠洛神美姿。接著述說曹植與洛神兩心相許，無奈人神
兩隔，終究無法長相廝守，只能為文作賦，千載流傳。詞中表現曹植
對美好理想的追求，雖情深意摯，然現實阻隔，美滿戀情可望而不可
及，不免使人遺憾。

七、漢皋神女

〔漢〕劉向《列仙傳・江妃二女》載：

江妃二女者，不知何所人也。出遊於江漢之湄，逢鄭交甫。
見而悅之，不知其神人也。謂其僕曰：「我欲下請其佩。」
僕曰：「此間之人皆習於辭，不得，恐罹悔焉。」交甫不聽，
遂下，與之言曰：「二女勞矣。」二女曰：「客子有勞，妾
何勞之有？」交甫曰：「橘是柚也，我盛之以笥，令附漢水，
將流而下。我遵其傍，採其芝而茹之，以知吾為不遜也。

〔註97〕收錄於〔梁〕蕭統編、〔唐〕李善注：《文選》（臺北・華正書局有限
　　　　公司，2000年10月），第十九卷，頁270。
〔註98〕轉引自李冰若：《花間集評注》，收錄於楊家駱主編：《宋紹興本花間
　　　　集附校注》（臺北：鼎文書局，1974年10月初版），卷五，頁132。

願請子之佩。」二女曰：「橘是柚也，我盛之以莒，令附漢水，將流而下。我遵其旁，採其芝而茹之。」遂手解佩與交甫。交甫悅，受而懷之中當心。趨去數十步，視佩，空懷無佩。顧二女，忽然不見。〔註99〕

牛希濟詠此典而作〈臨江仙〉其六：

> 柳帶搖風漢水濱。平蕪兩岸爭勻。鴛鴦對浴浪痕新。弄珠遊女，微笑自含春。　　輕步暗移蟬鬢動，羅裙風蹙輕塵。水精宮殿豈無因。空勞纖手，解珮贈情人。（頁544）

此詞寫漢皋女神勇於追求愛情。上片寫漢水江景。柳絲嫋娜，隨風搖漾，兩岸芳草如茵，平坦勻稱，水上鴛鴦，對對相偎，春水融融，處處是春景。「微笑自含春」一句，言女神微笑中洋溢著少女的情思，一如凡間女子，對愛情充滿追求與渴望。下片「輕步」兩句，寫女神綽約的風姿。結三句寫人神兩隔，「空勞」二字，惋惜之情，油然而生。詞中女神美麗而多情的形象，已超乎原典所述，更顯女神有血有肉的真性情。而毛文錫〈浣溪沙〉其一：

> 春水輕波浸綠苔。枇杷洲上紫檀開。晴日眠沙鸂鶒穩，暖相偎。　　羅襪生塵游女過，有人逢著弄珠迴。蘭麝飄香初解珮，忘歸來。（頁537）

亦是上片寫景，下片寫情。「初解珮」一語，除卻一般世俗女子的矜持與疑慮，大方展現傾心戀慕的情意，將女神的態度由被動化為主動，凸顯女神真誠勇敢的形象。

八、羅浮仙子

〔晉〕王嘉《拾遺記·洞庭山》載：

> 洞庭山浮於水上，其下有金堂數百間，帝女居之。四時聞金石絲竹之聲，徹於山頂。楚懷王之時，舉賢才賦詩於水湄，故云瀟湘洞庭之樂，聽者令人難忘，雖〈咸池〉、〈九韶〉，不得比焉。……其山又有靈洞，入中常如有燭於前。

〔註99〕〔漢〕劉向撰、王叔岷校箋：《列仙傳校箋》（北京：中華書局，2007年6月），卷上，頁52。

中有異香芬馥，泉石明朗。採藥石之人入中，如行十里，
迥然天清霞耀，花芳柳暗，丹樓瓊宇，宮觀異常。乃見眾
女，霓裳冰顏，豔質與世人殊別。〔註100〕

〔唐〕柳宗元《龍城錄》曾載：

隋開皇中，趙師雄遷羅浮。一日，天寒日暮，在醉醒間，
因憩僕車於松林間酒肆傍舍，見一女子，淡妝素服，出迓
師雄。時已昏黑，殘雪對月色微明。師雄喜之，與之語，
但覺芳香襲人，語言極清麗。因與之扣酒家門，得數杯，
相與飲。少頃，有一綠衣童來，笑歌戲舞，亦自可觀。頃
醉寢，師雄亦懵然，但覺風寒相襲。久之，時東方已白。
師雄起視，乃在大梅花樹下，上有翠羽啾嘈相顧，月落參
橫。但惆悵而爾。〔註101〕

以上為洞庭、羅浮相關事蹟。牛希濟詠羅浮仙子，作〈臨江仙〉其七：

洞庭波浪颭晴天。君山一點凝煙。此中真境屬神仙。玉樓
珠殿，相映月輪邊。　　萬里平湖秋色冷，星辰垂影參然。
橘林霜重更紅鮮。羅浮山下，有路暗相連。（頁544）

詞的上片總括洞庭美景。洞庭湖水在燦爛的秋陽下，徐徐的秋風中微
微蕩漾。遙望湖中君山，若有似無，縹緲神秘。詞接以「玉樓珠殿」
與月輪相映，幻化出美麗的，令人神往的仙境。下片寫洞庭秋夜美景。
萬里無際的湖面上，凝聚著秋色的清冷，參差錯落的繁星，倒映在靜
謐的湖面上，地上橘林紅鮮，著實為一幅美景圖。末二句，詞人以虛
襯實，將人間美景通向去路飄渺的洞穴，虛實相生，更添神秘色彩。
雖言仙事，實寫人情，予人無限遐想。

〔註100〕　〔晉〕王嘉撰、〔梁〕蕭綺輯編：《拾遺記》（臺北：臺灣商務印書
　　　　　館，1986年3月，景印文淵閣《四庫全書》本），子部三四八，冊
　　　　　1042，卷十，頁363。

〔註101〕　《龍城錄‧趙師雄醉憩梅花下》，宋人王鈺托名唐柳宗元而撰。轉引
　　　　　自沈祥源、傅生文注：《花間集新注》（南昌：江西人民出版社，1997
　　　　　年2月第二版），頁235。原文出處未詳，《說郛》載有此事。〔明〕陶
　　　　　宗儀編：《說郛》（臺北：臺灣商務印書館，1986年3月，景印文淵閣
　　　　　《四庫全書》本），子部一八三，冊877，卷二十六上，頁457上。

九、牛郎織女

《荊楚歲時記》載：

> 天河之東有織女，天帝之女孫也。年年織杼勞役，織成雲錦天衣，天帝憐其獨處，許嫁河西牽牛郎，嫁後遂廢織紉，天帝怒，責令歸河東，唯每年七月七日夜，渡河一會。〔註102〕

此爲牛郎、織女每年七夕相會本事。毛文錫作〈浣溪沙〉其二：

> 七夕年年信不違。銀河清淺白雲微。蟾光鵲影伯勞飛。
>
> 　　每恨蟪蛄憐婺女，幾迴嬌妬下鴛機。今宵嘉會兩依依。（頁537）

此詞寫織女期盼七夕與牛郎相會之事。上片首句即言兩情相悅，心意堅定。在清淺的銀河之中，月亮之光，鵲橋之影，伯勞紛飛之貌，正是七夕即將到來的象徵。「銀河」、「蟾光」、「鵲影」、「伯勞」〔註103〕營造出情人得以重逢的美好景象。下片寫織女的心聲。每每聽著蟪蛄啼鳴，彷彿是對婺女星傾訴無盡情意，而感到惱怒，忌妒著備受憐惜的婺女星，因此無心織紉，只盼與牛郎相會時，兩人情依依、意脈脈，度佳期。詞人將「蟪蛄」〔註104〕、「婺女星」〔註105〕擬人化，並以「恨」、「憐」、「嬌妬」等情緒來表達織女企盼之情，既寫織女，亦含蓄地寫出世間女子，與情郎恨不得相逢的幽怨心情。

〔註102〕《荊楚歲時記》僅載：「七月七日爲牽牛織女聚會之夜。」〔梁〕宗懍撰：《荊楚歲時記》（臺北：臺灣商務印書館，1986年3月，景印文淵閣《四庫全書》本），史部三四七，冊589，頁23下。〔梁〕殷芸撰：《小說・月令廣義》載有牛郎織女每年七夕相會本事。

〔註103〕〈東飛伯勞歌〉：「東飛伯勞西飛燕，黃姑織女時相見。」收錄於〔陳〕徐陵編：《玉臺新詠》（臺北：臺灣商務印書館，1986年3月，景印文淵閣《四庫全書》本），集部二七○，冊1331，卷九，頁699下。黃姑，牽牛星的別名。

〔註104〕蟬類。吻長，體短。色黃綠，有黑白條紋，翅膀有黑斑。雄體腹部有鳴器，聲音響亮。

〔註105〕星座名。二十八宿之一。或稱爲「寶婺」、「須女」、「婺女」。《史記・天官書》：「婺女，其北織女。織女，天女孫也。」〔漢〕司馬遷撰：《史記》（臺北：鼎文書局，1990年7月十版），冊二，卷二七，頁1311。

十、月宮諸神

　　關於月亮的神話，許多文學典籍中均有記載，如〔唐〕段成式《酉陽雜俎》載：

> 舊言月中有桂，有蟾蜍，故異書言月桂高五百丈，下有一人常斫之，樹創隨合，其人姓吳名剛，河西人，學仙有過，謫伐桂。〔註106〕

　　〔宋〕蘇軾《漁樵閒話錄》上篇引《逸史》云：

> 羅公遠引明皇遊月宮，執一竹枝於空中，爲大橋，色如金。行十數里，至一大城闕。羅曰：「此乃月宮也。」仙女數百，素衣飄然，舞於廣庭中。〔註107〕

月亮之於人們，有著高潔、美好的象徵意義，人們對它心馳神往，因而創造出許多月亮的神話故事，如毛文錫〈月宮春〉亦是此類神話故事的敷衍，其詞如下：

> 水精宮裏桂花開。神仙探幾迴。紅芳金蘂繡重臺。低傾馬腦盃。　　玉兔銀蟾爭守護，姮娥姹女戲相偎。遙聽鈞天九奏，玉皇親看來。（頁538）

此詞就題發揮，寫月宮的景色與宮內諸神的生活。上片寫月宮中，高大的桂花樹正盛開著桂花，宮園裡滿是鮮紅豔麗的花朵，花香彌漫的美麗場景。「低傾」三句，寫月宮裡設宴款待，仙人們舉杯飲酒，玉兔、銀蟾、嫦娥、姹女隨侍在旁，眾仙開懷暢快的樣子。在一片仙樂聲中，玉帝也親臨月宮巡視。月宮之美景，爲幻想之境，隱含詞人對美好生活的追求，正是現實生活中所不可企及的。〔註108〕

〔註106〕〔唐〕段成式撰：《酉陽雜俎》（臺北：臺灣商務印書館，1986年3月，景印文淵閣《四庫全書》本），子部三五三，冊1047，卷一，頁643下。

〔註107〕收錄於傅璇琮等主編：《全宋筆記》（鄭州：大象出版社，2003年10月），第一編，第九冊，頁240。

〔註108〕封建時代把「月中折桂」比喻成中舉，此詞中「月宮」、「桂花」、「金蘂」、「繡臺」、「鈞天」、「玉皇」等一系列詞語，與作者意念中的君國功名，不無關係。見沈祥源、傅生文注：《花間集新注》（南昌：江西人民出版社，1997年2月第二版），頁222。又，舊以「月中

十一、仙人生活

絳闕登眞子，飄飄御彩鸞。碧虛風雨佩光寒。斂袂下雲端。

月帳朝霞薄，星冠玉藥攢。遠遊蓬島降人間。特地拜龍顏。（歐陽炯〈巫山一段雲〉其一，頁457）

此詞寫得道者翩然降臨人間，登闕朝見皇帝之事。詞人以「飄飄」、「御彩鸞」、「下雲端」、「遠遊蓬島」、「降人間」描繪仙人不受拘束，自得遠遊的形象，對神仙的逍遙生活，寄予無比羨慕之情。

第七節　女冠詞

〔五代〕孫光憲《北夢瑣言・逸文補遺》載：「蜀後主自裏小巾，卿士皆同之。宮妓多衣道服，簪蓮花冠，每侍燕醺醉，則容其同輩免冠，鬌然其髻，別爲一家之美。」〔註109〕可見西蜀宮中的女道形象。〔清〕龔自珍〈上清眞人碑書後〉云：「余平生不喜道書，亦不願見道士，以其剿用佛書門面語，而歸墟只在長生，其術至淺易，宜其無瑰文淵義也。獨于六朝諸道家若郭景純、葛稚川、陶隱居一流及北朝之鄭道昭，則又心喜之，以其有飄颻放曠之樂，遠師莊周、列禦寇，近亦不失王輔嗣一輩遺意也，豈得與五斗米弟子並論而並輕之耶？至唐而又一變，唐之道家，最近劉向所錄房中家。唐世武曌、楊玉環，皆爲女道士，而至眞公主奉張眞人爲尊師。一代妃主凡爲女道士可考於傳記者四十餘人，其無考者，雜見於詩人諷刺之作，魚玄機、李冶輩應之于下。韓愈所謂『雲窗霧閣事窈窕』；李商隱又有『絳節飄搖空國來』一首，猶爲妖冶，皆

折桂」或「蟾宮折桂」比喻登科及第。詞中的桂花，不僅有「紅芳金藥繡重臺」的美資豔質，而且「神仙」、「玉兔銀蟾」和「姮娥姹女」都對它尊崇愛護，尤其是玉帝天皇也紆尊降貴親臨探望。簡直成了天上人間所最珍愛者。調寄〈月宮春〉，似更有羨登科及第之意。見艾治平著：《花間詞藝術》（上海：學林出版社，2001年10月第1版第1刷），頁298～299。
〔註109〕見《北夢瑣言》「這邊走那邊走」條。〔五代〕孫光憲撰、賈二強點校：《北夢瑣言》（北京：中華書局2002年6月第1版第1刷），頁457。

有一唐道家支流之不可問者也。」〔註110〕清晰扼要說出自六朝以來，尤其唐代道教和女冠盛行的狀況。李冰若《栩莊漫記》云：「唐自武后度女尼始，女冠甚眾，其中不乏豔跡，如魚玄機輩，多與文士往來，故唐人詩詞詠女冠者類以情事入辭。」〔註111〕由此可知唐以來女冠的形象深入人心，而文學作品中以此為題者，兼及女冠情事。

「女冠」〔註112〕主題，在西蜀詞人群體創作之四百一十六闋詞中，〈女冠子〉一調，共有十八闋，為韋莊（四月十七）、（昨夜夜半）兩闋；薛昭蘊（求仙去也）、（雲羅霧縠）兩闋；牛嶠（綠雲高髻）、（錦江煙水）、（星冠霞帔）、（雙飛雙舞）四闋；張泌（露花煙草）一闋；尹鶚（雙成伴侶）一闋；李珣（星高月午）、（春山夜靜）兩闋；鹿虔扆（鳳樓琪樹）、（步虛壇上）兩闋；毛熙震（碧桃紅杏）、（脩蛾慢臉）兩闋；歐陽炯（薄妝桃臉）、（秋宵秋月）兩闋。就內容觀之，韋莊兩闋；牛嶠（錦江煙水）、（雙飛雙舞）兩闋；歐陽炯兩闋，應與女冠無關，故女冠詞有十二闋。又本節所論之「女冠詞」，凡內容涉及「女冠」者皆錄之，不限於〈女冠子〉調，則顧敻〈虞美人〉（少年豔質勝瓊英）亦屬此類。

此主題內容多透過女冠日常生活的描繪與述說心曲，來凸顯女冠形象，本節茲分為「清麗高潔」與「任性真率」兩類，探析西蜀詞人筆下的女冠面貌。

〔註110〕〔清〕龔自珍撰：《龔自珍全集》，收錄於李敖主編：《中國名著精華全集》（臺北：遠流出版社，1983年7月31日初版），第二十一冊，頁301～302。

〔註111〕見李冰若：《花間集評注》，收錄於楊家駱主編：《宋紹興本花間集附校注》（臺北：鼎文書局，1974年10月初版），卷四，頁92。

〔註112〕關於「女冠」主題，彭國忠〈試論《花間集》中女冠子詞〉一文，以《花間集》中的女冠子調下之詞為研究對象，未涉及《花間集》內全部女冠詞。舉《花間集》中女冠子調十九首詞，認為其中六首：韋莊（四月十七）闋、（昨夜夜半）闋；牛嶠（綠雲高髻）闋、（錦江煙水）闋、（雙飛雙舞）闋，毛熙震（脩娥慢臉）等闋，可能與道教無關。其他十三首，都是寫女道士的道教活動，屬於「詠調名本意」。詳見彭國忠：〈試論《花間集》中女冠子詞〉，收錄於鄧喬彬等主編：《詞學》（上海：華東師範大學出版社，2007年12月），第十八輯，頁46～57。

一、清麗高潔

> 求仙去也。翠鈿金篦盡捨。入嵒巒。霧捲黃羅帔，雲彫白
> 玉冠。　　野煙溪洞冷，林月石橋寒。靜夜松風下，禮天
> 壇。（薛昭蘊〈女冠子〉其一，頁501）

此詞寫女子不眷戀紅塵，捨棄人間煙火，入巖求仙之事。上片「黃羅帔」、「白玉冠」言女子裝束整齊清雅。下片寫在天壇禮拜時，巖中「冷」、「寒」、「靜」，帶有清寂之仙氣。又如李珣〈女冠子〉其一：

> 星高月午。丹桂青松深處。醮壇開。金磬敲清露，珠幢立
> 翠苔。　　步虛聲縹緲，想像思徘徊。曉天歸去路，指蓬
> 萊。（頁602）

此詞寫女道士深夜誦經作法事。詞中以「星高」、「青松」、「清露」、「翠苔」等語營造出煙雲滿紙的世外仙境，呈現出清雅脫俗之美。女道士在夜醮結束，天曉之際，歸向蓬萊，乃是追求仙境的心理。全詞清幽縹緲，脫俗仙氣翩然而生。

二、任性眞率

　　女道士雖欲求超脫，然終究身處紅塵俗世中，故詞人就女道士心理層面敘述，使她們從深山道觀的藩籬解脫出來，反映她們的人生追求。「遊仙」主題中，「仙女與劉阮」本事，為劉晨、阮肇二人上天台採藥，與仙女相遇，停留仙境，後歸返人間的故事。後多以「劉郎」、「阮郎」、「劉阮」為情郎的代稱。詞人用此典故，讓女道士回歸世間女子身分，著筆於女道士對美滿感情的追求，以及不能得償宿願的幽微心情，諸詞如下：

> 雲羅霧縠。新授明威法錄。降眞函。髻綰青絲髮，冠抽碧
> 玉簪。　　往來雲過五，去住島經三。正遇劉郎使，啓瑤
> 緘。（薛昭蘊〈女冠子〉其二，頁501）

> 星冠霞帔。住在蕊珠宮裏。佩丁當。明翠搖蟬翼，纖珪理
> 宿妝。　　醮壇春草綠，藥院杏花香。青鳥傳心事，寄劉
> 郎。（牛嶠〈女冠子〉其三，頁505）

露花煙草。寂寞五雲三島。正春深。貌減潛銷玉，香殘尚惹襟。　　竹疏虛檻靜，松密醮壇陰。何事劉郎去，信沉沉。（張泌〈女冠子〉，頁 520）

春山夜靜。愁聞洞天疏磬。玉堂虛。細霧垂珠珮，輕煙曳翠裾。　　對花情脈脈，望月步徐徐。劉阮今何處，絕來書。（李珣〈女冠子〉其二，頁 602）

少年豔質勝瓊英。早晚別三清。蓮冠穩簪鈿篦橫。飄飄羅袖碧雲輕。畫難成。　　遲遲少轉腰身裊。翠靨眉心小。醮壇風急杏枝香。此時恨不駕鸞凰。訪劉郎。（顧夐〈虞美人〉其六，頁 551）

鳳樓琪樹。惆悵劉郎一去。正春深。洞裏愁空結，人間信莫尋。　　竹疏齋殿迥，松密醮壇陰。倚雲低首望，可知心。（鹿虔扆〈女冠子〉其一，頁 570）

以上六闋詞，可見詞人對於女冠題材造景、描人之用心。綜觀而言，女道士身處「雲羅霧縠」、「露花煙草」、「竹疏虛檻靜，松密醮壇陰」、有「鳳樓琪樹」、「竹疏齋殿迥，松密醮壇陰」等，煙霧繚繞，景色清幽，環境冷寂之地。

女冠的外在形象、妝容服飾為「鬌綰青絲髮，冠抽碧玉簪」、「星冠霞帔」、「佩丁當，明翠搖蟬翼，纖珪理宿妝」、「細霧垂珠珮，輕煙曳翠裾」、「少年豔質勝瓊英」、「蓮冠穩簪鈿篦橫，飄飄羅袖碧雲輕」、「遲遲少轉腰身裊，翠靨眉心小」，多半呈現綠鬌蓮冠，羅袖霞帔，飄然若仙的殊豔之姿，真可謂「豔質勝瓊英」、「畫難成」。

由於女道士尚有思凡之心，因此面對感情，真情流露，而「對花情脈脈，望月步徐徐」、「倚雲低首望」，嬌態可見。然而美滿的幸福難尋，因此「正遇劉郎使，啟瑤緘」、「青鳥傳心事，寄劉郎」、「何事劉郎去，信沉沉」、「劉阮今何處，絕來書」、「此時恨不駕鸞凰，訪劉郎」、「惆悵劉郎一去」、「人間信莫尋」，述說心曲，徒留遺憾。詞中清疏、陰靜之景，更加映襯出女道士之寂寞與哀愁。又如牛嶠〈女冠子〉其一：

> 綠雲高髻。點翠勻紅時世。月如眉。淺笑含雙靨，低聲唱
> 小詞。　　眼看唯恐化，魂蕩欲相隨。玉趾迴嬌步，約佳
> 期。（頁 504）

此詞寫女道士美而多情，令人難忘的感受。上片以男子的眼光，融合
綺麗的筆觸，描寫一位美麗動人，妝飾入時的女道士。「淺笑」二句，
聲態並現，足見人之風情萬種。下片先寫男子的心情，「眼看」句似
男子之暗語，將男子對女道士魂牽夢縈的愛慕之情表露無遺。「玉趾」
二句，寫女道士回眸顧盼，嬌俏多情，再約佳期，表達兩情相悅的愉
快心境。況周頤《餐櫻廡詞話》云：「『眼看唯恐化，魂蕩欲相隨。』
別是一種說得盡，與『須作一生拚』云云不同。」〔註 113〕謂其言之
有品，未流於俚俗。

〔註113〕　收錄於況周頤著、孫克強輯考：《蕙風詞話　廣蕙風詞話》（鄭州：
　　　　　中州古籍出版社，2003 年 11 月第 1 版第 1 刷），《廣蕙風詞話》卷
　　　　　五，頁 408。

第四章　西蜀詞人群體創作主題（下）
——人事風土

　　本章將西蜀詞的創作分為「仕進詞」、「漁隱詞」、「詠懷詞」、「游逸詞」、「詠物詞」、「風土詞」、「邊塞詞」等七個主題論述。「仕進詞」為詞人賦登科及第之事。「漁隱詞」多寫遠離塵囂，歸隱山林，寄情於山水之中的自然感受。「詠懷詞」又分「感傷亡國」、「去國懷鄉」、「詠史懷古」、「觸景生情」等四個類別，抒發詞人所思所感。「游逸詞」又分「公子冶遊」與「及時行樂」兩個類別，多寫放縱肆恣、人生苦短、及時行樂之事。「詠物詞」下分「詠植物」、「詠動物」、「詠景」等三個類別，有純詠物之美者；亦有藉物比興，抒情敘志者。「風土詞」下分「南國女子風情」、「南國風俗」、「南國風物與生活」與「南國寺廟祈祀」等四個類別，透過人物、器物、動植物、風俗活動的描繪，展現出南國的特有風貌。「邊塞詞」一類，則寫邊塞荒寒與征夫之苦。

第一節　仕進詞
　　「學而優則仕」自古以來為文人士子根深柢固的信念，冀盼幾載寒窗苦讀，終能求取功名。五代西蜀詞人不免於此，因而作詞傳誦。《詩經·小雅·伐木》：「伐木丁丁，鳥鳴嚶嚶；出自幽谷，遷于喬木。」

〔註1〕〔唐〕韋絢《劉賓客嘉話錄》:「今謂登第爲遷鶯,蓋本《毛詩》:
『伐木丁丁,鳥鳴嚶嚶;出自幽谷,遷于喬木。』」〔註2〕因之〈喜遷鶯〉一調,多賦登第事。西蜀詞人亦擇此調賦登科及第之事。

　　韋莊直至五十九歲時才及第,〔註3〕欣喜若狂,有感而作〈喜遷鶯〉兩闋:

> 人洶洶,鼓鼕鼕。襟袖五更風。大羅天上月朦朧。騎馬上
> 虛空。　　香滿衣,雲滿路。鶯鳳遶身飛舞。霓旌絳節一
> 羣羣。引見玉華君。(其一,頁166)

> 街鼓動,禁城開。天上探人迴。鳳銜金牓出雲來。平地一
> 聲雷。　　鶯已遷,龍已化。一夜滿城車馬。家家樓上簇
> 神仙。爭看鶴沖天。(其二,頁166)

前闋寫登科後,舉子備受禮遇,對「騎馬上虛空」的盛大排場、熱鬧
氣氛,極顯張揚鋪排之能事;後闋寫金榜題名後,及第者神采飛揚狀
貌及眾人歡騰的盛況。兩闋詞首句「人洶洶,鼓鼕鼕」、「街鼓動,禁
城開」皆以歡聲雷動開啓及第者備受矚目,熱鬧非凡的場面。調子輕
快而急驟,如潮水奔湧而下。〔註4〕前闋「鶯鳳」、「霓旌絳節」一派
豪華景象;後闋上片「平地一聲雷」,展現一鳴驚人的得意。下片「鶯
遷」、「龍化」〔註5〕、「鶴沖天」〔註6〕皆爲新科及第之喻。「一夜滿

〔註1〕〔漢〕毛亨傳、鄭玄箋、〔唐〕孔穎達疏:《詩經》(臺北:藝文印書
　　　館股份有限公司,2001年12月初版十四刷,十三經注疏本),卷九,
　　　頁327上。
〔註2〕〔唐〕韋絢錄:《劉賓客嘉話錄》,原書闕漏此段文字,《說郛》載有
　　　此文及出處。〔明〕陶宗儀編:《說郛》(臺北:臺灣商務印書館,1986
　　　年3月,景印文淵閣《四庫全書》本),子部一八四,冊878,卷三
　　　十六,頁47上。
〔註3〕夏承燾《韋端己年譜》:「昭宗乾寧元年(西元894年)甲寅,五十
　　　九歲,第進士,爲校書郎。〈喜遷鶯〉二首詠及第,或本年作。」收
　　　錄於《夏承燾集》(杭州:浙江古籍出版社,1997年),第一冊,頁
　　　17～18。
〔註4〕艾治平著:《花間詞藝術》(上海:學林出版社,2001年10月第1版
　　　第1刷),頁286。
〔註5〕《三秦記》:「龍門水縣船而行,兩旁有山水陸不通,黿魚集龍門下,

城車馬」、「爭看鶴沖天」，此等人聲鼎沸，聲勢浩大的景況，將及第者洋洋自得的驕傲，展現得淋漓盡致。

　　湯顯祖評本《花間集》卷一云：「讀《張道陵傳》，每恨白日鬼話，便頭痛欲睡，二詞亦復類此。」〔註7〕李冰若《栩莊漫記》引《藝林伐山》云：「世傳大羅天放榜於蕊珠宮。韋相此詞所詠，雖涉神仙，究指及第而言，未得以鬼話目之。」〔註8〕可見湯顯祖以「鬼話」論此詞，有失公允。韋詞深刻描繪當時舉子登科、欣喜若狂的真實情況，足以反映當代的社會價值觀，非一無可取之處。而薛昭蘊亦填此調，連作三闋〈喜遷鶯〉，刻畫科舉有成者得意滿足的心情與神態：

> 殘蟾落，曉鐘鳴。羽化覺身輕。乍無春睡有餘醒。杏苑雪初晴。　　紫陌長，襟袖冷。不是人間風景。迴看塵土似前生。休羨谷中鶯。（其一，頁497）

> 金門曉，玉京春。駿馬驟輕塵。樺煙深處白衫新。認得化龍身。　　九陌喧，千戶啟。滿袖桂香風細。杏園歡宴曲江濱。自此占芳辰。（其二，頁498）

> 清明節，雨晴天。得意正當年。馬驕泥軟錦連乾。香袖半籠鞭。　　花色融，人競賞。盡是繡鞍朱鞅。日斜無計更

數千不得上，上則為龍。」〔清〕張澍撰：《三秦記》（臺北：新文豐出版有限公司，1985年1月初版，叢書集成新編本），冊96，頁376。故以魚化為龍，喻登科中舉。

〔註6〕　《搜神後記》：「丁令威，本遼東人，學道于靈虛山。後化鶴歸遼，集城門華表柱。時有少年，舉弓欲射之，鶴乃飛，徘徊空中而言曰：『有鳥有鳥丁令威，去家千歲今來歸。城郭如故人民非，何不學仙冢纍纍。』遂高上沖天。」〔晉〕陶潛撰：《搜神後記》（臺北：臺灣商務印書館，1986年3月，景印文淵閣《四庫全書》本），子部三四一，冊1035，卷一，頁860上。韋莊〈癸丑年下第獻新先輩〉詩：「千炬火中鶯出谷，一聲鐘後鶴沖天。」〔五代〕韋莊著、聶安福箋注：《韋莊集箋注》（上海：上海古籍出版社，2002年4月），卷八，頁290。此喻登第也。

〔註7〕　轉引自李冰若·《花間集評注》，收錄於楊家駱主編：《宋紹興本花間集附校注》（臺北：鼎文書局，1974年10月初版），卷三，頁75。

〔註8〕　見李冰若：《花間集評注》，收錄於楊家駱主編：《宋紹興本花間集附校注》（臺北：鼎文書局，1974年10月初版），卷三，頁75。

留連。歸路草和煙。（其三，頁 498）

首闋寫及第者志得意滿的心境。上片寫中舉者身心輕快，飄然如仙的喜悅。詞一起調子輕快，三句直下，落在一個「輕」字上，〔註 9〕生動地言明舉子心境，而「杏苑〔註 10〕雪初晴」，雖寫景象，實為舉子心境的投射。下片寫春景漫遊。「迴看塵土似前生，休羨谷中鶯」，道盡舉子心情。前塵過往的心酸苦累，都在中舉後一一消散。「休羨」兩字，一展舉子揚眉吐氣、歡快如意的樣貌。

第二闋詞續寫及第後，中舉者的得意生活及人民爭睹中舉者風采的熱鬧情景。上片以京城清曉，春光燦爛，駿馬疾馳，帶出那位吸引人民目光的「化龍身」。下片寫新進者於曲江春宴中，快意暢遊的景象。詞中真實地反映了社會生活的一部分，顯現文士們對科舉的熱愛與追求。

末闋詞寫清明雨後，新進者春光漫遊的歡樂景象。湯顯祖評《花間集》卷二評此詞云：「此首獨脫套，覺腐氣俱消。」〔註 11〕全詞以清麗之調寫清明時節，雨後初晴，新及第者，執鞭躍馬。花色融融，貴遊子弟，競相賞游。末以日斜天晚，歸路草煙茫茫作結。「留連」而「無計」，再以景結情，更見其情深，另方面也透視出其「得意」來。〔註 12〕又如歐陽炯〈春光好〉其五：

　　雞樹綠，鳳池清。滿神京。玉兔宮前金榜出，列仙名。　　疊雪羅袍接武，團花駿馬嬌行。開宴錦江遊爛漫，柳煙輕。

　　（頁 459）

〔註 9〕艾治平著：《花間詞藝術》（上海：學林出版社，2001 年 10 月第 1 版第 1 刷），頁 289。

〔註 10〕即杏園。〔宋〕張禮《游城南記》：「杏園與慈恩寺南北相值，唐新進士多游宴于此，芙蓉園在曲江之西南，隋離宮也。與杏園皆秦宜春下苑之地。」〔宋〕張禮撰：《游城南記》（臺北：臺灣商務印書館，1986 年 3 月，景印文淵閣《四庫全書》本），史部三五一，冊 593，頁 6 上。

〔註 11〕轉引自李冰若：《花間集評注》，收錄於楊家駱主編：《宋紹興本花間集附校注》（臺北：鼎文書局，1974 年 10 月初版），卷三，頁 84。

〔註 12〕艾治平著：《花間詞藝術》（上海：學林出版社，2001 年 10 月第 1 版第 1 刷），頁 293。

此詞寫榜上有名，及第進士，騎馬游賞，錦江開宴的情景。上片「雞樹」〔註 13〕、「鳳池」〔註 14〕、「神京」、「玉兔宮」，〔註 15〕句句昭示登科及第的事實。下片寫新進者翩然俊雅，施施然之形貌。錦江岸畔設宴招待新進，君臣同歡，一覽春景，稱心快意，不言自明。

第二節　漁隱詞

　　「漁隱」〔註 16〕主題，敘述文人士子在亂世的洪流裡，遠離塵

〔註 13〕三國魏時，中書監劉放與中書令孫資相親近，均久任要職。夏侯獻與曹肇心有不平。《三國志・魏志・劉放傳》裴松之注：「放、資久典機任，獻、肇心內不平。殿中有雞棲樹，二人相謂：『此亦久矣，其能復幾？』」後人因謂中書省官署為雞樹。〔晉〕陳壽撰：《三國志》（臺北：鼎文書局，1987 年 5 月六版），冊一，卷十四，頁 460。

〔註 14〕古代禁苑中的池沼，為中書省所在地。

〔註 15〕《晉書・郤詵傳》：「累遷雍州刺史。武帝於東堂會送，問詵曰：『卿自以為何如？』詵對曰：『臣舉賢良對策，為天下第一，猶桂林之一枝，崑山之片玉。』帝笑。」〔唐〕房玄齡等撰：《晉書》（臺北：鼎文書局，1987 年 1 月五版），冊二，卷五十二，頁 1443。此典後指文人中舉一事。古代傳說中月有嫦娥、玉兔、蟾蜍、桂樹等，故以「蟾宮折桂」比喻科舉及第。

〔註 16〕關於「漁隱」這個主題，文學作品中常見有一主人翁「漁父」代為發言，透過漁父來抒發情志。而「漁父」這個形象，最早塑自於《莊子》。〈漁父〉篇塑造一位「須眉交白，披髮揄袂」的漁父，訓誡孔子多事，並向孔子述說大道，充滿了智慧與思想。後《楚辭》之〈漁父〉篇，漁父與屈原的對話：「不凝滯於物」、「與世推移」等，都成避世者的格言。《莊子》、《楚辭》〈漁父〉篇所塑造出來的漁父形象，影響後世非常深遠。中唐張志和自號「煙波釣徒」，作〈漁父〉詞五首：「西塞山邊白鷺飛。桃花流水鱖魚肥。青箬笠，綠蓑衣。斜風細雨不須歸。」、「釣臺漁父褐為裘。兩兩三三舴艋舟。能縱棹，慣乘流。長江白浪不曾憂。」、「雲溪灣裏釣魚翁。舴艋為家西復東。江上雪，浦邊風。反著荷衣不歎窮。」、「松江蟹舍主人歡。菰飯蓴羹亦共餐。楓葉落，荻花乾。醉泊漁舟不覺寒。」、「青草湖中月正圓。巴陵漁父棹歌還。釣車子，掘頭船。樂在風波不用仙。」五首詞為聯章體，每首句末皆有「不」字，彼此貫穿，不容割裂。這五首詞正是張志和人格的反映，其所塑造出來的「漁父」形象，成為唐宋詞中的「漁父」典型。在唐釋德誠〈船子和尚撥棹歌〉及宋代和尚所作的漁父詞中，漁父不只是隱士，而且充滿佛教氣息，漁父垂釣，

囂，歸隱山林，寄情於山水之中的自然感受。

　　李珣在前蜀亡國後，不事二姓，隱居湖鄉水澤之中，過著閒逸自適的生活，作有〈漁歌子〉一調四首：

　　　楚山青，湘水淥。春風澹蕩看不足。草芊芊，花簇簇。漁艇棹歌相續。　　信浮沉，無管束。釣迴乘月歸灣曲。酒盈罇，雲滿屋。不見人間榮辱。(李珣〈漁歌子〉一)

　　　荻花秋，瀟湘夜。橘洲佳景如屏畫。碧煙中，明月下。小艇垂綸初罷。　　水為鄉，蓬作舍。魚羹稻飯常餐也。酒盈杯，書滿架。名利不將心挂。(李珣〈漁歌子〉二)

　　　柳垂絲，花滿樹。鶯啼楚岸春天暮。棹輕舟，出深浦。緩唱漁歌歸去。　　罷垂綸，還酌醑。孤村遙指雲遮處。下長汀，臨淺渡。驚起一行沙鷺。(李珣〈漁歌子〉三)

　　　九疑山，三湘水。蘆花時節秋風起。水雲間，山月裏。棹月穿雲遊戲。　　鼓清琴，傾淥蟻。扁舟自得逍遙志。任東西，無定止。不議人間醒醉。(李珣〈漁歌子〉四)

李珣四闋〈漁歌子〉對山水景物的描繪，既揮灑自如，又淋漓盡致，宛如一幅幅山水田園美景圖，應該說不在唐宋著名山水詩下，而尤為難得的是寓情於景物，自然超妙，其一、二、四闋皆於結句露出，第三闋以景結情，更覺蘊藉。〔註17〕詞中展現好山好水，景如屏畫，漁歌相續，乘舟垂釣，鼓琴傾酒的隱士情懷。「信浮沉，無管束」、「任東西，無定止」，言舟言己，一如其言「扁舟自得逍遙志」，不受拘束，寵辱不驚。而「水為鄉，蓬作舍」，以自然澹泊的景地作為安身之處，亦見其不汲營榮華的情志。「酒盈罇，雲滿屋」、「酒盈杯，書滿架」、

　　　所釣者是陷在苦海中的芸芸眾生，以期能超脫。唐宋以後，「漁父」是隱者的象徵，更是唐宋文人看透擾攘塵世，所尋覓到的心靈歸宿。詳見黃文吉〈「漁父」在唐宋詞中的意義〉，收錄於《第一屆詞學國際研討會論文集》(臺北：中央研究院中國文哲研究所籌備處，1994年11月初版)，頁139～156。

〔註17〕艾治平著：《花間詞藝術》(上海：學林出版社，2001年10月第1版第1刷)，頁476。

「罷垂綸，還酌醑」、「鼓清琴，傾淥蟻」，以酒遣興，陶然自得。「不見人間榮辱」、「名利不將心挂」、「不議人間醒醉」，在在彰顯其遠離塵世的決心與不為名利動搖的意志。而「楚山青，湘水淥」、「草芊芊，花簇簇」、「信浮沉，無管束」、「酒盈罇，雲滿屋」、「碧煙中，明月下」、「水為鄉，蓬作舍」、「酒盈杯，書滿架」、「下長汀，臨淺渡」、「九疑山，三湘水」、「水雲間，山月裏」、「鼓清琴，傾淥蟻」、「任東西，無定止」等語，都在急促的音節中，運用了對偶排比，工整流暢，如珠走盤，音韻四旋，增強了詞的美學效果。〔註18〕另有〈漁父〉〔註19〕詞三闋：

> 水接衡門十里餘。信船歸去臥看書。輕爵祿，慕玄虛。莫道漁人只為魚。（李珣〈漁父〉一）

> 避世垂綸不記年。官高爭得似君閒。傾白酒，對青山。笑指柴門待月還。（李珣〈漁父〉二）

> 棹警鷗飛水濺袍。影隨潭面柳垂絛。終日醉，絕塵勞。曾見錢塘八月濤。（李珣〈漁父〉三）

詞中以漁父淡泊名利的口吻，言其「輕爵祿，慕玄虛」、「避世垂綸不記年」、「官高爭得似君閒」、「終日醉，絕塵勞」的快意心境，托漁父之閒適，以見作官受祿者終日塵勞為不如。〔註20〕漁父的悠然自得，與官場

〔註18〕沈祥源、傅生文注：《花間集新注》（南昌：江西人民出版社，1997年 2 月第二版），頁 435。

〔註19〕高法成〈五代詞人李珣《瓊瑤集》及其生平新探〉一文道：「《尊前集》所錄〈漁父〉、〈定風波〉共八首詞，明顯是李珣辭後唐入仕之邀，過隱逸生活以明志的表達，而這些詞所作的時間，當是李珣辭官遠走他鄉之後，且應該是趙崇祚選錄《花間集》時所未見的。……《尊前集》所存李珣詞作，主要是講作者在廣東隱逸避世的得意與暢快，如存於《尊前集》的〈漁父〉三首詞，均是淡泊名利、逍遙世外的情感表達。尤其是〈定風波〉其二中作者提到『十載逍遙物外居』，明顯表明這是李珣在廣東扎根後創作的詞作，也可推斷出趙崇祚在輯《花間集》時並未見到這些新作。」收錄於《今日南國》，（2009 年 1 月），第 112 期，頁 103。

〔註20〕劉永濟著：《唐五代兩宋詞簡析》（北京：中華書局，2007 年 10 月北京第 1 版第 1 刷），頁 36。

的爭名奪利兩相對比，在「笑」一字中展現詞人不受羈絆的心情。

　　李珣在〈漁歌子〉、〈漁父〉、〈定風波〉〔註 21〕詞中，展現其超
然曠達，不囿於世間榮辱的灑脫情懷。這般曠達的胸臆，實乃李珣歷
經「名為頓損」〔註 22〕、「文章掃地而盡」〔註 23〕、「前蜀亡國」等乖
舛蹭蹬的人生打擊後，所領悟出的生命意義。惟有不汲營於名利，不
困囿於榮辱，不羈絆於塵世，才能瀟灑自如，閒適得意。況周頤《歷
代詞人考略》評李珣〈漁父〉、〈定風波〉、〈漁歌子〉詞云：「具見襟
情高澹，故能晚節堅貞。『曾見錢塘八月濤』，殆所謂感慨之音乎。」
〔註 24〕高鋒《花間集研究》云：「『錢塘八月濤』也就是詞人高遠的社
會理想、激昂的人生抱負的形象寫照。在這裡迥異的景物和情調併置
一處，表現出複雜難言的內心矛盾，形成激盪而又含蓄的情感張力，
創造出獨特的意趣。因此宋人黃休復《茅亭客話》稱其詞『多感慨之
音』。」〔註 25〕歐陽炯亦賦〈漁父〉詞兩闋：

　　擺脫塵機上釣船。免教榮辱有流年。無繫絆，沒愁煎。須
　　信船中有散仙。（歐陽炯〈漁父〉一）

　　風浩寒溪照膽明。小君山上玉蟾生。荷露墜，翠煙輕。撥
　　刺游魚幾箇驚。（歐陽炯〈漁父〉二）

前闋寫詞人對漁隱生活的嚮往。「無繫絆，沒愁煎」一語，直書胸臆，
言明官場是非不定，惟有真正超脫遠離，才能不受任何拘束，悠閒自
在。下闋寫漁父的晚釣生活。全詞以景物描寫，透露人物的形影和志

〔註 21〕詳見附錄一「西蜀詞人群體創作主題分類表」（下）。

〔註 22〕《十國春秋》卷四十四載尹鶚：「與賓貢李珣友善，鶚性滑稽，常作
　　　　詩嘲之，珣名為頓損。」〔清〕吳任臣撰：《十國春秋》（臺北：臺灣
　　　　商務印書館，1986 年 3 月，景印文淵閣《四庫全書》本），史部二二
　　　　三，冊 465，卷四十四，頁 402 上。

〔註 23〕詳見第二章第一節尹鶚小傳。

〔註 24〕收錄於況周頤著、孫克強輯考：《蕙風詞話　廣蕙風詞話》（鄭州：
　　　　中州古籍出版社，2003 年 11 月第 1 版第 1 刷），《廣蕙風詞話》卷四，
　　　　頁 214。

〔註 25〕高鋒著：《花間詞研究》（南京：江蘇古籍出版社，2001 年 9 月第 1
　　　　版第 1 刷），頁 197。

趣。「風浩」、「寒溪」、「小君山」、「玉蟾」、「荷露墜」、「翠煙輕」，展現一幅清淺流動的水墨畫面，末句「游魚驚」的動作，在一片淺靜氣息的山水景色中，乍然增添一抹生趣，使整個畫面別有靈氣。歐陽炯〈漁父〉詞，不似李珣漁隱一類詞中，表達出曠然胸襟，而言漁隱生活的美好，其詞淡雅有味，正如《十國春秋》卷五十六載：「小辭十七章，人亦時時稱道之，〈漁父〉歌尤爲辭家所唱和。」〔註26〕

第三節　詠懷詞

　　世事變化影響人甚大，或懷才不遇，仕途蹭蹬；或離鄉背景，顛沛流離；或澹然處世，不計名利；或生活失意，因景傷情。種種情緒，透過文學作品抒發，遂可見許多詞家詠懷之作。本節分爲「感傷亡國」、「去國懷鄉」、「詠史懷古」、「觸景生情」等四個類別探析。

一、感傷亡國

　　詞人將亡國之哀痛，訴諸於詞文中，如鹿虔扆〈臨江仙〉其一：

　　　　金鎖重門荒苑靜，綺窗愁對秋空。翠華一去寂無蹤。玉樓
　　　　歌吹，聲斷已隨風。　　煙月不知人事改，夜闌還照深宮。
　　　　藕花相向野塘中。暗傷亡國，清露泣香紅。（頁569）

此詞以景托情，藉今昔對比，透露感傷亡國之哀情。〔註27〕上片「重

〔註26〕〔清〕吳任臣撰：《十國春秋》（臺北：臺灣商務印書館，1986年3月，景印文淵閣《四庫全書》本），史部二二三，冊465，卷五十六，頁499下。

〔註27〕高鋒《花間詞研究》：「很多學者認爲它是哀悼蜀亡之作，其實是不確切的。《花間集》刊刻於廣政三年（西元940年），而後蜀亡國則要等到西元九五○年，因此這首詞所表達的，還是較爲泛化的感傷亡國的情緒。」高鋒著：《花間詞研究》（南京：江蘇古籍出版社，2001年9月第1版第1刷），頁247。筆者按：後蜀亡國於西元九六五年，高氏言「後蜀亡國則要等到西元九五○年」，時間明顯有誤，不知是否爲筆誤？然其論頗有理。又艾治平《花間詞藝術》：「這闋詞自華仲彥《花間集注》釋『翠華』，『指蜀後主之儀杖』後，林庚、馮沅君《中國歷代詩歌選》、《唐宋詞鑑賞辭典》、《花間集注釋》、《花間

門」、「宮苑」、「綺窗」、「翠華」、「玉樓」，無不顯現昔日帝王生活的
榮華與尊貴；而今繁景不再，一片蕭瑟殘景中予人「荒」、「靜」、「愁」、
「寂」、「斷」的感覺，景物的蕭索與人事的更改在在引發亡國的悲痛。
下片將煙月擬人化，以其「不知」、「還照」，寄託景物依舊、世態變
遷的深沉感慨，也表明對故國的懷念。末三句將藕花相向生長「野塘」
之景致，象徵家國之無主；而花上露珠如人涕泣，藉以表達國破家亡
的無限哀傷。李冰若《栩莊漫記》評此詞：「此闋之妙，妙在以暗傷
亡國託之藕花，無知之物，尚且泣露啼紅，與上句『煙月還照深宮』
相襯而愈加悲惋。其全詞布置之密，感喟之深，實出後主晚涼天淨一
詞之上。」〔註28〕

二、去國懷鄉

　　韋莊本有滿腔抱負理想，然時運不濟，仕途蹇滯，一生顛沛流離，
輾轉南北，居長安、洛陽、江南，後終老於西蜀。〔註29〕因之感慨遂

　　集全譯》等，均認爲鹿虔扆爲傷後蜀之亡而作。趙崇祚編選《花間
　　集》，據歐陽炯《花間集・序》後題爲『大蜀廣政三年夏四月』，爲
　　公元九四○年，即已收入此詞，是時距後蜀之亡（宋太祖乾德三年，
　　公元九六五年），尚有二十五年，故此詞或爲前蜀王衍亡國（九二五
　　年）所作。」艾治平著：《花間詞藝術》（上海：學林出版社，2001
　　年10月第1版第1刷），頁360～361。
〔註28〕見李冰若：《花間集評注》，收錄於楊家駱主編：《宋紹興本花間集附
　　校注》（臺北：鼎文書局，1974年10月初版），卷九，頁208～209。
〔註29〕夏承燾《韋端己年譜》載：「廣明元年（西元880年），年四十五，在
　　長安應舉，時值黃巢攻長安，莊陷兵中。中和二年（西元882年），年
　　四十七，離長安，居洛陽。中和三年（西元883年），年四十八，在洛
　　陽，作〈秦婦吟〉。同年游江南。光啓二年（西元886年），年五十一，
　　欲北返，擬經皎、豫，詣陝，以道路阻絕。光啓三年（西元887年），
　　年五十二，歸金陵。景福二年（西元893年），年五十八，入京應試，
　　落第。隔年，第進士，爲校書郎。乾寧四年（西元897年），年六十二，
　　奉使入蜀。光化三年（西元900年），年六十五，自右補闕改左補闕。
　　天復元年（西元901年），年六十六，爲西蜀掌書記，自此終身仕蜀。
　　天祐四年（西元907年），年七十二，勸王建稱帝，爲左散騎常侍，判
　　中書門下事，定開國制度。武成三年（西元910年），年七十五，卒於
　　成都花林坊。」詳見夏承燾著：《韋端己年譜》，收錄於《夏承燾集》

深，作有〈菩薩蠻〉一調五闋，以抒家國不得歸之愁情。〔註30〕

> 紅樓別夜堪惆悵。香燈半捲流蘇帳。殘月出門時。美人和
> 淚辭。　　琵琶金翠羽。絃上黃鶯語。勸我早歸家。綠窗
> 人似花。（其一，頁152）

> 人人盡說江南好。遊人只合江南老。春水碧於天。畫船聽
> 雨眠。　　鑪邊人似月。皓腕凝雙雪。未老莫還鄉。還鄉
> 須斷腸。（其二，頁153）

> 如今卻憶江南樂。當時年少春衫薄。騎馬倚斜橋。滿樓紅
> 袖招。　　翠屏金屈曲。醉入花叢宿。此度見花枝。白頭
> 誓不歸。（其三，頁154）

> 勸君今夜須沉醉。罇前莫話明朝事。珍重主人心。酒深情
> 亦深。　　須愁春漏短。莫訴金盃滿。遇酒且呵呵。人生
> 能幾何。（其四，頁154）

> 洛陽城裏春光好。洛陽才子他鄉老。柳暗魏王堤。此時心
> 轉迷。　　桃花春水淥。水上鴛鴦浴。凝恨對殘暉。憶君
> 君不知。（其五，頁154）

首闋寫離情。起始即寫出離別的地點、時間與心情。「紅樓」、「香燈」、
「流蘇帳」本為耳鬢廝磨、繾綣纏綿的香閨，而今反襯出離別的悵然。
「殘月」兩句，正面敘述分別情景，景真情亦真，將離情別緒推向高

　　　（杭州：浙江古籍出版社，1997年），第一冊，頁7～28。

〔註30〕 韋莊的「江南」之說有二：一指西蜀，一指江浙。此組詞宜是人居西
蜀回憶亡國前遊江南之往事。劉尊明《溫庭筠韋莊詞選》謂〈菩薩蠻〉：
「關於這五首作品的寫作時代及其思想內容，過去有兩種解讀，〔清〕
張惠言《詞選》以爲『蓋留蜀後寄意之作』，且云『江南即指蜀』；而
今人李冰若《花間集評注‧栩莊漫記》則以爲『韋曾二度至江南，此
或在中和時作』。葉嘉瑩在此基礎上則提出新的看法，認爲是『入蜀後
回憶當年舊遊之作』，『韋莊這五首詞中所回憶的更不當僅只江南一
地，首章【紅樓別夜】之並非江南，自然可知，末章之【洛陽城裡】
之亦非江南，亦復自然可知，是則這五首詞蓋當爲端已晚年回憶平生
舊遊之作，其所懷思追憶者原來就不只一人一地一事而已。』（《迦陵
論詞叢稿》）此說應更爲可取。」見劉尊明注評：《溫庭筠韋莊詞選》
（上海：上海古籍出版社，2002年6月第1版第1刷），頁98。

峰。下片首兩句，回憶臨別之際，美人彈奏琵琶餞行，絃聲宛若鶯啼，一如美人殷殷叮嚀之聲。下接「勸我」兩句，傾訴美人傷別，盼君早歸之心聲。希冀遠行之人，能憐惜綠窗下嬌美如花的人兒，更因花期短暫，猶如美人年華易逝，而作早歸之計。往事歷歷在目，令人傷感。正如唐圭璋《唐宋詞簡釋》云：「前事歷歷，思之慘痛，而欲歸之心，亦愈迫切。」〔註31〕

　　第二闋寫初到江南的生活。「人人」兩句，寫出眾人對於江南普遍的想法，表面上是對江南的認同，實際卻隱藏一種唐朝滅亡後鬱鬱之情懷。後四句連寫江南之美景、美人。「未老」兩句，實為反語，表思鄉之情切，還鄉之念遠。「莫」字一出，極見無可奈何、深婉沉痛之情。〔清〕陳廷焯《雲韶集》卷一謂此詞：「一幅春江圖畫。意中是思鄉，筆下卻說江南風景好，真正淚溢中腸，無人省得。結語風塵辛苦，不到暮年，不得回鄉，預知他日還鄉必斷腸也，與第二語口氣合。」〔註32〕

　　第三闋寫江南之回憶。首句承上闋「人人盡說江南好」而來，認同遊歷江南時的美好生活，然「卻憶」一語，今昔對比，實含消極意味。「春衫薄」、「騎馬」、「翠屏」、「金屈曲」、「紅袖招」、「花叢宿」，句句展現當年風流形象，以及歡快的生活。「此度」二句，言明把握當下之堅決態度，與前闋「未老莫還鄉」成鮮明對比；然「誓」字說來堅定，卻帶有無盡之悲。〔清〕陳廷焯《雲韶集》卷一曾云：「風流自賞，決絕語，正是淒楚語。」〔註33〕愈是絕決，愈是傷痛。

　　第四闋寫忘憂沉醉之樂。「何以解憂？唯有杜康。」故言「酒深情亦深」，此為情感之投射，然借酒澆愁愁更愁，「呵呵」一語，滿腔悲憤，故作曠達，強顏歡笑，令人愈感其悲。詞中兩度使用「須」、「莫」

〔註31〕唐圭璋選釋：《唐宋詞簡釋》（上海：上海古籍出版社，1999 年 5 月第 1 版第 4 刷），頁 13。

〔註32〕轉引自史雙元編著：《唐五代詞紀事會評》（合肥：黃山書社，1995 年 12 月第 1 版第 1 刷），頁 742。

〔註33〕轉引自史雙元編著：《唐五代詞紀事會評》（合肥：黃山書社，1995 年 12 月第 1 版第 1 刷），頁 743。

二字，重疊反覆的口吻，亦表現強自掙扎的痛苦，萬般無奈的心聲。

　　末闋寫詞人對過往的感慨與懷念伊人的心情。首句寫洛陽之美，次句以「洛陽才子」自謂。「柳暗」兩句，寓情於景，沉醉於昔時情景的回憶之中。下片將思緒回歸到今日，眼前所見景象，亦即西蜀的當時情景。「桃花」二句，〔註34〕以桃花水清，鴛鴦嬉戲來展現蜀地的春光美景。末二句對景懷人，語意雙關，既惆悵與伊人兩相分離，伊人不知別苦；又深表唐朝亡後，欲歸不得之憾恨。

　　五闋詞起始於離情別恨，復以回憶抒情，繼之以酒，聊述己懷，終結於感慨思念，用情深摯曲折，用語明白勁切，正如〔清〕陳廷焯《白雨齋詞話》所評：「似直而紆，似達而鬱」〔註35〕也。

三、詠史懷古

　　此主題多以詠景抒發懷古之幽情。詞中或可見對當代西蜀偏安的平穩政局，奢靡的社會風氣，抒諷刺之意。

（一）吳　越

> 鵁鶄飛起郡城東。碧江空。半灘風。越王宮殿、蘋葉藕花
> 中。簾卷水樓漁浪起，千片雪，雨濛濛。（牛嶠〈江城子〉其
> 一，頁513）

〔註34〕據夏承燾《韋端己年譜》，韋莊在蜀曾於浣花溪上尋得杜甫在草堂所
　　　　寫的詩中，就有不少寫到桃花和春水的。如其〈春水〉一首的「三
　　　　月桃花浪」、〈江畔獨步尋花〉的「桃花一簇開無主，可愛深紅愛淺
　　　　紅」、〈絕句漫興〉的「輕薄桃花逐水流」以及〈漫成〉二首之「春
　　　　流泯泯清」、〈田舍〉一首之「田舍清江曲」、〈江村〉一首之「清江
　　　　一曲抱村流」、〈卜居〉一首之「更有澄紅銷客愁」，從這些詩句都可
　　　　見到蜀地桃花之盛與江水之清，而韋莊的「桃花春水淥」一句，「淥」
　　　　字便正是清澄之意。而「水上鴛鴦浴」一句，則證之於杜甫在蜀所
　　　　作的〈絕句〉二首之「沙暖睡鴛鴦」句，此亦寫蜀地風光。杜少春
　　　　主編：《歷代詩歌經典寶庫──眞情告白「韋莊」》（臺北：學鼎出版
　　　　有限公司，1999年4月初版），頁25～26。
〔註35〕語出〔清〕陳廷焯撰：《白雨齋詞話》卷一，「韋端己」條。收錄於
　　　　唐圭璋編《詞話叢編》（北京：中華書局，2005年10月第2版第5
　　　　刷），第四冊，頁3779。

此詞詠江景，實則寄寓對歷史的感慨。首句率意起筆，「飛」字一領，使視野乍開，接著水天一碧，灘頭起風，整幅畫面顯得空闊清疏。「越王宮殿、蘋葉藕花中」一句，以今朝之蘋葉、藕花相對於昔日之越王宮殿，只見荒涼替代繁華，興衰更迭，深藏滄桑之感。正如李冰若《栩莊漫記》言：「『越王宮殿』一語，不悲而神傷，自饒名貴。」〔註36〕末三句「漁浪起」、「千片雪」、「雨濛濛」，以景托情，在浪花、細雨中，抒發思古幽情。全詞以「今昔今」的對比法，透過景物的描繪來寄寓弔古傷今之意。又如歐陽炯〈江城子〉：

> 晚日金陵岸草平。落霞明。水無情。六代繁華，暗逐逝波
> 聲。空有姑蘇臺上月，如西子鏡，照江城。(頁455)

此詞以金陵的景況，發思古之情。前三句寫金陵現景，岸遠草平，落霞掩映，江水無情，境界空闊而略帶寂寥，色彩絢麗而略具蒼茫的大江景色，自然引起繁華逐流水的今昔盛衰之感。水本無情，詞人有情，詞人將感慨投射在江水中，因之江水亦無情，而帶走金陵的繁華勝景。末三句以孤月聯想西子鏡，映照江城，「空」字一出，極寫景物依舊，人事已非，感慨遂深。李冰若《栩莊漫記》云：「此詞妙處在『如西子鏡』一句，橫空切入，遂爾推陳出新。」〔註37〕本詞意蘊明朗，筆致空靈，雖從虛處落筆，卻於飄忽處透出傳神哀嘆，於小詞本色無礙卻仍能臻至懷古之佳境。〔註38〕

（二）潘妃誤國

> 南齊天子寵嬋娟。六宮羅綺三千。潘妃嬌豔獨芳妍。椒房
> 蘭洞，雲雨降神仙。　　縱態迷歡心不足，風流可惜當年。
> 纖腰婉約步金蓮。妖君傾國，猶自至今傳。(毛熙震〈臨江仙〉

〔註36〕見李冰若：《花間集評注》，收錄於楊家駱主編：《宋紹興本花間集附校注》（臺北：鼎文書局，1974年10月初版），卷四，頁102。

〔註37〕見李冰若：《花間集評注》，收錄於楊家駱主編：《宋紹興本花間集附校注》（臺北：鼎文書局，1974年10月初版），卷六，頁142。

〔註38〕高鋒著：《花間詞研究》（南京：江蘇古籍出版社，2001年9月第1版第1刷），頁222～223。

其一，頁 586）

此詞寫南齊東昏侯寵潘妃事。上片首句即點明東昏侯寵愛妃子的事實。後宮佳麗三千，而以「潘妃」〔註39〕豔冠群芳，因之愛憐寵幸，足見東昏侯之好色淫靡。下片「縱態迷歡心不足，風流可惜當年」，顯現出東昏侯荒淫無度的靡爛生活，無怪乎色令智昏，亡國敗勢，詞中不無批判諷刺之味。但由於作者敷衍史實，極寫潘妃嬌豔和「縱態迷歡」，並對荒淫生活鋪張渲染，在程度上削弱了批判意義。

（三）隋煬帝

何處。煙雨。隋堤春暮。柳色蔥蘢。畫橈金縷。翠旗高颭香風。水光融。　　青娥殿腳春粧媚。輕雲裏。綽約司花妓。江都宮闕，清淮月映迷樓。古今愁。（韋莊〈河傳〉其一，頁 163）

此詞以隋煬帝游幸江都之事，抒發盛衰興亡之感。上片以「柳色」、「畫橈」、「金縷」、「翠旗」、「香風」等富麗華貴的器用與美景相融，極寫隋煬帝之奢華。下片「青娥」、「殿腳」〔註40〕、「司花妓」，〔註41〕

〔註39〕《南史‧齊東昏侯紀》載東昏侯寵潘妃，曾：「鑿金爲蓮華以帖地，令潘妃行其上，曰：『此步步生蓮華也。』」〔唐〕李延壽著：《南史》（臺北：鼎文書局，1985 年 3 月四版），冊一，卷五，頁 154。

〔註40〕《大業拾遺記》載：「至汴，（煬）帝御龍舟，蕭妃乘鳳舸，錦帆彩纜，窮極侈靡。……每舟擇妙麗長白女子千人，執雕板鏤金檝，號爲『殿腳女』。一日，帝將登鳳舸，憑殿腳女吳絳仙肩，喜其柔麗……擢爲龍舟首檝，號曰『崆峒夫人』。由是殿腳女爭效爲長蛾眉。」〔唐〕顏師古撰：《大業拾遺記》，原文缺落凡十七八，《說郛》悉而補之。詳見〔明〕陶宗儀編：《說郛》（臺北：臺灣商務印書館，1986 年 3 月，景印文淵閣《四庫全書》本），子部一八八，冊 882，卷一百十上，頁 367～368。此事又見《煬帝開河記》：「煬帝詔造大船，泛江沿淮而下，于吳越間取民間女年十五六歲者五六百人，謂之『殿腳女』。至於龍舟御楫，即每船用彩纜十條，每條用殿腳女十人，嫩羊十口，令殿腳女與羊相間雜行牽之。」〔唐〕韓偓撰：《煬帝開河記》（臺北：新文豐出版有限公司，1985 年 1 月初版，叢書集成新編本），第 81 冊，頁 487 下～488 上。

〔註41〕《隋遺錄》卷上：「長安貢御車女袁寶兒，年十五，腰肢纖墮，呆冶多態。帝寵愛之特厚。時洛陽進合蒂迎輦花……帝令寶兒持之，號曰『司花女』。」〔唐〕顏師古撰：《隋遺錄》（上海：上海古籍出版

顯現出美女如雲，嬌媚可人，風姿綽約。末三句寫江都的現實景象，已是繁華殆盡，空留宮闕迷樓。〔註42〕末句「古今愁」一語，感慨一時，惆悵千古，慨歎中實有貶意，暗含對統治者荒淫無道的批評。湯顯祖評《花間集》卷一云：「『清淮月映』句，感慨一時，涕淚千古。」〔註43〕李冰若《栩莊漫記》云：「全詞以『何處』領起，中段詞藻極為富麗，而以『古今愁』三字結之，化實為空，以盛映衰，筆極宕動空靈。」〔註44〕

四、觸景生情

景物無情，凡人有情，此主題為詞人在接觸、觀賞景物後所興起的感受，或為閒適自得；或為感慨良多；或為愁緒滿懷等。如韋莊〈河傳〉其三：

> 錦浦。春女。繡衣金縷。霧薄雲輕。花深柳暗，時節正是清明。雨初晴。　　玉鞭魂斷煙霞路。鶯鶯語。一望巫山雨。香塵隱映，遙見翠檻紅樓。黛眉愁。(頁163)

此詞寫女子錦江春游。上片清楚交代了人、事、時、地，由人及景，人景相映，明麗和諧。下片前三句「煙霞路」、「鶯鶯語」、「巫山雨」，寫

社，2002年3月，續修《四庫全書》本)，集部小說類，冊1783，卷上，頁601上。

〔註42〕《隋帝迷樓記》載煬帝晚年，尤沉迷女色：「他日，顧謂近侍曰：『……今宮殿雖壯麗顯敞，苦無曲房小室，幽軒短檻。若得此，此吾其老於其中也。』……凡役夫數萬，終歲而成。樓閣高下，軒窗掩映。幽房曲室，玉檻朱楯，互相連屬，回環回合，曲屋自通。千門萬牖，上下金碧。金虯伏于棟下，玉獸蹲于戶傍。壁砌生光，瑣窗射日。千門萬牖，工巧之極，自古未有。費用金玉，幣庫為之一虛。人誤入者，雖終日不能出。(煬) 帝幸之，大喜。顧左右曰：『使其真仙游其中亦當自迷也。可目之曰迷樓。』」〔唐〕韓偓撰：《隋帝迷樓記》(臺北：新文豐出版有限公司，1985年元1月初版，叢書集成新編本)，第81冊，頁489上。

〔註43〕轉引自李冰若：《花間集評注》，收錄於楊家駱主編：《宋紹興本花間集附校注》(臺北：鼎文書局，1974年10月初版)，卷三，頁71。

〔註44〕見李冰若：《花間集評注》，收錄於楊家駱主編：《宋紹興本花間集附校注》(臺北：鼎文書局，1974年10月初版)，卷三，頁71。

春景中所見，由景及情，黯然消魂。末三句寫女子在塵土飛揚中，遙望翠檻紅樓，勾起心中孤寂哀情，因而黛眉愁蹙。又如顧夐〈河傳〉其二：

> 曲檻。春晚。碧流紋細，綠楊絲軟。露華鮮，杏枝繁，鶯囀。野蕪平似剪。　　直是人間到天上。堪遊賞。醉眼疑屏障。對池塘。惜韶光。斷腸。爲花須盡狂。（頁552）

此詞寫傷春情懷。全詞幾乎一句一景，極寫春景之美不勝收。上片以碧紋、綠楊、鮮花、杏枝、鶯啼、青草展現明媚春景，其中既有濃墨色彩，表現了春景燦爛多姿，秀色如滴；又如工筆細描，寫得眞切細緻。〔註45〕下片直承上片言春景，以「人間天上」、美如「屏障」表達對春景的讚譽。末四句語鋒一轉，惜春傷春，寓意惜人憐人。又如顧夐〈漁歌子〉：

> 曉風清，幽沼綠。倚欄凝望珍禽浴。畫簾垂，翠屏曲。滿袖荷香馥郁。　　好攄懷，堪寓目。身閑心靜平生足。酒盃深，光影促。名利無心較逐。（頁566）

此詞寫追求自然的閒適情懷。上片寫景，詞人倚欄凝望，感受到清風綠水，珍禽濯浴，滿袖盈香的好風景，在聚精會神下，與自然融爲一片。下片寫對眼前景的感觸。心平氣和，排除雜念，飲酒抒懷，珍惜韶光，與世無爭，不求名利，即是詞人深刻的體悟與追求。又如閻選〈定風波〉：

> 江水沈沈帆影過。游魚到晚透寒波。渡口雙雙飛白鳥。煙裏。蘆花深處隱漁歌。　　扁舟短棹歸蘭浦。人去。蕭蕭竹徑透青莎。深夜無風新雨歇。涼月。露迎珠顆入圓荷。（頁575）

此首寫主人翁的孤寂心境。上片寫水霧迷濛，煙氣繚繞的江景，在「帆影」、「游魚」、「白鳥」、「漁歌」勾勒出的景象中，透露出一股恬淡氣息。下片寫「人去」後，在風停雨歇，沁涼月夜，露滯圓荷的清寂景中興起的寂寥感受。又如歐陽炯〈赤棗子〉其二：

> 蓮臉薄，柳眉長。等閒無事莫思量。每一見時明月夜，損人情思斷人腸。（頁461）

〔註45〕孔范今主編：《全唐五代詞釋注》（西安：陝西人民出版社，1998年10月第1版第1刷），中冊，1045。

此詞爲女子抒懷之作。首二句寫女子芳容,「等閒無事莫思量」語,告誡自己平常不要思念情人,而「明月夜」,本應月圓人團圓,無奈月圓人不圓,因此傷心斷腸。全詞語調流暢,立意曲折,「莫思量」、「損人情思」、「斷人腸」,委婉道出女子至眞情意。

第四節　游逸詞

西蜀因地理位置環境優越,政治經濟安定,物產豐饒自足,故社會風氣奢靡,上自君王,下至百姓,在在透露出放縱恣肆的享樂氣氛。醇酒美人,宴飲歡唱,縱情冶遊,放浪形骸,及時行樂的社會價值觀,普遍呈現在西蜀詞人的作品中。本節主題爲游逸一類詞作,又分爲「公子冶遊」與「及時行樂」兩類別述之。

一、公子冶遊

> 慢綰青絲髮。光硏吳綾襪。床上小燻籠。韶州新退紅。　　巨耐無端處。捻得從頭污。惱得眼慵開。問人閒事來。(薛昭蘊〈醉公子〉,頁 501)

此詞描寫公子醉酒情事。上片寫醉公子服飾用品華美高貴,下片寫醉公子閒臥床榻,慵懶朦頓,無所事事的樣貌。詞人將醉公子醉生夢死的模樣,描繪地十分逼眞。又如尹鶚〈醉公子〉:

> 暮煙籠蘚砌。戟門猶未閉。盡日醉尋春。歸來月滿身。　　離鞍偎繡袂。墜巾花亂綴。何處惱佳人。檀痕衣上新。(頁 579)

此詞寫公子盡日歡游,入夜方歸的情景。上片「暮煙籠蘚砌」,言良人喜好冶遊,鮮少返家,以至苔蘚滿階。此語言景亦言閨婦心情,以「蘚砌」暗示閨婦心緒愁苦。下片公子酒醉返家,閨婦迎扶之景。「離鞍偎繡袂,墜巾花亂綴」,顯見公子搖晃難行,衣衫凌亂的酒醉醜態。末兩句言閨婦之嗔怒,只因看見公子衣服上有其他女子的檀印。李冰若《栩莊漫記》云:「似怨似憐,嬌嗔之態可想,而含意亦不輕薄。」〔註46〕

〔註46〕見李冰若:《花間集評注》,收錄於楊家駱主編:《宋紹興本花間集附

又如尹鶚〈金浮圖〉：

> 繁華地。王孫富貴。玳瑁筵開，下朝無事。厭紅茵、鳳舞
> 黃金翅。立玉纖腰，一片揭天歌吹。滿目綺羅珠翠。和風
> 淡蕩，偷散沈檀氣。　　堪判醉。韶光正媚。坼盡牡丹，
> 豔迷人意。金張許史應難比。貪戀歡娛，不覺金烏墜。還
> 惜會難別易。金船更勸，勒住花驄彎。（頁 582）

此詞寫繁華勝地，王孫貴族，閒暇無事，宴遊歡會之樂事。上片「玳瑁」、
「鳳舞黃金翅」、「綺羅珠翠」、「沈檀」等語，呈現出富貴榮華的奢靡面
貌。下片「牡丹」、「金船」、「花驄彎」，亦顯貴氣無儔，正如詞中「金
張許史應難比」〔註47〕一語。「韶光正媚」、「不覺金烏墜」極寫歡會時
光。「還惜會難別易」，言良辰美景賞心樂事四美兼具，然天下無不散之
筵席，略有感嘆。末句美人勸酒，欲走還留，道出一貫貪戀歡愉的態度。
詞中「金黃翅」、「金張許史」、「金烏」、「金船」，處處見「金」，構成一
片紙醉金迷的景象，極顯鋪張之能事。又如歐陽炯〈菩薩蠻〉其二：

> 紅爐暖閣佳人睡。隔簾飛雪添寒氣。小院奏笙歌。香風簇
> 綺羅。　　酒傾金琖滿。蘭燭重開宴。公子醉如泥。天街
> 聞馬嘶。（頁 466）

此詞以醉公子的形象，映襯出閨婦獨守空閨的幽怨。上片以佳人暖
閣，笙歌奏吹，綺羅香風形容溫柔鄉。下片寫公子宴飲歡會，爛醉如
泥的景象。結語「天街聞馬嘶」，只聞馬聲不見人影，反襯出閨婦空
閨幽怨，希冀丈夫回家的殷勤盼望。

二、及時行樂

> 春晚。風暖。錦城花滿。狂殺遊人。玉鞭金勒，尋勝馳驟
> 輕塵。惜良晨。　　翠娥爭勸臨邛酒。纖纖手。拂面垂絲
> 柳。歸時煙裏，鐘鼓正是黃昏。暗銷魂。（韋莊〈河傳〉其二，
> 頁 163）

　　校注》（臺北：鼎文書局，1974 年 10 月初版），卷九，頁 217。
〔註47〕漢代金日磾、張安室並為顯宦，許廣漢、史恭並為皇親國戚，後以
　　　　金、張、許、史四姓並稱，代指權門貴族。

此詞寫錦城晚春勝遊。上片首三句寫錦城風和日暖，繁花盛開的景象。後寫公子騎馬揚鞭，尋幽覓勝，乃因良辰美景，自當愛惜。下片寫賣酒女子輕抬纖手，殷勤勸酒的樣子，其熱情與姿容眞讓公子們樂而忘返。詞末以黃昏鐘鼓，柳絲拂面，輕煙瀰漫之景作結，悲傷之感油然而生。「暗銷魂」一語，道出令人黯然神傷者，惟良辰美景不復見，與上片「惜良晨」語正相呼應。又如韋莊〈天仙子〉其二：

> 深夜歸來長酩酊。扶入流蘇猶未醒。醺醺酒氣麝蘭和。驚
> 睡覺，笑呵呵。長道人生能幾何。（頁 164）

此詞寫公子酒醉方酣，夢醒感慨之事。「笑呵呵，長道人生能幾何」這種「對酒當歌，人生幾何」看似樂觀的生命態度，雖言及時行樂，然蘊藏感懷自傷之味。韋莊一生際遇坎坷，流盪遷徙，仕途不甚順遂，因之以「遇酒且呵呵，人生能幾何」的態度，飲酒爲樂，寄寓深沉的無奈與濃重的悲愁。又如毛文錫〈甘州遍〉其一：

> 春光好，公子愛閑遊。足風流。金鞍白馬，雕弓寶劍，紅
> 纓錦襜出長楸。　　花蔽膝，玉銜頭。尋芳逐勝歡宴，絲
> 竹不曾休。美人唱，揭調是甘州。醉紅樓。堯年舜日，樂
> 聖永無憂。（頁 533）

此詞寫風流公子，尋芳逐勝，歌頌太平。上片以「金鞍」、「雕弓」、「寶劍」、「紅纓」等物的貴氣，彰顯公子的風流形象。下片「歡宴」、「絲竹」、「美人」、「紅樓」說明公子游勝的地點在歌樓，也描繪出宴遊之樂。末句以「堯年舜日」，來歌頌國運昌隆，天下太平，無憂盛世，更反映出西蜀偏安的優勢，使得上下呈現歌舞昇平的樂遊心態。又如歐陽炯〈玉樓春〉其一：

> 日照玉樓花似錦。樓上醉和春色寢。綠楊風送小鶯聲，殘
> 夢不成離玉枕。　　堪愛晚來韶景甚。寶柱秦箏方再品。
> 青娥紅臉笑來迎，又向海棠花下飲。（頁 462）

此詞寫男子在秦樓楚館的歡快生活。上片寫美人春色，好夢卻醒。下片寫男子夢醒後，沉溺耽樂的情景。「再品」、「又向」充分點明男子週而復始，一逕放肆縱情的生活態度。此般及時行樂，消極頹廢的思

想，正是當時社會現象的寫照。

第五節　詠物詞

　　李冰若《栩莊漫記》云：「詠物詞多以比興取長，然描寫寄託之中，要有作者骨格在焉。」〔註48〕說明詠物詞不單純僅是描形寫物而已，作家常藉由聯想比喻，將現實生活中的物象加以描摹，來寄託心中眞意，使讀者能具體了解作家的思想感情，引起共鳴，而這類詞更藏有作家個人的風骨。本節分爲「詠植物」、「詠動物」、「詠景」等三個主題敘述。

一、詠植物

　　有「詠柳」〔註49〕、「詠海棠」、「詠荷」三主題，以「詠柳」一類最多。

（一）詠　柳

　　湯顯祖評本《花間集》卷二云：「〈楊枝〉、〈柳枝〉、〈楊柳枝〉，總以物托興。前人無甚分析，但極詠物之致，而能抒作者懷，能下讀者淚，斯其至矣。」〔註50〕牛嶠〈柳枝〉一調五闋，專詠柳：

　　　　解凍風來末上青。解垂羅袖拜卿卿。無端嫋娜臨官路，舞送行人過一生。（其一，頁503）

　　　　吳王宮裏色偏深。一簇纖條萬縷金。不憤錢塘蘇小小，引

〔註48〕見李冰若：《花間集評注》，收錄於楊家駱主編：《宋紹興本花間集附校注》（臺北：鼎文書局，1974年10月初版），卷三，頁89。

〔註49〕楊海明〈柔性美的象徵物──談唐宋詞中的「楊柳」〉一文中，歸納「楊柳」在婉約詞中擔任的「角色」和發揮作用，如：寫離愁別緒的重要背景；描寫戀情的法寶；隨楊柳而生的楊花柳絮所帶來的象徵意義等。可知「楊柳」在唐宋詞中十足是種柔性美的象徵物，以表現「柔情」爲「中心」，它充分發揮著自己「多功能」的作用。詳見楊海明著：〈柔性美的象徵物──談唐宋詞中的「楊柳」〉，收錄於《唐宋詞主題探索》（高雄：麗文文化事業股份有限公司，1995年10月初版一刷），頁43～49。

〔註50〕轉引自李冰若：《花間集評注》，收錄於楊家駱主編：《宋紹興本花間集附校注》（臺北：鼎文書局，1974年10月初版），卷三，頁89。

郎松下結同心。（其二，頁 503）

橋北橋南千萬條。恨伊張緒不相饒。金羈白馬臨風望，認得羊家淨婉腰。（其三，頁 504）

狂雪隨風撲馬飛。惹煙無力被春欺。莫交移入靈和殿，宮女三千又妒伊。（其四，頁 504）

裊翠籠煙拂暖波。舞裙新染麴塵羅。章華臺畔隋堤上，傍得春風爾許多。（其五，頁 504）

前四闋，將柳擬人化，賦予多姿多采的樣貌與個性。「無端裊娜臨官路，舞送行人過一生」，言柔細纖婉的柳枝立於道路旁，看盡了往來反復的行客，歷經幾番悲歡離合的場面。「不憤錢塘蘇小小，引郎松下結同心」，〔註 51〕言柳的嗔怨，對於蘇小小與情郎不在柳樹下締結同心頗有怨懟。「橋北橋南千萬條。恨伊張緒不相饒」，〔註 52〕言柳條埋怨張緒與自己爭美而不相讓。「金羈白馬臨風望，認得羊家淨婉腰」，〔註 53〕言隨風起舞的柳條，宛如羊侃家的舞女張靜婉，輕舞纖腰，婀娜多姿的樣貌。「莫交移入靈和殿，宮女三千又妒伊」，言柳備受寵愛，容易引起宮女欣羨忌妒之情。作家運用比擬聯想，展現出柳多元的面貌，使詞意透過如此不同性格的柳而更深刻入微。第五闋〈柳枝〉則專詠柳之姿態。翠柳裊娜，在輕煙籠罩的春水上拂動，柳枝如新染的麴黃色羅裙，翩然起舞。在春風吹拂下，迎風搖曳，佔盡無限

〔註 51〕古樂府〈蘇小小歌〉：「我乘油壁車，郎乘青驄馬。何處結同心，西陵松柏下。」〔宋〕郭茂倩編撰：《樂府詩集》（台北：里仁書局，1999年 1 月 10 日初版二刷），第二冊，第八十五卷，雜歌謠辭三，頁 1203。

〔註 52〕《南史·張緒傳》：「緒吐納風流，聽者皆忘飢疲，見者肅然如在宗廟。雖終日與居，莫能測焉。劉悛之為益州，獻蜀柳數株，枝條甚長，狀若絲縷。時舊宮芳林苑始成，武帝以植於太昌靈和殿前，常賞玩咨嗟，曰：『此楊柳風流可愛，似張緒當年時。』」其見賞愛如此。」〔唐〕李延壽著：《南史》（臺北：鼎文書局，1985 年 3 月四版），冊二，卷三一，頁 810。

〔註 53〕《南史·羊侃傳》：「舞人張淨琬腰圍一尺六寸，時人咸推能掌上舞。」〔唐〕李延壽著：《南史》（臺北：鼎文書局，1985 年 3 月四版），冊三，卷六三，頁 1547。

春光。毛文錫亦有〈柳含煙〉一調四闋詠柳詞：

> 隋堤柳，汴河旁。夾岸綠陰千里，龍舟鳳舸木蘭香。錦帆
> 張。　　因夢江南春景好。一路流蘇羽葆。笙歌未盡起橫
> 流。鑠春愁。（其一，頁535）

此詞以柳起以柳結，諷刺隋煬帝荒淫無度。〔註54〕上片寫隋煬帝錦帆
龍舟下汴河，窮極鋪張；下片寫隋煬帝荒誕誤國。詞中「龍舟」、「鳳
舸」、「木蘭」、「錦帆」、「流蘇」、「羽葆」、「笙歌」在在彰顯出貴為天
子，崇高尊榮的身分與享受，然而荒淫無道終究導致天下大亂，富貴
榮華如過往雲煙，只能深鎖在見證歷史的柳身上。

> 河橋柳，占芳春。映水含煙拂路，幾迴攀折贈行人。暗傷
> 神。　　樂府吹為橫笛曲。能使離腸斷續。不如移植在金
> 門。近天恩。（其二，頁535）

此詞寫折柳送別的情景〔註55〕，末句「不如移植在金門，近天恩」，

〔註54〕《資治通鑑‧隋紀四》載煬帝：「發淮南民十餘萬開邗溝，自山陽至
　　　楊子入江。渠廣四十步，渠旁皆築御道，樹以柳；自長安至江都，
　　　置離宮四十餘所。庚申，遣黃門侍郎王弘等往江南造龍舟及雜船數
　　　萬艘。……上行幸江都，發顯仁宮，王弘遣龍舟奉迎。乙巳，上御
　　　小朱航，自漕渠出洛口，御龍舟。龍舟四重，高四十五尺，長二百
　　　丈。上重有正殿、內殿、東、西朝堂，中二重有百二十房，皆飾以
　　　金玉，下重內侍處之。皇后乘翔螭舟，制度差小，而裝飾無異。別
　　　有浮景九艘，三重，皆水殿也。又有漾彩、朱鳥、蒼螭、白虎、玄
　　　武、飛羽、青鳧、陵波、五樓、道場、玄壇、板䑽、黃篾等數千艘，
　　　後宮、諸王、公主、百官、僧、尼、道士、蕃客乘之，及載內外百
　　　司供奉之物，共用挽船士八萬餘人，其挽漾彩以上者九千餘人，謂
　　　之殿腳，皆以錦綵為袍。又有平乘、青龍、艨艟、艚艖、八櫂、艇
　　　舸等數千艘，並十二衛兵乘之，并載兵器帳幕，兵士自引，不給夫。
　　　舳艫相接二百餘里，照耀川陸，騎兵翊兩岸而行，旌旗蔽野。所過
　　　州縣，五百里內皆令獻食，多者一州至百轝，極水陸珍奇；後宮厭
　　　飫，將發之際，多棄埋之。」〔宋〕司馬光編著、〔元〕胡三省音註：
　　　《資治通鑑》（台北：華世出版社，1987年6月），冊6，卷一百八
　　　十，頁5618～5621。

〔註55〕折柳送別，可見於梁代古樂府〈折楊柳歌辭〉：「上馬不捉鞭，反折
　　　楊柳枝。蹀坐吹長笛，愁殺行客兒。」收錄於〔宋〕郭茂倩編撰：《樂
　　　府詩集》（臺北：里仁書局，1999年1月10日初版二刷），第一冊，
　　　第二十五卷，橫吹曲辭五，頁369。

暗寓不遇之感。河畔多植柳樹，詞中「贈行人」、「暗傷神」、「橫笛曲」、
「離腸」，表達出臨別傷愁的心情。因柳而離情依依，卻又同情柳的
遭遇，認爲移植到「金門」，承受天子恩澤，才是柳的好歸宿。金門，
即金馬門，天子所居之地。〔宋〕郭茂倩《樂府詩集》於白居易〈楊
柳枝〉二首作序，引《本事詩》云：

> 白尚書有妓樊素善歌，小蠻善舞。嘗爲詩曰：「櫻桃樊素口，
> 楊柳小蠻腰。」年既高邁，而小蠻方豐豔，乃作〈楊柳枝〉
> 辭以託意曰：「永豐西角荒園裏，盡日無人屬阿誰！」及宣
> 宗朝，國樂唱是辭，帝問誰辭，永豐在何處，左右具以對。
> 時永豐坊西南角園中有垂柳一株，柔條極茂，因東使命取
> 兩枝植於禁中。居易感上知名，且好尚風雅，又作辭一章
> 云：「定知玄象今春後，柳宿光中添兩星。」〔註56〕

故言「近天恩」。因白居易之詞，永豐西角園中的垂柳得以蒙受天子
眷顧，作者以此聯想，將折柳與移柳做連結，「近天恩」正是不能達
成的想望，語意中透露出時運不濟，暗自傷懷的情緒。〔註57〕

> 章臺柳，近垂旒。低拂往來冠蓋，朦朧春色滿皇州。瑞煙
> 浮。　　直與路邊江畔別。免被離人攀折。最憐京兆畫蛾
> 眉。葉纖時。（其三，頁535）

此詞以柳詠人，寄寓對風塵女子的同情。章臺，漢代長安的街名，舞
榭歌臺所在之地，多植柳。唐代詩人韓翃與妓柳氏因安史之亂而分
離，後韓翃知悉柳氏爲尼，寄詩給柳氏云：「章臺柳，章臺柳，顏色

〔註56〕〔宋〕郭茂倩編撰：《樂府詩集》（臺北：里仁書局，1999年1月10
　　日初版二刷），第二冊，第八十一卷，近代曲辭三，頁 1142。〈楊柳
　　枝〉兩首爲「一樹春風萬萬枝，嫩於金色軟於絲。永豐西角荒園裏，
　　盡日無人屬阿誰！」、「一樹衰殘委泥土，雙枝榮耀植天庭。定知玄
　　象今春後，柳宿光中添兩星。」
〔註57〕《十國春秋》載毛文錫：「年十四登進士第……天漢時，宦官唐文扆
　　同宰相張格爲表裏，與文錫爭權，會文錫以女適僕射庾傳素子，宴
　　親族於樞密院，用樂不先奏聞，高祖聞鼓吹聲怪之，文扆因極口摘
　　其短。貶文錫茂州司馬，子詢流維州，籍其家。」〔清〕吳任臣撰：
　　《十國春秋》（臺北：臺灣商務印書館，1986年3月，景印文淵閣《四
　　庫全書》本），史部二二三，冊465，卷四十一，頁383下。

青青今在否？縱使長條似舊垂，也應攀折他人手。」〔註58〕毛詞引用
此典故，寄予風塵女子無限同情。上片言章臺柳所在地，正是達官貴
人飲酒作樂的往來之地，而章臺柳所見所聞，即為風塵女子之見聞。
下片直言女子情思，以羨慕張敞為愛妻畫眉，〔註59〕表達心中期盼，
冀望自己也能找到擁有「畫眉之樂」的如意郎君。

> 御溝柳，占春多。半出宮墻婀娜，有時倒影蘸輕羅。麴塵
> 波。　　昨日金鑾巡上苑。風亞舞腰纖軟。栽培得地近皇
> 宮。瑞煙濃。（其四，頁536）

此詞以柳詠人，諷諭得寵者。御溝柳，皇家宮苑中所植的柳樹。上片
言柳枝，時而柔細嬌巧，時而倒影如輕羅。下片言天子臨巡上苑時，
柳枝特別纖柔輕軟，以博取天子歡心。末句以讚嘆肯定之語氣，言柳
枝生長在得天獨厚的皇家宮苑，實則諷刺恃寵而驕的小人，常伴君身。

（二）詠海棠

> 海棠未坼，萬點深紅。香包緘結一重重。似含羞態，邀勒
> 春風。蜂來蝶去，任繞芳叢。　　昨夜微雨，飄灑庭中。
> 忽聞聲滴井邊桐。美人驚起，坐聽晨鐘。快教折取，戴玉
> 瓏璁。（毛文錫〈贊成功〉，頁531）

上片詠海棠。描述海棠尚未綻放時，豔色鮮紅。朵朵花苞彷似香包，
它們含苞待放的樣子，嬌羞可愛，和著春風，吸引蜂蝶到來。下片寫
微雨中的海棠。美人因雨聲而驚醒，深怕海棠折損於雨中，便叫人趕
快摘下海棠，以保有海棠之美，表達惜花之情。美人憐花惜花，或有
自傷自憐之味。王國維《人間詞話》曾評此詞云：

〔註58〕見載於〔唐〕孟棨《本事詩》。〔唐〕孟棨撰：《本事詩》（臺北：臺
　　　　灣商務印書館，1986年3月，景印文淵閣《四庫全書》本），集部四
　　　　一七，冊1478，頁235上。
〔註59〕《漢書・張敞傳》：「敞無威儀，時罷朝會，過走馬章臺街，使御吏
　　　　驅，自以便面拊馬。又為婦畫眉，長安中傳張京兆眉憮。有司以責
　　　　敞。上問之，對曰：『臣聞閨房之內，夫婦之私，有過於畫眉者』。」
　　　　上愛其能，弗備責也。」〔漢〕班固撰：《漢書》（臺北：鼎文書
　　　　局，1986年10月六版），冊四，卷七十六，頁3222。

（毛文錫）詞，比牛、薛諸人，殊爲不及。葉夢得謂：「文錫詞以質直爲情致，殊不知流於率露，致令諸人之評庸陋詞者，必曰，此乃仿毛文錫之〈贊成功〉不及者。」其言是也。〔註60〕

蕭繼宗《花間集》校注本云：

前半言海棠未放，後半言美人聞夜半之微雨，惟恐好花之易謝，而驚起，而坐聽晨鐘，而折花簪鬢，一種惜花之心，與杜秋娘金縷衣同其機杼，亦非全無可取。惟遣詞拙率，行文冗弱，遂貽訕誚耳。使取其意而異以他調，以警鍊之筆爲之，未嘗不可成一佳篇也。〔註61〕

兩人皆以毛氏用詞率露爲病，然就蕭氏所言，詞中尚蘊「惜花之心」，如能在用字遣詞上多加修飾琢磨，亦有可取之處。可見詠物時，用詞造語甚爲重要，而能借物詠懷，則更上一層。

（三）詠　荷

秋宵秋月。一朵荷花初發。照前池。搖曳熏香夜，嬋娟對鏡時。　　蕊中千點淚，心裏萬條絲。恰似輕盈女，好風姿。（歐陽炯〈女冠子〉其二，頁462）〔註62〕

此詞以明月與荷花交織出一幅動人的畫面。秋夜的月光下，池中有一朵剛綻放的荷花，花兒散放陣陣清香，花影搖曳生姿，在明月照拂的水面上，宛如美人攬鏡自照時的美景。花蕊中的露珠清徹如淚珠，花莖中空，猶如纖絲萬條，婀娜多姿的模樣，如同身姿輕盈曼妙的美人。以花喻人，人如其花，「千點淚」、「萬條絲」一如美人情思，含蓄而婉約的勾勒出一幅既有風景又蘊藏美人的圖畫。

〔註60〕王國維撰：《人間詞話》附錄一，「毛文錫詞」條。收錄於唐圭璋編：《詞話叢編》（北京：中華書局，2005年10月第2版第5刷），第五冊，頁4269。

〔註61〕轉引自洪華穗撰：《花間集的主題與感覺》（臺北：文津出版社有限公司，1999年12月一刷），頁150～151。

〔註62〕〈女冠子〉一調，多爲緣題而作，敘述女道士的生活、心情，此闋內容完全無涉於女道士，乃詠物之作。

二、詠動物

分「詠燕」、「詠鴛鴦」、「詠寶馬」、「詠蝶」四個類別。有純詠物之形態者，亦有借物詠懷者。

（一）詠　燕

> 唧泥燕，飛到畫堂前。占得杏梁安穩處，體輕唯有主人憐。
> 堪羨好因緣。（牛嶠〈夢江南〉其一，頁506）

燕子唧著泥，飛到女子居住的畫堂前，找尋到適合築巢安居的地方。因為燕子體態輕盈，輕巧的可愛模樣，引起女子的憐愛，更羨慕燕子能雙宿雙飛。看著燕子能飛棲相隨，而自己的幸福又在何方呢？羨慕之中，流露出自傷情懷。詞中透過詠燕來抒發心情，表達出女子對美滿姻緣的渴盼與追求。

（二）詠鴛鴦

> 紅繡被，兩兩間鴛鴦。不是鳥中偏愛爾，為緣交頸睡南塘。
> 全勝薄情郎。（牛嶠〈夢江南〉其二，頁506）

詞中獨守空閨的女子，看著繡被上兩兩成雙的鴛鴦，似是正話反說地，表達出自己的欣羨之情，只因鴛鴦的形象，是成雙成對、偶居不離的，更是兩情相悅、甜蜜恩愛的象徵。因此，埋怨情郎不如鴛鴦鍾情，也感嘆自身不如鴛鴦幸福。詞末「薄情郎」一語，充分傳遞出女子被遺棄的憤懣之情。李冰若《栩莊漫記》引姜夔評〈夢江南〉詞云：

> 牛松卿〈望江南〉詞，一詠燕，一詠鴛鴦，是詠物而不滯于物也。詞家當法此。〔註63〕

劉永濟《唐五代兩宋詞簡析》評〈夢江南〉詞云：

> 此二首乃藉詠物以寫閨人之怨情。前首羨燕子得人憐而安穩住在杏樑，以見人之不如燕。後首罵「薄情郎」不及被上所繡之鴛鴦，兩兩交頸不相離也。凡詠物之詞，非專指描寫物態，必須寄託人情。此二詞，前三句皆寫物態，兩

〔註63〕見李冰若：《花間集評注》，收錄於楊家駱主編：《宋紹興本花間集附校注》（臺北：鼎文書局，1974年10月初版），卷四，頁93。

尾句點明人情，最爲生動。詞家論詠物詞有「不黏不脱」之説。此二首前三句，不脱也；後一句，不黏也。〔註 64〕

可見詠物不僅是寫物之形貌，更要能借物詠懷，表達作者的言外之意，展現作者所欲傳達的思想與情感。

（三）詠寶馬

香韉鏤襜五花驄。值春景初融。流珠噴沫躞蹀，汗血流紅。　少年公子能乘馭，金鑣玉轡瓏璁。爲惜珊瑚鞭不下，驕生百步千蹤。信穿花，從拂柳，向九陌追風。（毛文錫〈接賢賓〉，頁 532）

上片以配有精美鞍韉的駿馬，在初春時節，因走動而熱汗淋漓、氣血通紅的模樣，來描寫寶馬的英姿。下片強調寶馬的驕貴，以貴公子任由駿馬隨意穿梭花柳間，或起而在大道上飛奔，表現出駿馬擁有自己性格的獨特性，若非主人寵愛，哪能恃寵而驕？詞中「香韉鏤襜」、「金鑣玉轡」、「珊瑚鞭」皆是華貴的象徵，可見當時富貴人家的奢華氣息。

（四）詠　蝶

雙雙蝶翅塗鉛粉。咂花心。綺窗繡户飛來穩。畫堂陰。　二三月、愛隨飄絮，伴落花、來拂衣襟。更剪輕羅片，傅黄金。（毛文錫〈紗窗恨〉其二，頁 534）

此詞傳神地描繪出蝴蝶的樣貌。詞中蝶兒的薄翅「塗鉛粉」、「傅黄金」，展現出色彩鮮豔的美麗形貌，而「咂花心」、「隨飄絮」、「拂衣襟」則表現出輕鬆活躍的生命力，描寫相當細膩生動。

三、詠　景

（一）詠春景

春暮黄鶯下砌前。水精簾影露珠懸。綺霞低映晚晴天。　弱柳萬條垂翠帶，殘紅滿地碎香鈿。蕙風飄蕩散輕

〔註 64〕劉永濟著：《唐五代兩宋詞簡析》（北京：中華書局，2007 年 10 月北京第 1 版第 1 刷），頁 17。

煙。（毛熙震〈浣溪沙〉其一，頁 584）

這闋詞描寫暮春傍晚時分的景象。黃鶯低飛階前，水晶珠簾垂懸，雲霞輝映天際，柳絲垂如翠帶，落花殘紅滿地，風中襲來芳香，吹散瀰漫煙靄，處處是美景。鄭振鐸云：「能細膩婉約以描出無人曾畫之景色。」〔註65〕其「一句一景，形象繁複，六幅畫面各自獨立而又有機統一。其中最後一句寫風，讓人聞其香而見其形，難得。」〔註66〕又如歐陽炯〈春光好〉其一：

> 天初暖，日初長。好春光。萬彙此時皆得意，競芬芳。　　筍
> 迸苔錢嫩綠，花偎雪塢濃香。誰把金絲裁翦卻，掛斜陽。（頁
> 458）

這闋詞描寫早春美景。上片言大地回春，萬物復甦，群花爭妍，芳香四溢。下片見春筍爭相從圓圓點點貌似銅錢的青苔地中迸發出來，花兒綻放，飄散濃郁香氣。柳樹嫩黃細長的柔軟垂條，在落日餘暉時，與殘照相映成趣。

（二）詠秋景

> 月映長江秋水。分明冷浸星河。淺沙汀上白雲多。雪散幾
> 叢蘆葦。　　扁舟倒影寒潭裏。煙光遠罩輕波。笛聲何處
> 響漁歌。兩岸蘋香暗起。（歐陽炯〈西江月〉其一，頁 460）

這闋詞描寫秋夜江渚景色。上片言秋月映照在江面上的寒光，反射到銀河上。沙洲上蘆花四散，宛如白雪。下片言扁舟漂浮在水天浩茫的江面上，在這樣靜謐無聲的江上，卻傳來了笛聲與漁歌聲，空氣中也漸漸瀰漫出蘋花香氣。原本一片輕淺沉靜、緩慢流動的江水，因為「扁舟」、「笛聲」、「漁歌」而乍現生氣，使得遼闊而充滿恬淡氣息的水面，透出淺淺的活力。

〔註65〕轉引自姜方錟編：《蜀詞人評傳》（成都：成都古籍書店，1984 年 8 月第一版第一刷），頁 128。

〔註66〕孔范今主編：《全唐五代詞釋注》（西安：陝西人民出版社，1998 年 10 月第 1 版第 1 刷），中冊，頁 1105。

第六節　風土詞

「風土」一詞，具有兩種意涵：一為山水景物，即自然中的地理環境；一為民風土俗，即社會中的人文習尚。〔註67〕本節所論「風土詞」，取其廣義意涵，兼含二者，析分為「南國女子風情」、「南國風俗」、「南國風物與生活」與「南國寺廟祈祀」等四個類別。

李珣早年曾廣泛漫遊，前蜀亡國後，不事二姓，隱居湖鄉水澤，填有〈南鄉子〉一調十七闋。其寫景記俗的十七首〈南鄉子〉，描繪出一幅幅南國的風景畫、風俗畫、風情畫。〔註68〕而歐陽炯的八首〈南鄉子〉，具有濃郁的地域色彩，展現著富有神韻的異域風光。〔註69〕湯顯祖總評八詞云：「短詞之難，難于起得不自然，結得不悠遠。諸詞起句無一重複，而結語皆有餘思，允稱令作。」〔註70〕此主題以描述南國風景、民情、器物、動植物等，詳實展現一幅生動活潑又清新自然的南國風景圖。在這幅風景圖中，又可分為「南國女子風情」、「南國風俗」、「南國風物與生活」及「南國寺廟祈祀」等四個類別。

一、南國女子風情

> 乘綵舫。過蓮塘。棹歌驚起睡鴛鴦。遊女帶香偎伴笑。爭窈窕。競折團荷遮晚照。(李珣〈南鄉子〉其四，頁600)

此詞寫一群天眞爛漫的少女，乘坐畫舫，在蓮塘中嬉戲游鬧的景象。

〔註67〕賴靖宜《花間集風土詞研究》於「風土」一詞，論述其來源與性質並加以義界，本節「風土」所涉茲從其說。詳見賴靖宜：《花間集風土詞研究》（臺北：國立政治大學國文教學碩士學位班碩士論文，民國91年），頁7～9。

〔註68〕高鋒著：《花間詞研究》（南京：江蘇古籍出版社，2001年9月第1版第1刷），頁197。

〔註69〕高鋒著：《花間詞研究》（南京：江蘇古籍出版社，2001年9月第1版第1刷），頁221。

〔註70〕轉引自李冰若：《花間集評注》，收錄於楊家駱主編：《宋紹興本花間集附校注》（臺北：鼎文書局，1974年10月初版），卷六，頁141。

少女們巧笑倩兮，偎伴爭美，折荷遮面，處處展現其活潑可愛的情態。尤其「競折團荷遮晚照」一句，生動入畫。〔註71〕又如李珣〈南鄉子〉其十：

> 相見處，晚晴天。刺桐花下越臺前。暗裏迴眸深屬意。遺雙翠。騎象背人先過水。（頁602）

此首寫南方女子追求愛情的心意。前三句鋪陳女子與心上人相遇時地，後寫女子芳心暗屬後，做出「暗裏迴眸」、「遺雙翠」、「騎象」、「過水」等連番舉動，將女子的心理與行為刻畫入微，十分生動傳神，展現南國女子的熱情。古老的文化遺址，亞熱帶的景物，青春活潑的少女，組成一闋和諧美麗富有地方色彩的浪漫樂章。〔註72〕又如歐陽炯〈南鄉子〉其六：

> 路入南中。桄榔葉暗蓼花紅。兩岸人家微雨後。收紅豆。
> 樹底纖纖擡素手。（頁452）

此首寫女子纖柔細婉的形象。首句點明地點，次句寫景，形容南方桄榔樹葉蒼翠暗綠、濃蔭茂密，蓼花淡紅的景象。一高一低，一綠一紅，一葉一花，一岸上一水邊，互相映襯，給人以鮮明的形象。〔註73〕接著將視野移到纖纖素手摘紅豆的女子身上。紅豆，象徵相思之物。王維〈相思〉詩云：「紅豆生南國，春來發幾枝。願君多採擷，此物最相思。」詞人以帶有「相思」意味的紅豆，與纖柔白皙的柔荑相映襯，表達了動人情思。

二、南國風俗

　　有「採蓮」、「採真珠」、「採菱」、「淘金」、「採香」等五項。

〔註71〕語出李冰若《栩莊漫記》，見李冰若：《花間集評注》，收錄於楊家駱主編：《宋紹興本花間集附校注》（臺北：鼎文書局，1974年10月初版），卷下，頁235。

〔註72〕艾治平著：《花間詞藝術》（上海‧學林出版社，2001年10月第1版第1刷），頁467。

〔註73〕高鋒著：《花間詞研究》（南京：江蘇古籍出版社，2001年9月第1版第1刷），頁222。

（一）採　蓮

蘭棹舉，水紋開。競攜藤籠採蓮來。迴塘深處遙相見。邀
同宴。瀲酒一巵紅上面。（李珣〈南鄉子〉其二，頁600）

登畫舸，泛清波。採蓮時唱採蓮歌。攔棹聲齊羅袖斂。池
光颭。驚起沙鷗八九點。（李珣〈南鄉子〉其十三，頁610）

採蓮之俗，歷史悠久。漢樂府云：「江南可採蓮，蓮葉何田田。」可
知漢代已有採蓮活動。李珣兩詞生動地描繪出採蓮活動，只見採蓮女
子「競攜藤籠」、「唱採蓮歌」、「攔棹聲齊」、「羅袖斂」，動作輕盈，
節奏明快。採蓮歸後，同宴歡飲，芙頰染豔，「紅上面」一語，嬌態
如見。〔註74〕

（二）採真珠

新月上，遠煙開。慣隨潮水採珠來。棹穿花過歸溪口。沽
春酒。小艇纜牽垂岸柳。（李珣〈南鄉子〉其十七，頁611）

此首寫夜間採珠的情景。首兩句描寫江景，「遠煙」一語充滿疏淡之
味。採珠歸程中，「棹穿花過」描寫細膩，唯妙唯肖。船歸溪口，繫
諸柳樹，小酌春酒，別有一番風趣。

（三）採　菱

攜籠去，採菱歸。碧波風起雨霏霏。趁岸小船齊棹急。羅
衣濕。出向桄榔樹下立。（李珣〈南鄉子〉其十一，頁610）

此首寫天候不佳，女子們冒雨採菱而歸之事。在「風起」、「雨霏霏」
的不良天候中，採菱女子仍「趁岸」、「齊棹急」，急中有序地完成採
菱活動。而「羅衣濕」一句，十足展現採菱女子的辛苦。

（四）淘　金

荳蔻花繁煙豔深。丁香軟結同心。翠鬟女。相與。共淘金。
　　紅蕉葉裏猩猩語。鴛鴦浦。鏡中鸞舞。絲雨。隔荔枝
陰。（毛文錫〈中興樂〉，頁532）

〔註74〕語出〔清〕陳廷焯《雲韶集》卷一，轉引自史雙元編著：《唐五代詞
紀事會評》（合肥：黃山書社，1995年12月第1版第1刷），頁837。

此首寫淘金〔註75〕的環境。上片首寫南國風光，在荳蔻花繁、丁香軟結的景色中，少女相邀淘金。下片亦寫景，美人蕉裡，傳來猩猩啼聲，附近有鴛鴦棲息於水濱，淘金女活潑嬉鬧的身姿，映照在水面上，宛若鸞鳳起舞。結語言荔枝樹隔開濛濛細雨，少女們在濃蔭下避雨，饒有情趣。正如李冰若評云：「全首寫風土，如入炎方所見，不嫌其質樸也。」〔註76〕

（五）採　香

> 袖斂鮫綃。採香深洞笑相邀。藤杖枝頭蘆酒滴。鋪葵蓆。
> 荳蔻花間趁晚日。（歐陽炯〈南鄉子〉其七，頁453）

此首寫採香人邀約旅人歡聚的情景。身著鮫綃的採香人，在山洞間與旅人偶遇後，大方邀請旅人飲酒同樂。眾人歡飲，酌酒於葵蓆之上，後又漫步在荳蔻花間，樂而忘歸，十足展現南人的不受拘束、熱情豪邁的情態。

三、南國風物與生活

詠南方風物的，如歐陽炯〈南鄉子〉其三：

> 岸遠沙平。日斜歸路晚霞明。孔雀自憐金翠尾。臨水。認
> 得行人驚不起。（頁451）

此詞寫傍晚的水邊即景。孔雀臨水照影，自賞自憐，不畏行人，物我相諧，自然成趣。又如歐陽炯〈南鄉子〉其八：

> 翡翠鵁鶄。白蘋香裏小沙汀。島上陰陰秋雨色。蘆花撲。

〔註75〕〔清〕李調元《雨村詞話》卷一，「淘金」條載：「古淘金多婦女，大約出于兩粵土俗。毛文錫〈中興樂〉詞云：『荳蔻花繁煙艷深。丁香軟、結同心。翠鬟女，相與共淘金。紅蕉葉裏猩猩語。鴛鴦浦。鏡中鸞舞。絲雨隔，荔枝陰。』皆粵中俗也。今楚蜀多有之，然皆用男子矣。」收錄於唐圭璋編·《詞話叢編》（北京：中華書局，2005年10月第2版第5刷），第二冊，頁1387。

〔註76〕語出李冰若《栩莊漫記》，見李冰若：《花間集評注》，收錄於楊家駱主編：《宋紹興本花間集附校注》（臺北：鼎文書局，1974年10月初版），卷五，頁119。

數隻魚船何處宿。（頁 453）

此詞寫秋日水中雨景。水鳥「翡翠」、「鶄鶄」與「白蘋泛香」、「蘆花撲散」交織出淡微的秋瑟，結語「何處宿」，言人言己，略有感嘆。作者把江渚常見之景有機結合，疏密有致地布置在詞裡，就收到了平淡中見奇美的藝術效果，足見作者的白描技巧和形象構置的匠心。〔註77〕

詠南方生活的，如李珣〈南鄉子〉其六：

雲帶雨，浪迎風。釣翁迴棹碧灣中。春酒香熟鱸魚美。誰同醉。纜卻扁舟蓬底睡。（頁 601）

此詞寫釣翁在清新江景中，閒適自得的生活。詞中釣翁飲醇酒，嘗鮮魚，小寐舟中，一派悠然無愁，曠達物外的情態。湯顯祖評《花間集》卷四云：「帆底一樽，馬頭千里。亦自有榮辱。如此睡，彷彿希夷。」〔註78〕所言釣翁，或為作者自我寫照。又如李珣〈南鄉子〉其八：

漁市散，渡船稀。越南雲樹望中微。行客待潮天欲暮。送春浦。愁聽猩猩啼瘴雨。（頁 601）

此詞寫日暮江邊，市散人稀，行客待潮遠行的感受。詞人巧妙地運用「漁市」、「渡船」、「雲樹」勾畫出南方水鄉的風景圖，正是行客眼前景，景象中所反映的「散」、「稀」、「微」正是行客的心情寫照。離情正濃時，行客在瘴雨煙蠻中聽見猩猩的哀切啼喚，更增添無限愁情。詞從開頭的「散」、「稀」、「微」的敘事和描述，和後來天暮送別，「猩猩啼瘴雨」的渲染中，雖古樸中透出凄清，意蘊中不無悲懷，但仍意緒蒼茫，筆力精湛，如陸游云：「簡樸可愛」，且風光如畫，別見情致，是一闋結有餘韻之作。〔註79〕

此外，風土詞中尚可見炎方異域的特殊風物，有植物如：荔枝、

〔註77〕孔范今主編：《全唐五代詞釋注》（西安：陝西人民出版社，1998 年 10 月第 1 版第 1 刷），中冊，頁 1143。

〔註78〕轉引自李冰若：《花間集評注》，收錄於楊家駱主編：《宋紹興本花間集附校注》（臺北：鼎文書局，1974 年 10 月初版），卷十，頁 236。

〔註79〕艾治平著：《花間詞藝術》（上海：學林出版社，2001 年 10 月第 1 版第 1 刷），頁 461。

芰荷、荳蔻、玫瑰、椰子、石榴花、槿花、芭蕉；動物如：鴛鴦；器物如：木蘭舟、畫舸、紅螺、螺杯、鸚鵡琖﹝註80﹞等。

四、南國寺廟祈祀

祈神賽社，自古以來即爲民間重要風俗。《史記‧封禪書》載：「冬賽禱詞。」司馬貞索隱：「『賽』，今報神福也。」﹝註81﹞賽，即祭祀酬神。《禮記‧郊特牲》載：「祭有祈焉，有報焉。」﹝註82﹞一般指春祈年，秋報祭。《舊唐書‧張嘉貞傳》載：「嘉貞自爲文，乃書於石。先是岳廟，爲遠近祈賽，有錢數百萬。嘉貞自以爲頌文之功，納其數萬。」﹝註83﹞祈賽，意指向神求福與獲福答謝的祭祀。

> 古樹噪寒鴉。滿庭楓葉蘆花。畫燈當午隔輕紗。畫閣珠簾
> 影斜。　　門外往來祈賽客，翩翩帆落天涯。迴首隔江煙
> 火，渡頭三兩人家。（張泌〈河瀆神〉，頁 527）

此詞寫寺廟祈祀的情景。詞一起，「寒鴉」、「楓葉」、「蘆花」鋪造出秋天的蕭瑟氣氛，然而寺前的「古樹」與寺內的「畫燈」兩相映襯，延展出歷史悠久、香火鼎盛的悠遠感。下片寫寺廟外川流不息的人潮，透過「帆」、「江」、「渡頭」，詞人將視野轉向遠景，也帶出一片水鄉澤國的濃厚氣息。李冰若《栩莊漫記》云：「『迴首隔江煙火，渡頭三兩人家』，可做畫景。與首二句同一蕭然其爲秋也。」﹝註84﹞此

﹝註80﹞　〔唐〕劉恂《嶺表錄異》卷下：「紅螺，大小亦類鸚鵡螺，殼薄而紅，亦堪爲酒器。剜小螺爲足，綴以膠漆，猶可佳尚。」因用爲酒杯之代稱。螺杯、鸚鵡琖皆爲酒杯。〔唐〕劉恂撰：《嶺表錄異》（臺北：臺灣商務印書館，1986 年 3 月，景印文淵閣《四庫全書》本），史部三四七，冊 589，卷中，頁 90 下。

﹝註81﹞　〔漢〕司馬遷撰：《史記》（臺北：鼎文書局，1990 年 7 月十版），冊二，卷二八，頁 1372。

﹝註82﹞　〔漢〕鄭玄注、〔唐〕孔穎達疏：《禮記》（臺北：藝文印書館股份有限公司，2001 年 12 月初版十四刷，十三經注疏本），卷二六，頁 508 下。

﹝註83﹞　後〔晉〕劉昫等撰：《舊唐書》（臺北：鼎文書局，1985 年 3 月四版），冊四，卷九十九，頁 3092。

﹝註84﹞　見李冰若：《花間集評注》，收錄於楊家駱主編：《宋紹興本花間集附校注》（臺北：鼎文書局，1974 年 10 月初版），卷五，頁 114。

詞起筆於景，結語於景，神廟風光，江畔景色，盡現眼前。

第七節　邊塞詞

　　唐代邊塞詩盛行一時，高適、岑參更形成煊赫古今的邊塞詩派。五代時期，藩鎮割據，天下大亂，卻少見有邊塞一類作品。此題材西蜀詞人亦少涉及，僅見牛嶠〈定西番〉、毛文錫〈甘州遍〉二兩闋，雖爲鳳毛麟角，頗有可觀之處。如牛嶠〈定西番〉：

　　　　紫塞月明千里，金甲冷，戍樓寒。夢長安。　　鄉思望中
　　　　天闊。漏殘星亦殘。畫角數聲嗚咽。雪漫漫。（頁 512）

此詞寫邊塞荒寒與將士思鄉之苦。李冰若《栩莊漫記》云：「塞外荒寒，征人夢苦，躍然紙上。」〔註85〕上片「金甲冷」、「戍樓寒」兩句，既「冷」又「寒」，所表達的，不僅是環境，更是心境。寥寥數語，道盡戍卒之艱苦。緊接「夢長安」帶出下片「思鄉」之情。夢醒時分，天已濛濛亮，遠處傳來的號角嗚咽聲似乎也在傾訴邊境士卒的淒苦。「月明千里」、「天闊」、「雪漫漫」，構成一幅蒼茫壯闊的景象，情景交融，悲涼之意，思鄉之愁，油然而生，被譽爲「盛唐諸公〈塞下曲〉」。〔註86〕次如毛文錫〈甘州遍〉其二：

　　　　秋風緊，平磧鴈行低。陣雲齊。蕭蕭颯颯，邊聲四起，愁
　　　　聞戍角與征鼙。　　青塚北，黑山西。沙飛聚散無定，往
　　　　往路人迷。鐵衣冷，戰馬血沾蹄。破蕃奚。鳳皇詔下，步
　　　　步躡丹梯。（頁 534）

此詞寫邊塞荒涼，征人寒苦。李冰若《栩莊漫記》云：「描寫邊塞荒寒景象頗佳，詞亦無死聲，佳作也。」〔註87〕「應說其『佳』在蒼涼

〔註85〕見李冰若：《花間集評注》，收錄於楊家駱主編：《宋紹興本花間集附校注》（臺北：鼎文書局，1974 年 10 月初版），卷四，頁 100。

〔註86〕〔明〕卓人月匯選、徐士俊參評、谷輝之校點：《古今詞統》（瀋陽：遼寧教育出版社，2000 年 1 月），卷三，頁 84。

〔註87〕見李冰若：《花間集評注》，收錄於楊家駱主編：《宋紹興本花間集附校注》（臺北：鼎文書局，1974 年 10 月初版），卷五，頁 121。

中蘊勁健，悲而壯，境界開闊，粗豪中見雄奇，置之唐代邊塞詩中，難分高下。」〔註88〕上片言北風強勁，群雁低飛，濃雲密佈，邊聲不絕的戰地圖景，詞中「秋風緊」、「蕭蕭颯颯」帶有一片肅殺、緊張的戰爭氣息，聲情並茂地寫出邊塞特有的景觀，雖蒼涼荒寒，但仍躍動著深沉的力度，不失其雄渾氣息。〔註89〕下片以戰地沙土飛揚不定，行客視線受阻而迷路，來呈現邊地艱險的環境，幸而戰士最終能殺出一片血路，凱旋而歸，得到朝廷賞識。

〔註88〕艾治平著：《花間詞藝術》（上海·學林出版社，2001 年 10 月第 1 版第 1 刷），頁 343。
〔註89〕艾治平著：《花間詞藝術》（上海：學林出版社，2001 年 10 月第 1 版第 1 刷），頁 342。

第五章　西蜀詞人擇調與用韻

根據曾編本《全唐五代詞》所收錄之西蜀十四家詞，爲：

1、韋　莊：二十一調，五十四闋；

2、薛昭蘊：八調，十九闋；

3、牛　嶠：十三調，三十二闋；

4、張　泌：十三調，二十八闋；

5、牛希濟：五調，十二闋；

6、尹　鶚：十二調，十七闋；

7、李　珣：十五調，五十四闋；

8、毛文錫：二十一調，三十二闋；

9、魏承班：九調，二十一闋；

10、顧　敻：十六調，五十五闋；

11、鹿虔扆：四調，六闋；

12、閻　選：七調，十闋；

13、毛熙震：十三調，二十九闋；

14、歐陽炯：二十調，四十六闋。

　　凡七十調，四百一十六闋。本章探討西蜀詞人的填詞狀況，分析詞人採用的詞調與用韻方式，整理出詞人創作的基本選擇，以了解何種詞調與用韻方式較爲詞人喜愛。

第一節　擇　調

　　以曾編本《全唐五代詞》爲依據，統計出西蜀詞人所用詞調共有七十二種，其中〈河傳〉與〈怨王孫〉〔註1〕乃同調異名；〈楊柳枝〉〔註2〕與〈柳枝〉亦同調異名，實爲七十調，爲便於行文，以下一律稱爲〈河傳〉、〈楊柳枝〉。茲將西蜀詞人擇調狀況，依每調詞作數量多寡，由多至少排列，並註明調名來源，〔註3〕如下表：

詞　調	調名來源	詞 人													詞作數量
		韋莊	薛昭蘊	牛嶠	張泌	牛希濟	尹鶚	李珣	毛文錫	魏承班	顧敻	鹿虔扆	閻選	毛熙震	歐陽炯	
1 浣溪沙	唐教坊曲	5	8		10			4	2		8		1	7	3	48
2 菩薩蠻	唐教坊曲	5		7			3	3	3					3	4	28

〔註1〕《詞律》卷六：「〈怨王孫〉此與前韋莊（錦浦）一首，字句平仄聲響俱同……〈河傳〉與〈怨王孫〉正同也……但宋人不作〈河傳〉而作〈怨王孫〉。」〔清〕萬樹撰：《詞律》（臺北：臺灣商務印書館，1986年3月，景印文淵閣《四庫全書》本），集部四三五，冊1496，卷六，頁155。《詞譜》：「〈河傳〉，宋王灼《碧雞漫志》云：『〈河傳〉，唐曲，今存者二。其一屬南呂宮，前段仄韻，後段平韻。其一屬無射宮，即〈怨王孫〉曲。外又有越調、仙呂調兩曲。』按〈河傳〉之名始於隋代，其詞則創自溫庭筠。」〔清〕陳廷敬主編：《康熙詞譜》（長沙：岳麓書社，2000年10月第1版第1刷），上冊，卷十一，頁323。又「《花間集》韋詞三首名〈河傳〉，《尊前集》韋詞一首名〈怨王孫〉，平仄如一。」〔清〕陳廷敬主編：《康熙詞譜》（長沙：岳麓書社，2000年10月第1版第1刷），上冊，卷十一，頁326。

〔註2〕即〈柳枝〉。《詞牌彙釋》：「《詞律》三體。單調，正溫庭筠（舘娃詞）一體，二十八字。又雙調，顧敻一體，四十八字；朱敦儒一體，四十四字。《詞譜》另收溫庭筠（金綺詞）一體，單調，二十八字。」聞汝賢纂：《詞牌彙釋》（臺北：作者自印本，1963年5月臺壹版），頁546。〈楊柳枝〉一調，共七闋。其中顧敻一闋，以〈楊柳枝〉爲調名；張泌一闋、牛嶠五闋，以〈柳枝〉爲調名。

〔註3〕調名來源，主要考察《教坊記》及《詞譜》中所著錄者。詳見〔唐〕崔令欽撰、任半塘箋訂：《教坊記箋訂》（臺北：宏業書局，1963年1月）。〔清〕陳廷敬主編：《康熙詞譜》（長沙：岳麓書社，2000年10月第1版第1刷）。

調名	出處												總計
3 南鄉子	唐教坊曲						17				8		25
4 臨江仙	唐教坊曲		1	7	2	2	1			3	2	2	2	22
5 酒泉子	唐教坊曲	1		1	2	1	4		1		7		2	19
6 女冠子	唐教坊曲	2	2	4	1		1				2		2	18
7 虞美人	唐教坊曲						1	2		6	1	2		12
8 河傳	唐曲	4		2			2			3		1		12
9 訴衷情	唐教坊曲	2					2	5	2					11
10 荷葉盃 〔註4〕	唐教坊曲	2								9				11
11 更漏子 〔註5〕	花間集 尊前集	1		3			1		1			2	2	10
12 清平樂	唐教坊曲	6				2						1	1	10
13 玉樓春 〔註6〕	花間集 尊前集			1				2	4			2		9
14 江城子 〔註7〕	花間集 尊前集	2		2	3		1						1	9
15 謁金門	唐教坊曲	3	1			1				3		1		9

〔註4〕 《教坊記》作「荷葉盃」。《詞譜》作「荷葉杯」。

〔註5〕 《詞譜》:「〈更漏子〉,此調有兩體。四十六字者始於溫庭筠,唐宋詞最多,《尊前集》注『大石調』,又屬商調。」〔清〕陳廷敬主編:《康熙詞譜》(長沙:岳麓書社,2000年10月第1版第1刷),上冊,卷六,頁161。《花間集》、《尊前集》皆錄之。

〔註6〕 《詞譜》:「〈玉樓春〉,《花間集》顧敻詞起句有『月照玉樓春促漏』句,又有『柳映玉樓春日晚』句;《尊前集》歐陽炯詞起句有『春早玉樓煙雨夜』句,又有『日照玉樓花似錦,樓上醉和春色寢』句,取為調名。」〔清〕陳廷敬主編:《康熙詞譜》(長沙:岳麓書社,2000年10月第1版第1刷),上冊,卷十二,頁357。《花間集》、《尊前集》皆錄之。

〔註7〕 《詞譜》:「〈江城子〉,唐詞單調,以韋莊詞為主。餘俱照韋詞添字。至宋人始作雙調。晁補之改名〈江神子〉。」〔清〕陳廷敬主編:《康熙詞譜》(長沙:岳麓書社,2000年10月第1版第1刷),上冊,卷二,頁64。《填詞名解》:「〈江城子〉名始於歐陽炯詞『空有姑蘇臺上月,如西子鏡照江城。』其第二體凡七十字者又名〈江神子〉。」〔清〕毛先舒撰:《填詞名解》(臺南縣:莊嚴文化事業有限公司,1997年6月初版一刷,四庫全書存目叢書本),集部四二五,頁167上。《花間集》、《尊前集》皆錄之。

調名	出處											合計
16 春光好	唐教坊曲										8	8
17 楊柳枝	唐教坊曲		5	1				1				7
18 定風波	唐教坊曲					5				1	1	7
19 應天長〔註8〕	花間集 尊前集	2		2			1	1				6
20 喜遷鶯〔註9〕	花間集 尊前集	2	3				1					6
21 生查子	唐教坊曲			1	2			3				6
22 南歌子	唐教坊曲			3						2	1	6
23 巫山一段雲	唐教坊曲					2	2				2	6
24 漁歌子〔註10〕	唐教坊曲					4		1	1			6
25 天仙子	唐教坊曲	5										5
26 漁父〔註11〕	花間集 尊前集					3					2	5
27 甘州子	唐教坊曲							5				5
28 木蘭花	唐教坊曲	1					1			1	1	4
29 定西蕃〔註12〕	唐教坊曲	2	1							1		4

〔註8〕《詞譜》:「〈應天長〉,此調有令詞、慢詞。令詞始於韋莊（綠槐陰裏黃鸝語）,又有顧敻、毛文錫兩體。」〔清〕陳廷敬主編:《康熙詞譜》（長沙:岳麓書社,2000年10月第1版第1刷）,上冊,卷八,頁226。《花間集》、《尊前集》皆錄之。

〔註9〕《詞譜》:「〈喜遷鶯〉,此調有小令、長調兩體。小令起於唐人,《太和正音譜》注『黃鍾宮』。因韋莊詞有『鶴沖天』句,更名〈鶴沖天〉。和凝詞有『飛上萬年枝』句,名〈萬年枝〉。」〔清〕陳廷敬主編:《康熙詞譜》（長沙:岳麓書社,2000年10月第1版第1刷）,上冊,卷六,頁170。《花間集》、《尊前集》皆錄之。

〔註10〕《教坊記》作「魚歌子」。

〔註11〕《詞譜》:「〈漁歌子〉,唐教坊曲名。至雙調體昉自《花間集》顧敻、孫光憲,有魏承班、李珣諸詞可校。和凝詞更名〈漁父〉。」〔清〕陳廷敬主編:《康熙詞譜》（長沙:岳麓書社,2000年10月第1版第1刷）,上冊,卷一,頁18。《花間集》、《尊前集》皆錄之。

〔註12〕《教坊記》及《詞譜》俱作「定西番」。

調名	來源								總計
30 小重山〔註13〕		1	2					1	4
31 醉公子	唐教坊曲		1	1			2		4
32 西溪子	唐教坊曲		1			2	1		4
33 滿宮花〔註14〕	花間集			1	1		2		4
34 何滿子	唐教坊曲				1	1		2	4
35 柳含煙	唐教坊曲					4			4
36 歸國遙	唐教坊曲	3							3
37 望遠行	唐教坊曲	1				2			3
38 中興樂〔註15〕	花間集			1		1	1		3
39 後庭花	唐教坊曲							3	3
40 思帝鄉	唐教坊曲	2							2
41 上行盃〔註16〕	唐教坊曲	2							2
42 夢江南	唐教坊曲		2						2
43 感恩多	唐教坊曲		2						2
44 思越人〔註17〕	花間集			1			1		2

〔註13〕　《詞譜》:「〈小重山〉,此調以薛昭蘊(春到長門春草青)詞爲正體。」〔清〕陳廷敬主編:《康熙詞譜》(長沙:岳麓書社,2000年10月第1版第1刷),上冊,卷十三,頁382。《詞調溯源》:「〈小重山〉,《金奩集》載韋莊詞,入夾鍾商,俗呼雙調。《宋史·樂志》因舊曲造新聲,入雙調。按韋莊詞既已在本調,則舊曲已如此,必韋莊前已有此曲,非屬本調者。」夏敬觀著:《詞調溯源》(上海:上海商務印書館,1932年1月),頁138。

〔註14〕　《詞譜》:「〈滿宮花〉,調見《花間集》。尹鶚賦宮怨詞,有『滿地禁花慵掃』句,取以爲名。」〔清〕陳廷敬主編:《康熙詞譜》(長沙:岳麓書社,2000年10月第1版第1刷),上冊,卷八,頁231。

〔註15〕　《詞譜》:「〈中興樂〉,調見《花間集》。牛希濟詞有『淚濕羅衣』句,名〈濕羅衣〉。」〔清〕陳廷敬主編:《康熙詞譜》(長沙:岳麓書社,2000年10月第1版第1刷),上冊,卷四,頁110。

〔註16〕　《教坊記》及《詞譜》俱作「上行杯」。

〔註17〕　《詞譜》:「〈思越人〉,調見《花間集》。按孫光憲詞『館娃宮外春深』,

45 撥棹子	唐教坊曲				2					2
46 甘州遍	唐教坊曲					2				2
47 醉花間	唐教坊曲					2				2
48 紗窗恨	唐教坊曲					2				2
49 戀情深	唐教坊曲					2				2
50 獻衷心〔註18〕	唐教坊曲						1		1	2
51 八拍蠻	唐教坊曲							2		2
52 賀明朝〔註19〕	花間集								2	2
53 赤棗子	唐教坊曲								2	2
54 西江月	唐教坊曲								2	2
55 離別難	唐教坊曲	1								1
56 相見歡	唐教坊曲	1								1
57 望江怨〔註20〕	花間集		1							1
58 河瀆神	唐教坊曲			1						1
59 胡蝶兒〔註21〕	花間集			1						1

又『魂消目斷西子』，張泌詞『越波堤下長橋』，俱詠西子事，故名〈思越人〉。」〔清〕陳廷敬主編：《康熙詞譜》（長沙：岳麓書社，2000 年 10 月第 1 版第 1 刷），上冊，卷九，頁 260。

〔註18〕 《教坊記》作「獻忠心」。《詞譜》作「獻衷心」。

〔註19〕 〈賀明朝〉即〈賀熙朝〉。《詞譜》：「〈賀熙朝〉，調見《花間集》。此唐調也，宋人無填之者。」〔清〕陳廷敬主編：《康熙詞譜》（長沙：岳麓書社，2000 年 10 月第 1 版第 1 刷），上冊，卷十三，頁 407。以歐陽炯（憶昔花間相見後）爲正體，又歐陽炯（憶昔花間初識面）一體。

〔註20〕 《詞譜》：「〈望江怨〉，調見《花間集》。按《花間集》此調只有牛嶠（東風急）一詞。」〔清〕陳廷敬主編：《康熙詞譜》（長沙：岳麓書社，2000 年 10 月第 1 版第 1 刷），上冊，卷二，頁 66。

〔註21〕 《詞譜》：「〈胡蝶兒〉，調見《花間集》。取詞中起句爲名。除張泌（胡蝶兒）無唐宋別詞可校。」〔清〕陳廷敬主編：《康熙詞譜》（長沙：岳麓書社，2000 年 10 月第 1 版第 1 刷），上冊，卷三，頁 95～96。

60 杏園芳〔註22〕	花間集				1				1
61 金浮圖〔註23〕	尊前集				1				1
62 秋夜月〔註24〕	尊前集				1				1
63 贊成功〔註25〕	花間集					1			1
64 贊浦子〔註26〕	唐教坊曲					1			1
65 月宮春〔註27〕	花間集					1			1
66 接賢賓〔註28〕	花間集					1			1
67 黃鍾樂〔註29〕	唐教坊曲						1		1

〔註22〕　《詞譜》:「〈杏園芳〉,調見《花間集》。除尹鶚（嚴妝嫩臉花明）無別首可校。」〔清〕陳廷敬主編:《康熙詞譜》（長沙:岳麓書社,2000年10月第1版第1刷）,上冊,卷五,頁147。

〔註23〕　《詞譜》:「〈金浮圖〉,調見《尊前集》。除尹鶚（繁華地）無別首可校。」〔清〕陳廷敬主編:《康熙詞譜》（長沙:岳麓書社,2000年10月第1版第1刷）,下冊,卷二十四,頁715。

〔註24〕　《詞譜》:「〈秋夜月〉,調見《尊前集》。因尹鶚（繁華地）詞起結有『三秋佳節』及『夜深窗透,數條斜月』句,取以爲名。」〔清〕陳廷敬主編:《康熙詞譜》（長沙:岳麓書社,2000年10月第1版第1刷）,下冊,卷二十一,頁612。

〔註25〕　《詞譜》:「〈贊成功〉,調見《花間集》。除毛文錫（海棠未坼）無別首可校。」〔清〕陳廷敬主編:《康熙詞譜》（長沙:岳麓書社,2000年10月第1版第1刷）,上冊,卷十四,頁414。

〔註26〕　《教坊記》作「贊普子」。

〔註27〕　《詞譜》:「〈月宮春〉,調見《花間集》毛文錫（水晶宮裡桂花開）詞。」〔清〕陳廷敬主編:《康熙詞譜》（長沙:岳麓書社,2000年10月第1版第1刷）,上冊,卷七,頁213。

〔註28〕　《詞譜》:「〈接賢賓〉,此調有兩體,五十九字者始於《花間集》毛文錫（香韉鏤襜五花驄）詞。唐詞祇此一首,無他作可校。」〔清〕陳廷敬主編:《康熙詞譜》（長沙:岳麓書社,2000年10月第1版第1刷）,上冊,卷十三,頁388。

〔註29〕　《詞牌彙釋》云:「魏承班之〈黃鍾樂〉詞,《詞譜》注:『唐教坊曲

68 遇方怨	唐教坊曲							1			1
69 三字令〔註30〕	花間集									1	1
70 鳳樓春	唐教坊曲									1	1

根據統計結果，分析如下：

（一）屬於唐教坊曲詞調者

〈浣溪沙〉、〈菩薩蠻〉、〈南鄉子〉、〈臨江仙〉、〈酒泉子〉、〈女冠子〉、〈虞美人〉、〈訴衷情〉、〈荷葉盃〉、〈清平樂〉、〈謁金門〉、〈春光好〉、〈楊柳枝〉、〈定風波〉、〈生查子〉、〈南歌子〉、〈巫山一段雲〉、〈漁歌子〉、〈天仙子〉、〈甘州子〉、〈木蘭花〉、〈定西蕃〉、〈醉公子〉、〈西溪子〉、〈何滿子〉、〈柳含煙〉、〈歸國遙〉、〈望遠行〉、〈後庭花〉、〈思帝鄉〉、〈上行盃〉、〈夢江南〉、〈感恩多〉、〈撥棹子〉、〈甘州遍〉、〈醉花間〉、〈紗窗恨〉、〈戀情深〉、〈獻衷心〉、〈八拍蠻〉、〈赤棗子〉、〈西江月〉、〈離別難〉、〈相見歡〉、〈河瀆神〉、〈贊浦子〉、〈黃鍾樂〉、〈遇方怨〉、〈鳳樓春〉等四十九調，三百三十五闋詞。

可見西蜀詞人創作時仍舊以傳統的詞調作爲依據。而〈浣溪沙〉、〈菩薩蠻〉、〈南鄉子〉、〈臨江仙〉、〈酒泉子〉五調的創作總數，共有一百四十二闋，已超過西蜀詞作總數的三分之一，可知這些詞調較受詞人青睞。

（二）屬於《花間集》中創調者

〈滿宮花〉、〈中興樂〉、〈思越人〉、〈賀明朝〉、〈望江怨〉、〈胡蝶兒〉、〈杏園芳〉、〈贊成功〉、〈月宮春〉、〈接賢賓〉、〈三字令〉等十一調，十八闋詞。

名』，大概魏承班就教坊大曲中之一徧以填詞，故曰〈黃鍾樂〉。其調名之於詞，非別有含義也。」聞汝賢纂：《詞牌彙釋》（臺北：作者自印本，1963 年 5 月臺壹版），頁 505。

〔註30〕《詞譜》：「〈三字令〉，調見《花間集》。此調始於歐陽炯（春欲盡）詞。」〔清〕陳廷敬主編：《康熙詞譜》（長沙：岳麓書社，2000 年 10 月第 1 版第 1 刷），上冊，卷七，頁 191。

其中〈望江怨〉、〈胡蝶兒〉、〈杏園芳〉、〈贊成功〉、〈月宮春〉、〈接賢賓〉、〈三字令〉等七調，每調僅一作，可知這些是當時較不普遍的詞調。此外《花間集》所載自創詞調，以毛文錫居冠；〈贊成功〉、〈月宮春〉、〈接賢賓〉三調，即是其例。

（三）屬於《尊前集》中創調者

〈金浮圖〉、〈秋夜月〉等兩調，各有一首，皆為尹鶚所作，他家未見，可見此調在當時不甚流行。

（四）《花間集》、《尊前集》兩集始載錄者

〈更漏子〉、〈玉樓春〉、〈江城子〉、〈應天長〉、〈喜遷鶯〉、〈漁父〉等六調，四十五闋。

（五）其　他

屬於唐曲者，有〈河傳〉一調，十二闋。

非創調而見於《花間集》者，有〈小重山〉一調，四闋。

關於詞調，沈飛際曾云：「唐詞多述本意，有調無題，如〈臨江仙〉賦水媛江妃也，〈天仙子〉賦天台仙子也，〈河瀆神〉賦詞廟也，〈小重山〉賦宮妝也，〈思越人〉賦西子也。有謂此亦詞之末端者，唐人因調而製詞，故命名多屬本意，後人填詞以從調，故賦詠可離原唱也。」〔註31〕詞調本來是表示詞的題意，唐詞多緣題而作，而五代西蜀詞四百一十六闋，詞人擇調填詞，其內容與詞調是否息息相關，就內容觀之，可分為四類，列表如下：

（一）題材屬性，較為相似	
詞　調	詞　作　內　容
臨江仙	共廿二闋，有十首詠仙事；其餘多抒思念、傷感情懷。張泌（煙收湘渚秋江靜）詠湘妃；牛希濟（峭碧參差十二峯）、（謝家仙觀寄雲岑）、（渭闕宮城秦樹凋）、（江繞黃陵春廟閑）、（素洛春光瀲灩平）、（柳帶

〔註31〕聞汝賢纂：《詞牌彙釋》（臺北：作者自印本，1963 年 5 月臺壹版），頁 749。

	搖風漢水濱）、（洞庭波浪颺晴天）俱詠神仙事；尹鶚（一番荷芰生舊沼）、（深秋寒夜銀河靜）俱寫男子傷別；李珣（簾卷池心小閣虛）寫女子思念、（鶯報簾前暖日紅）寫女子傷別；毛文錫（暮蟬聲盡落斜陽）詠湘妃；顧敻（碧染長空池似鏡）寫秋思、（幽閨小檻春光晚）寫女子思念、（月色穿簾風入竹）寫閨愁；鹿虔扆（金鎖重門荒苑靜）寫感傷亡國、（無賴曉鶯驚夢斷）寫女子思念；閻選（雨停荷芰逗濃香）寫男子思念、（十二高峰天外寒）詠巫山神女；毛熙震（南齊天子寵嬋娟）詠史懷古、（幽閨欲曙聞鶯囀）惜春。
酒泉子	共十九闋，有十四首多抒思念、傷感情懷。韋莊（月落星沉）描寫紅粉佳人睡態；牛嶠（記得去年）寫男子思念；張泌（春雨打窗）寫女子傷春、（紫陌青門）寫及時行樂；牛希濟（枕轉簟涼）寫女子思念；李珣（寂寞青樓）寫女子傷春、（雨漬花零）寫女子傷別、（秋雨聯綿）、（秋月嬋娟）俱寫秋愁；毛文錫（綠樹春深）寫及時行樂；顧敻（楊柳舞風）、（羅帶縷金）、（小檻日斜）俱寫女子思念、（黛薄紅深）寫女子傷春、（掩卻菱花）、（水碧風清）俱寫閨怨、（黛怨紅羞）寫女子傷春；毛熙震（閑臥繡幃）寫閨愁、（鈿匣舞鸞）描寫紅粉佳人身段妝容。
虞美人	共十二闋，多抒思念、傷感情懷。李珣（金籠鶯報天將曙）寫女子傷別；毛文錫（鴛鴦對浴銀塘暖）寫男子思念、（寶檀金縷鴛鴦枕）描寫紅粉佳人身段妝容；顧敻（曉鶯啼破相思夢）、（觸簾風送景陽鐘）俱寫惜春傷春、（翠屏閑掩垂珠箔）寫秋愁、（碧梧桐映紗窗晚）寫女子傷別、（深閨春色勞思想）寫女子傷春、（少年豔質勝瓊英）描寫女冠的任性真率；鹿虔扆（卷荷香澹浮煙渚）寫女子思念；閻選（粉融紅膩蓮房綻）寫秋愁、（楚腰蠐領團香玉）寫女子傷春。
河傳	共十一闋，多抒愁緒、傷感情懷。韋莊（何處）詠史懷古、（春晚）寫及時行樂、（錦浦）、（錦里）俱寫觸景生情；張泌（渺莽）寫女子傷別、（紅杏）寫及時行樂；李珣（去去）寫男子傷別、（春暮）寫女子傷別；顧敻（燕颺）寫女子傷春、（曲檻）觸景生情、（棹舉）寫女子傷別；閻選（秋雨）寫秋愁。
訴衷情	共十一闋，多抒思念、傷感情懷。韋莊（燭燼香殘簾未捲）描寫舞女、（碧沼紅芳煙雨靜）描寫紅粉佳人身段妝容；毛文錫（桃花流水漾縱橫）寫仙女與劉阮、（鴛鴦交頸繡衣輕）寫征婦思夫；魏承班（高歌宴罷月初盈）寫女子思念、（春深花簇小樓臺）寫女子傷別、（銀漢雲晴玉漏長）寫閨愁、（金風輕透碧窗紗）、（春情滿眼臉紅銷）俱寫男子思念；顧敻（香滅簾垂春漏永）寫女子傷春、（永夜拋人何處去）寫閨怨閨愁。
荷葉盃	《填詞名解》云：「〈荷葉盃〉取隋殷英童〈採蓮曲〉，荷葉捧成杯。」〔註32〕共十一闋，多抒思念、傷感情懷。韋莊（絕代佳人難得）、（記得那年花下）俱寫男子傷別；顧敻（春盡小庭花落）寫女子思念、（歌發誰家筵上）寫女子思念、（弱柳好花盡拆）寫女子心儀、（記得那時

〔註32〕〔清〕毛先舒撰：《填詞名解》（臺南縣：莊嚴文化事業有限公司，1997年6月初版一刷，四庫全書存目叢書本），集部四二五，頁164上。

	相見）寫男子思念、（夜久歌聲怨咽）寫秋愁、（我憶君詩最苦）寫女子思念、（金鴨香濃鴛被）、（曲砌蝶飛煙暖）俱描寫紅粉佳人身段妝容、（一去又乖期信）寫女子思念。
更漏子	《花間集》、《尊前集》兩集始載錄者。共十闋，多抒思念、傷感情懷。韋莊（鐘鼓寒）寫惜春傷春；牛嶠（星漸稀）寫征婦思夫、（春夜闌）寫女子思念、（南浦情）寫征婦思夫；毛文錫（春夜闌）寫女子思念；顧敻（舊歡娛）觸景生情；毛熙震（秋色清）寫秋思、（煙月寒）寫女子思念；歐陽炯（玉闌干）描寫紅粉佳人身段妝容、（三十六宮秋夜永）寫宮怨。
清平樂	共十闋，有八首抒思念、傷感情懷。韋莊（春愁南陌）寫去國懷鄉之感、（野花芳草）寫女子傷春、（何處遊女）描寫紅粉佳人身段妝容、（鶯啼殘月）寫女子傷別、（瑣窗春暮）寫女子傷春、（綠楊春雨）寫女子思念；尹鶚（低紅歛翠）寫閨愁、（芳年妙伎）描寫歌女；毛熙震（春光欲暮）寫女子傷春；歐陽炯（春來階砌）寫女子惜春傷春。
玉樓春	《花間集》、《尊前集》兩集始載錄者。共九闋，有七首多抒思念、傷感情懷。牛嶠（春入橫塘搖淺浪）寫女子思念；魏承班（寂寂畫堂梁上燕）寫惜春傷春、（輕斂翠蛾呈皓齒）描寫歌女；顧敻（月照玉樓春漏促）、（柳映玉樓春日晚）俱寫女子傷春、（月皎露華窗影細）寫秋愁、（拂水雙飛來去燕）寫女子傷別；歐陽炯（日照玉樓花似錦）寫及時行樂、（春早玉樓煙雨夜）寫女子思念。
江城子	《花間集》、《尊前集》兩集始載錄者。共九闋，有五首多抒思念、傷感情懷。韋莊（恩重嬌多情易傷）寫男女歡會、（髻鬟狼籍黛眉長）寫女子傷別；牛嶠（鵁鶄飛起郡城東）詠史懷古、（極浦煙消水鳥飛）寫女子傷別；張泌（碧闌干外小中庭）寫女子傷春、（浣花溪上見卿卿）寫男子愛慕情意、（窄羅衫子薄羅裙）描寫紅粉佳人身段妝容；尹鶚（裙拖碧）描寫琴女；歐陽炯（晚日金陵岸草平）詠史懷古。
謁金門	《詞牌彙釋》云：「金門即漢時金馬門之簡稱，《史記·東方朔傳》：『金馬門者宦署門也。門旁有銅馬，故謂之金馬門。』漢武帝嘗使學士公孫弘等待詔金馬門，至唐始用作樂曲名，曰『謁金門』，後並引用作詞調名。」〔註33〕共九闋，多抒思念、傷感情懷。韋莊（春漏促）寫女子傷春、（空相憶）寫男子思念、（春雨足）觸景生情；薛昭蘊（春滿院）寫女子思念；牛希濟（秋已暮）寫秋愁；魏承班（煙水闊）（春欲半）（長思憶）俱寫女子傷別；閻選（美人浴）描寫紅粉佳人身段妝容。
定風波	共七闋，多抒思念、傷感情懷。李珣（志在煙霞慕隱淪）、（十載逍遙物外居）俱寫漁隱、（又見新巢燕子歸）、（雁過秋空夜未央）、（簾外烟和月滿庭）俱寫女子思念；閻選（江水沈沈帆影過）寫觸景生情；歐陽炯（暖日閒窗映碧紗）寫惜春傷春。
生查子	共六闋，多抒思念、傷感情懷。張泌（相見稀）寫女子思念；牛希濟

〔註33〕聞汝賢纂：《詞牌彙釋》（臺北：作者自印本，1963年5月臺壹版），頁701。

	（春山煙欲收）寫女子傷別、（新月曲如眉）寫女子思念；魏承班（煙雨晚晴天）寫觸景生情、（寂寞畫堂空）寫女子傷春、（離別又經年）寫女子思念。
南歌子	共六闋，多抒思念、傷感情懷。張泌（柳色遮樓暗）詠春景、（岸柳拖煙綠）寫女子傷春、（錦薦紅鸂鶒）寫閨愁；毛熙震（遠山愁黛碧）描繪琴女、（惹恨還添恨）寫閨愁；歐陽炯（錦帳銀燈影）寫秋思秋愁。
天仙子	韋莊〈天仙子〉五闋，多抒思念、傷感情懷。（悵望前回夢裏期）寫女子思念、（深夜歸來長酩酊）寫及時行樂、（蟾彩霜華夜不分）寫女子思念、（夢覺雲屏依舊空）寫閨怨閨愁、（金似衣裳玉似身）寫仙女與劉阮。
甘州子	顧夐〈甘州子〉五闋，多抒思念、傷感情懷。（一爐龍麝錦帷傍）寫男女歡會、（每逢清夜與良晨）寫女子思念、（曾如劉阮訪仙蹤）寫男女歡會、（露桃花裏小樓深）寫閨愁閨怨、（紅爐深夜醉調笙）寫閨愁閨怨。
木蘭花	共四闋，多抒思念、傷感情懷。韋莊（獨上小樓春欲暮）寫征婦思夫；魏承班（小芙蓉）寫閨愁閨怨；毛熙震（掩朱扉）寫女子思念；歐陽炯（兒家夫壻心容易）寫女子傷春。
定西蕃	共四闋，多抒思念、傷感情懷。韋莊（挑盡金燈紅燼）寫閨愁、（芳草叢生縷結）寫征婦思夫；牛嶠（紫塞月明千里）寫邊塞；毛熙震（蒼翠濃陰滿院）寫閨愁。
小重山	共四闋，多抒閨中愁怨。韋莊（一閉昭陽春又春）、薛昭蘊（春到長門春草青）、（秋到長門秋草黃）俱寫宮怨；毛熙震（梁燕雙飛畫閣前）寫閨愁。
西溪子	共四闋，兩首抒發傷感。牛嶠（捍撥雙盤金鳳）描寫琴女；李珣（金縷翠鈿浮動）寫女子傷春、（馬上見時如夢）寫男子思念；毛文錫（昨夜西溪遊賞）寫及時行樂。
滿宮花	尹鶚《花間集》創調。共四闋，多抒閨中愁怨。張泌（花正芳）、尹鶚（月沉沉）俱寫宮怨；魏承班（雪霏霏）寫女子思念、（寒夜長）寫閨愁。
何滿子	共四闋，多抒思念情懷、閨中愁怨。尹鶚（雲雨常陪勝會）寫閨愁；毛文錫（紅粉樓前月照）寫女子思念；毛熙震（寂寞芳菲暗度）寫女子傷春、（無語殘妝澹薄）寫閨愁。
歸國遙	韋莊〈歸國遙〉三闋，多抒思念情懷。（春欲暮）寫惜春傷春、（金翡翠）、（春欲晚）俱寫女子思念。
望遠行	共三闋，多抒思念情懷、閨中愁怨。韋莊（欲別無言倚畫屏）寫女子傷別；李珣（春日遲遲思寂寥）寫女子惜春、（露滴幽庭落葉時）寫閨愁。

中興樂	《花間集》創調。共三闋，兩首抒發傷感。牛希濟（池塘暖碧浸晴暉）、李珣（後庭寂寂日初長）俱寫女子傷春；毛文錫（荳蔻花繁煙豔深）寫南國風俗。
後庭花	毛熙震〈後庭花〉三闋，兩首抒發傷感。（鶯啼燕語芳菲節）感傷亡國、（輕盈舞妓含芳豔）描寫舞女、（越羅小袖新香蒨）寫男子思念。
上行盃	韋莊〈上行盃〉兩闋，俱寫女子送行勸酒，感傷離別。
感恩多	牛嶠〈感恩多〉兩闋，俱寫女子思念情意。
思越人	《花間集》創調。《填詞名解》云：「亡吳之曲也。」〔註34〕張泌〈思越人〉（燕雙飛）「越波堤下長橋」句，詠西子事，全詞寫女子思念之情。鹿虔扆〈思越人〉（翠屏欹），寫女子思念之情。
醉花間	毛文錫〈醉花間〉兩闋，（休相問）寫征婦思夫；（深相憶）寫男子思念之情。
戀情深	毛文錫〈戀情深〉兩闋，俱以「戀情深」作結，寫男女歡會之情。
獻衷心	〈獻衷心〉兩闋，顧敻（繡鴛鴦帳暖）寫男女相思；歐陽炯（見好花顏色）寫女子傷春。
八拍蠻	閻選〈八拍蠻〉兩闋，（雲瑣嫩黃煙柳細）寫閨愁；（愁瑣黛眉煙易慘）寫女子傷春。
賀明朝	歐陽炯《花間集》創調。歐陽炯〈賀明朝〉兩闋，（憶昔花間初識面）寫男子思念；（憶昔花間相見後）寫女子思念。
（二）題材廣泛，不受侷限	
詞　調	詞　作　內　容
浣溪沙	韋莊五闋、薛昭蘊八闋、張泌十闋、李珣四闋、毛文錫兩闋、顧敻八闋、閻選一闋、毛熙震七闋、歐陽炯三闋，共計九位詞人，四十八闋。詞作內容或寫送別；或寫思念；或寫懷古；或寫閨怨等，不侷限於一隅。
菩薩蠻	共廿八闋，韋莊（紅樓別夜堪惆悵）、（人人盡說江南好）、（如今卻憶江南樂）、（勸君今夜須沉醉）、（洛陽城裏春光好）寫去國懷鄉之感；牛嶠（舞裙香暖金泥鳳）寫征婦思夫、（柳花飛處鶯聲急）寫男子愛慕情意、（玉釵風動春幡急）惜春、（畫屏重疊巫陽翠）寫女子思念、（風簾燕舞鶯啼柳）寫男子愛慕情意、（綠雲鬢上飛金雀）寫女子思念、（玉樓冰簟鴛鴦錦）寫男女歡會；尹鶚（隴雲暗合秋天白）秋愁、（嗚嗚曉角調如語）寫征婦思夫、（錦茵閑襯丁香枕）閨愁；李珣（迴塘風起波紋細）寫征婦思夫、（等閑將度三春景）寫女子傷別、（隔簾微雨雙飛燕）寫征婦思夫；魏承班（羅裙薄薄秋波染）、（羅衣隱約金泥畫）、（玉容光照菱花影）俱寫男女歡會；毛熙震（梨花滿院飄香雪）、

〔註34〕〔清〕毛先舒撰：《填詞名解》（臺南縣：莊嚴文化事業有限公司，1997年6月初版一刷，四庫全書存目叢書本），集部四二五，頁172上。

	（繡簾高軸臨塘看）、（天含殘碧融春色）俱寫女子思念；歐陽炯（曉來中酒和春睡）描寫紅粉佳人睡態、（紅爐暖閣佳人睡）寫公子冶遊、（翠眉雙臉新妝薄）寫女子思念、（畫屏繡閣三秋雨）寫女子傷別。
春光好	歐陽炯〈春光好〉八闋，（天初暖）詠春景、（花滴露）寫及時行樂、（胸鋪雪）寫女子調笑風情、（磧香散）詠春景、（雞樹綠）寫仕進、（芳叢肅）寫女子心儀之情、（垂繡幔）寫女子睡態、（金懸響）寫公子冶遊。
應天長	《花間集》、《尊前集》兩集始載錄者。共七闋，韋莊（綠槐陰裏黃鶯語）、（別來半歲音書絕）俱寫女子思念；牛嶠（玉樓春望晴煙滅）描寫舞女、（雙眉澹薄藏心事）寫男女歡會；毛文錫（平江波暖鴛鴦語）寫女子傷別；顧敻（瑟瑟羅裙金線縷）描寫紅粉佳人身段妝容。
醉公子	共四闋，兩首緣題，兩首抒發傷感。薛昭蘊（慢綰青絲髮）、尹鶚（暮煙籠蘚砌）俱寫公子冶遊；顧敻（漠漠愁雲澹）寫秋愁、（岸柳垂金線）寫女子傷別。
思帝鄉	韋莊〈思帝鄉〉兩闋，（雲髻墜）寫女子思念；（春日遊）寫女子之心儀。
夢江南	牛嶠〈夢江南〉兩闋，（啣泥燕）詠燕；（紅繡被）詠鴛鴦。
撥棹子	尹鶚〈撥棹子〉兩闋，（風切切）寫女子閨中愁情；（丹臉膩）寫女子之姿。
甘州遍	毛文錫〈甘州遍〉兩闋，（春光好）寫及時行樂；（秋風緊）寫邊塞荒寒。
紗窗恨	毛文錫〈紗窗恨〉兩闋，（新春燕子還來至）寫女子傷春；（雙雙蝶翅塗鉛粉）詠蝶。
赤棗子	歐陽炯〈赤棗子〉兩闋，（夜悄悄）寫女子睡態；（蓮臉薄）寫女子觸景生情。
西江月	歐陽炯〈西江月〉兩闋，（月映長江秋水）詠秋景；（水上鴛鴦比翼）寫佳人的身段妝容。

（三）多為緣題而作

詞調	詞作內容
南鄉子	此調多寫南國風物，有李珣十七闋及歐陽炯八闋，共二十五闋。內容多涉及南方之風土民情，或寫風光景色；或寫民間活動，風格清新。
女冠子	共十八闋，有十二首寫女冠事。韋莊（四月十七）寫女子思念、（昨夜夜半）寫男子思念；薛昭蘊（求仙去也）描寫女子之清麗高潔、（雲羅霧縠）描寫女冠的任性眞率；牛嶠（綠雲高髻）描寫女冠的任性眞率、（錦江煙水）描寫女子赴約、（星冠霞帔）描寫女冠的任性眞率、（雙飛雙舞）寫女子思念；張泌（露花煙草）描寫女冠的任性眞率；尹鶚（雙成伴侶）描寫女冠的任性眞率；李珣（星高月午）描寫女冠之清麗高潔、（春山夜靜）描寫女冠的任性眞率；鹿虔扆（鳳樓琪樹）

	描寫女冠的任性眞率、〈步虛壇上〉描寫女冠之清麗高潔；毛熙震〈碧桃紅杏〉、〈脩蛾慢臉〉俱描寫女冠的任性眞率；歐陽炯〈薄妝桃臉〉寫女子心儀、〈秋宵秋月〉詠荷。
楊柳枝	共七闋，牛嶠〈解凍風來末上青〉、〈吳王宮裏色偏深〉、〈橋北橋南千萬條〉、〈狂雪隨風撲馬飛〉、〈裊翠籠煙拂暖波〉俱詠柳；張泌〈膩粉瓊妝透碧紗〉寫女子睡態；顧夐〈楊柳枝〉〈秋夜香閨思寂寥〉寫秋愁。
喜遷鶯	六闋作品中，韋莊〈人洶洶〉、〈街鼓動〉兩闋及薛昭蘊〈殘蟾落〉、〈金門曉〉、〈清明節〉三闋，皆寫登科及第之事；惟毛文錫〈芳春景〉一闋，就題發揮，寫鶯鳥之姿。
巫山一段雲	共六闋，李珣〈有客經巫峽〉、〈古廟依青嶂〉俱詠巫山神女事；毛文錫〈雨霽巫山上〉觸景生情、〈貌掩巫山色〉詠薛濤；歐陽炯〈絳闕登眞子〉寫仙人生活、〈春去秋來也〉寫女子思念。
漁歌子	共六闋，李珣〈楚山青〉、〈荻花秋〉、〈柳垂絲〉、〈九疑山〉寫漁隱；魏承班〈柳如眉〉寫女子傷春；顧夐〈曉風清〉觸景生情。
漁父	共五闋，李珣〈水接衡門十里餘〉、〈避世垂綸不記年〉、〈棹警鷗飛水濺袍〉；歐陽炯〈擺脫塵機上釣船〉、〈風浩寒溪照膽明〉，俱寫漁隱之閒適生活。
柳含煙	毛文錫〈柳含煙〉〈隋堤柳〉、〈河橋柳〉、〈章臺柳〉、〈御溝柳〉四闋，俱詠柳。
離別難	薛昭蘊〈寶馬曉鞴彫鞍〉一闋，寫女了傷別。
河瀆神	張泌〈古樹噪寒鴉〉一闋，寫南國寺廟祈祀。
胡蝶兒	張泌《花間集》創調，其〈胡蝶兒〉一闋，詠蝶。
金浮圖	尹鶚《尊前集》創調。《填詞名解》云：「漢桓帝於宮中鑄黃金浮圖，調取以名。」〔註35〕其〈繁華地〉一闋，寫公子冶遊肆态。
秋夜月	尹鶚《花間集》創調，其〈三秋佳節〉一闋，寫女歡會之情。
月宮春	毛文錫《花間集》創調，其〈水精宮裏桂花開〉一闋，寫月宮諸神事。
(四) 其　他	
詞　調	詞　作　內　容
相見歡	薛昭蘊〈羅襦繡袂香紅〉一闋，寫閨愁。
望江怨	牛嶠《花間集》創調，其〈東風急〉一闋，寫女子傷別。
杏園芳	尹鶚《花間集》創調，其〈嚴妝嫩臉花明〉一闋，寫男子思念佳人。

〔註35〕〔清〕毛先舒撰：《填詞名解》（臺南縣：莊嚴文化事業有限公司，1997年6月初版一刷，四庫全書存目叢書本），集部四二五，頁181下。

贊成功	毛文錫《花間集》創調，其〈海棠未坼〉一闋，詠海棠。
贊浦子	毛文錫〈錦帳添香睡〉一闋，寫閨愁。
接賢賓	毛文錫《花間集》創調，其〈香轤鏤檻五花驄〉一闋，詠寶馬。
黃鍾樂	魏承班〈池塘煙暖草萋萋〉一闋，寫男子思念之情。
遐方怨	顧夐〈簾影細〉一闋，寫征婦思夫。
三字令	歐陽炯《花間集》創調，其〈春欲盡〉一闋，三字成句。
鳳樓春	歐陽炯〈鳳髻綠雲叢〉一闋，寫傷春之情。

據上表統計，可得西蜀詞人擇調填詞的狀況如下：

（一）題材屬性，較為相似

〈臨江仙〉、〈酒泉子〉、〈虞美人〉、〈河傳〉、〈訴衷情〉、〈荷葉盃〉、〈更漏子〉、〈清平樂〉、〈玉樓春〉、〈江城子〉、〈謁金門〉、〈定風波〉、〈生查子〉、〈南歌子〉、〈天仙子〉、〈甘州子〉、〈木蘭花〉、〈定西蕃〉、〈小重山〉、〈西溪子〉、〈滿宮花〉、〈何滿子〉、〈歸國遙〉、〈望遠行〉、〈中興樂〉、〈後庭花〉、〈上行盃〉、〈感恩多〉、〈思越人〉、〈醉花間〉、〈戀情深〉、〈獻衷心〉、〈八拍蠻〉、〈賀明朝〉，共三十四調，二百一十四闋。

（二）題材廣泛，不受侷限

〈浣溪沙〉、〈菩薩蠻〉、〈春光好〉、〈應天長〉、〈醉公子〉、〈思帝鄉〉、〈夢江南〉、〈撥棹子〉、〈甘州遍〉、〈紗窗恨〉、〈赤棗子〉、〈西江月〉，共十二調，一百○九闋。

（三）多為緣題而作

〈南鄉子〉、〈女冠子〉、〈楊柳枝〉、〈喜遷鶯〉、〈巫山一段雲〉、〈漁歌子〉、〈漁父〉、〈柳含煙〉、〈離別難〉、〈河瀆神〉、〈胡蝶兒〉、〈金浮圖〉、〈秋夜月〉、〈月宮春〉，共十四調，八十三闋。

（四）其　他

〈相見歡〉、〈望江怨〉、〈杏園芳〉、〈贊成功〉、〈贊浦子〉、〈接賢賓〉、〈黃鍾樂〉、〈遐方怨〉、〈三字令〉、〈鳳樓春〉，共十調，十闋。

綜上而知，西蜀詞人填詞緣題而作者有十四調，八十三闋，僅佔

詞調及創作總數的五分之一。而將近二分之一的作品數量，內容偶與詞調相關，絕大多數同一詞調的題材屬性是較爲近似的，例如〈臨江仙〉一調，共廿二闋，有十首詠仙事，其餘或爲男子傷別；或爲女子思念；或爲男子思念；或爲感傷亡國；或爲詠史懷古，多抒思念、傷感情懷。至於其他一類，內容與詞調多無關聯。

第二節　用　韻

　　詞之創作，包含體製、句法、平仄、用韻等，有固定之格律規範。〔註36〕韻腳之運用，與辭情關係緊密，韻字之平、上、去、入四聲，表達之情調有所不同。平聲字表現柔婉纏綿或悠揚淒清之情調，上聲字表現矯健峭拔之情調，去聲字表現宏闊悲壯之情調，入聲字表現幽咽沉鬱之情調。〔註37〕王易於《詞曲史・構律第六・韻協》中云：「韻與文情，關係至切，平韻和暢，上去韻纏綿，入韻迫切，此四聲之別也；東董寬宏，江講爽朗，支紙縝密，魚語幽咽，佳蟹開展，眞軫凝重，元阮清新，蕭篠飄灑，歌哿端莊，麻馬放縱，庚梗振厲，尤有盤旋，侵寢沉靜，覃感蕭瑟，屋沃突兀，覺藥活潑，質術急驟，勿月跳脫，合盍頓落，此韻部之別也。」〔註38〕指出詞韻十九部之韻部特點，僅以二字囊括，或未盡述每韻部之特色，然大致不外乎此。

　　王師偉勇於〈以唐、五代小令爲例試述詞律之形成〉論及唐、五代小令之用韻，既有承自近體詩平、仄一韻到底之規矩；復將古體詩轉韻、間韻、疊韻之現象，沿爲定律；並有遞韻、同部平仄通協等新發展，可謂繁富多樣。遂將唐、五代小令之詞調用韻情形加以分析，

〔註36〕西蜀詞四百多闋，如欲就體製、句法、平仄、用韻等四方面，一一探討，工程甚鉅。今筆者力有未逮，僅就用韻方面加以探析，冀能一窺詞人塡詞之況。
〔註37〕宋毅恆著・《詞筌》（臺北：正中書局，2001 年 1 月增訂本第三印），頁 146。
〔註38〕王易撰：《詞曲史》，收錄於《民國叢書》（上海：上海書店，1991 年第一版），第一編，第六十二冊，頁 283。

分爲「單韻」、「多韻」及「同部平仄通協」等三類，其中「單韻」又有「同部平聲韻通押」與「同部仄聲韻通押」兩種；「多韻」則有「間韻」、「轉韻」、「遞韻」三種，共六種用韻方式。〔註39〕西蜀詞作四百一十六闋，共七十調，本節遵從王師之則，探討西蜀詞人創作時，於用韻方式所做之選擇，歸納出各詞調之用韻特色，並加以說明用韻中不合常律或較爲特殊之狀況。〔註40〕

一、同部平聲韻通押

近體詩之用韻，以押同一韻目之字爲規矩，不得混用其他韻目。詞之用韻，兼有詩之規矩，然已擴充爲同部韻通押，特嚴別平、仄耳。〔註41〕

（一）〈浣溪紗〉四十八闋

雙調。上下片各三句，上片三平韻，下片兩平韻；上下片各三句，皆兩平韻；上下片各四句，上片三平韻，下片兩平韻等三體。第二種譜式僅見薛昭蘊（紅蓼渡頭秋正雨）一作；第三種譜式僅見毛文錫（春水輕波浸綠苔）一作。

共計使用十二個韻部，**第一部**：韋莊（欲上鞦韆四體慵）、張泌（翡翠屏開繡幄紅）、顧夐（庭菊飄黃玉露濃）、毛熙震（一隻橫釵墜髻叢）四闋；**第二部**：薛昭蘊（紅蓼渡頭秋正雨）、（簾下三間出寺墻）、（越女淘金春水上）、張泌（依約殘眉理舊黃）、李珣（入夏偏宜澹薄妝）、（晚出閑庭看海棠）、顧夐（荷芰風輕簾幕香）、（惆悵經年別謝娘）、毛熙震（雲薄羅裙綬帶長）九闋；**第三部**：韋莊（綠樹藏鶯鶯

〔註39〕收錄於王師偉勇著：《詞學專題研究》（臺北：文史哲出版社，2003年4月初版），頁271～275。

〔註40〕本節參考《康熙詞譜》，於每調後先述其譜式，爲便於統整分析，故重於每調句數、用韻之別，字數部份不予考慮。各調之用韻狀況，詳見附錄二，本節僅呈現統整分析之結果。〔清〕陳廷敬主編：《康熙詞譜》（長沙：岳麓書社，2000年10月第1版第1刷）。

〔註41〕王師偉勇著：《詞學專題研究》（臺北：文史哲出版社，2003年4月初版），頁271。

正啼）、薛昭蘊（鈿匣菱花錦帶垂）、張泌（鈿轂香車過柳堤）、（枕障
燻鑪隔繡幃）、毛文錫（春水輕波浸綠苔）、（七夕年年信不違）、顧敻
（雲澹風高葉亂飛）、毛熙震（花楡香紅煙景迷）、歐陽炯（天碧羅衣
拂地垂）九闋；**第四部**：薛昭蘊（傾國傾城恨有餘）、歐陽炯（相見
休言有淚珠）兩闋；**第五部**：毛文錫（春水輕波浸綠苔）、毛熙震（碧
玉冠輕裊燕釵）兩闋；**第六部**：薛昭蘊（粉上依稀有淚痕）、張泌（花
月香寒悄夜塵）、李珣（訪舊傷離欲斷魂）、（紅藕花香到檻頻）、閻選
（寂寞流蘇冷繡茵）、毛熙震（半醉凝情臥繡茵）六闋；**第七部**：韋
莊（清曉粧成寒食天）、（夜夜相思更漏殘）、薛昭蘊（江館清秋攬客
船）、張泌（小市東門欲雪天）、毛熙震（春暮黃鶯下砌前）、歐陽炯
（落絮殘鶯半日天）六闋；**第八部**：毛熙震（晚起紅房醉欲銷）一闋；
第十部：韋莊（惆悵夢餘山月斜）、張泌（獨立寒階望月華）、顧敻（春
色迷人恨正賒）三闋；**第十一部**：張泌（晚逐香車入鳳城）、顧敻（紅
藕香寒翠渚平）、（雁響遙天玉漏清）三闋；**第十二部**：張泌（馬上凝
情憶舊遊）、顧敻（露白蟾明又到秋）兩闋；**第十三部**：薛昭蘊（握
手河橋柳似金）、張泌（偏戴花冠白玉簪）兩闋。四十八闋詞中，以
押第二部及第三部最多，各有九闋。

　　其中薛昭蘊（紅蓼渡頭秋正雨）只有四個韻腳，首句未押韻，不
同於他作有五韻；又（粉上依稀有淚痕）之第三個韻腳「論」字，就
文意觀之，應爲去聲字，押圂韻，不合律。毛文錫（春水輕波浸綠苔）
押第五部苔（咍）、開（咍）、來（咍），及第三部偎（灰）、迴（灰），
雖分爲兩部韻，在《切韻》系統中爲同類，韻尾皆爲 i。〔註42〕在《詩
韻》系統中，同屬「灰部」韻。〔註43〕

（二）〈臨江仙〉廿二闋

〔註42〕王力著：《漢語詩律學》（上海：上海教育出版社，2005 年 1 月第 2
　　　版第 1 刷），頁 530。
〔註43〕許清雲編：《古典詩韻易檢》（臺北：文津出版社，1998 年 10 月初版
　　　二刷），頁 39～41。

雙調。上下片各五句，皆三平韻；上下片各五句，上片四平韻，下片三平韻；上下片各六句，皆三平韻等三體。七平韻者，首句即押韻。共計使用九個韻部，**第一部**：張泌（煙收湘渚秋江靜）、牛希濟（峭碧參差十二峯）、李珣（鶯報簾前暖日紅）、鹿虔扆（金鎖重門荒苑靜）四闋；**第二部**：尹鶚（一番荷芰生舊沼）、毛文錫（暮蟬聲盡落斜陽）、閻選（雨停荷芰逗濃香）三闋；**第三部**：顧敻（幽閨小檻春光晚）、（月色穿簾風入竹）兩闋；**第四部**：李珣（簾卷池心小閣虛）一闋；**第六部**：牛希濟（柳帶搖風漢水濱）一闋；**第七部**：牛希濟（江繞黃陵春廟閑）、（洞庭波浪颭晴天）、閻選（十二高峰天外寒）、毛熙震（南齊天子寵嬋娟）四闋；**第八部**：牛希濟（渭闕宮城秦樹凋）一闋；**第十一部**：牛希濟（素洛春光瀲灩平）、尹鶚（深秋寒夜銀河靜）、顧敻（碧染長空池似鏡）、鹿虔扆（無賴曉鶯驚夢斷）、毛熙震（幽閨欲曙聞鶯囀）五闋；**第十三部**：牛希濟（謝家仙觀寄雲岑）一闋。以押第十一部者爲多。

（三）〈江城子〉九闋

單調。七句五平韻；八句五平韻等兩體。後者僅尹鶚（裙拖碧）一作。共計使用五個韻部，**第一部**：牛嶠（鵁鶄飛起郡城東）；**第二部**：韋莊（恩重嬌多情易傷）、（髻鬟狼籍黛眉長）、尹鶚（裙拖碧）三闋；**第三部**：牛嶠（極浦煙消水鳥飛）；**第六部**：張泌（窄羅衫子薄羅裙）；**第十一部**：張泌（碧欄干外小中庭）、（浣花溪上見卿卿）、歐陽炯（晚日金陵岸草平）三闋。押第二、第十一部韻者爲多。

（四）〈春光好〉八闋

雙調。上片五句四平韻，下片四句兩平韻；上片五句三平韻，下片四句兩平韻等兩體，皆爲歐陽炯之作。共計使用四個韻部，**第一部**：（磧香散）；**第二部**：（天初暖）、（芳叢肅）、（金鑾響）三闋；**第七部**：（花滴露）、（胸鋪雪）兩闋；**第十一部**：（雞樹綠）、（垂繡幔）兩闋。

押第二部韻者為多。

　　其中〈磧香散〉、〈垂繡幔〉在上片第四句亦押韻，故有六個韻腳。

（五）〈訴衷情〉七闋

　　雙調。上片五句四平韻，下片四句四平韻。共計使用六個韻部，**第二部**：魏承班（銀漢雲晴玉漏長）；**第三部**：魏承班（春深花簇小樓臺）；**第五部**：魏承班（春深花簇小樓臺）；**第八部**：魏承班（春情滿眼臉紅銷）；**第十部**：魏承班（金風輕透碧窗紗）；**第十一部**：毛文錫（桃花流水漾縱橫）、（鴛鴦交頸繡衣輕）、魏承班（高歌宴罷月初盈）三闋。押第十一部韻者為多。

　　魏承班（春深花簇小樓臺）押第五部臺（咍）、開（咍）、階（皆）、腮（咍）釵（佳），及第三部偎（灰）、迴（灰），雖分為兩部韻，在《切韻》系統中為同類，韻尾皆為 i。〔註44〕在《詩韻》系統中，除「釵」為「佳部」韻，其餘同屬「灰部」韻。〔註45〕

（六）〈南歌子〉六闋

　　單調，五句三平韻；雙調，上下片各四句，皆三平韻等兩體。毛熙震兩作皆雙調。共計使用三個韻部，**第一部**：張泌（岸柳拖煙綠）；**第二部**：張泌（柳色遮樓暗）、（錦薦紅鸂鶒）、毛熙震（惹恨還添恨）三闋；**第十一部**：毛熙震（遠山愁黛碧）、歐陽炯（錦帳銀燈影）兩闋。押第二部韻者為多。

（七）〈巫山一段雲〉六闋

　　雙調。上下片各四句，皆三平韻。共計使用六個韻部，**第三部**：李珣（有客經巫峽）；**第六部**：歐陽炯（春去秋來也）；**第七部**：毛文錫（雨霽巫山上）、歐陽炯（絳闕登眞子）二闋；**第九部**：毛文錫（貌掩巫山色）；**第十一部**：歐陽炯（春去秋來也）；**第十二部**：李珣（古

〔註44〕王力著：《漢語詩律學》（上海：上海教育出版社，2005年4月第2版第1刷），頁530。

〔註45〕許清雲編：《古典詩韻易檢》（臺北：文津出版社，1998年10月初版二刷），頁37～41。

廟依青嶂）。

其中歐陽炯（春去秋來也）第三個韻腳「曾（-ng）」字，押第六部，其餘五個韻腳醺、輪、新、塵、君（-n）押第十一部。乃「-n-ng」相混之故，實第六部與第十一部通。〔註46〕

（八）〈楊柳枝〉五闋

單調。四句三平韻，皆爲牛嶠之作。共計使用五個韻部，**第三部**（狂雪隨風撲馬飛）；**第八部**（橋北橋南千萬條）；**第九部**（裊翠籠煙拂暖波）；**第十一部**（解凍風來末上青）；**第十三部**（吳王宮裏色偏深）。

（九）〈甘州子〉五闋

單調。六句五平韻，皆爲顧敻之作。共計使用五個韻部，**第一部**（曾如劉阮訪仙蹤）；**第二部**（一爐龍麝錦帷傍）；**第六部**（每逢清夜與良晨）；**第十一部**（紅鑪深夜醉調笙）；**第十三部**（露桃花裏小樓深）。

（十）〈漁父〉五闋

單調。五句四平韻。共計使用四個韻部，**第四部**：李珣（水接衡門十里餘）；**第七部**：李珣（避世垂綸不記年）、歐陽炯（擺脫塵機上釣船）兩闋；**第八部**：李珣（棹警鷗飛水濺袍）；**第十一部**：歐陽炯（風浩寒溪照膽明）。押第七部韻者爲多。

（十一）〈天仙子〉四闋

單調，六句五平韻，皆爲韋莊之作。共計使用三個韻部，**第一部**：（夢覺雲屏依舊空）；**第三部**：（悵望前回夢裏期）；**第六部**：（蟾彩霜華夜不分）、（金似衣裳玉似身）兩闋。押第六部韻者爲多。

（十二）〈小重山〉四闋

雙調。上下片各四句，皆四平韻。共計使用四個韻部，**第二部**：薛昭蘊（秋到長門秋草黃）；**第六部**：韋莊（一閉昭陽春又春）；第

〔註46〕王力著：《漢語詩律學》（上海：上海教育出版社，2005 年 4 月第 2 版第 1 刷），頁 535～536。

七部：毛熙震（梁燕雙飛畫閣前）；**第十一部**：薛昭蘊（春到長門春草青）。

（十三）〈何滿子〉四闋

單調，六句三平韻；雙調，上下片各六句，皆三平韻等兩體。前者見毛文錫（紅粉樓前月照）一作，使用**第三部**韻；其餘爲**第十一部**：毛熙震（寂寞芳菲暗度）、（無語殘妝澹薄）兩闋；**第十二部**：尹鶚（雲雨常陪勝會）。押第十一部者爲多。

（十四）〈酒泉子〉三闋

雙調。上下片各四句，上片兩平韻，下片三平韻；上片四句兩平韻，下片五句兩平韻等兩體。共計使用兩個韻部，**第一部**：張泌（紫陌青門）、毛文錫（綠樹春深）兩闋；**第十一部**：李珣（秋雨聯綿）。押第一部者爲多。

（十五）〈思帝鄉〉兩闋

單調。八句四平韻與七句五平韻兩體，皆爲韋莊之作。共計使用兩個韻部，**第三部**（雲髻墜）；**第十二部**（春日遊）。

（十六）〈定西蕃〉兩闋

雙調。上下片各四句，皆兩平韻。共計使用兩個韻部，**第一部**：韋莊（芳草叢生縷結）；**第三部**：毛熙震（蒼翠濃陰滿院）。

（十七）〈夢江南〉兩闋

單調。五句三平韻，皆爲牛嶠之作。共計使用兩個韻部，**第二部**（紅繡被）1闋；**第七部**（啣泥燕）。

（十八）〈甘州遍〉兩闋

雙調。上片六句三平韻，下片八句五平韻，皆爲毛文錫之作。共計使用兩個韻部，**第三部**（秋風緊）；**第十二部**（春光好）。

（十九）〈中興樂〉兩闋

雙調。上片四句三平韻，下片五句三平韻；上下片各九句，皆六平韻兩體。前爲牛希濟（池塘暖碧浸晴暉）一作，後爲李珣（後庭寂

寂日初長）一作，使用**第二部**韻。

（廿）〈望遠行〉兩闋

雙調。上片四句四平韻，下片五句四平韻，皆爲李珣之作。共計使用兩個韻部，**第三部**（露滴幽庭落葉時）；**第八部**（春日遲遲思寂寥）。

（廿一）〈八拍蠻〉兩闋

單調。四句兩平韻，皆爲閻選之作。共計使用兩個韻部，**第六部**（愁瑣黛眉煙易慘）；**第七部**（雲瑣嫩黃煙柳細）。

（廿二）〈獻衷心〉兩闋

雙調。上下片各九句，皆四平韻。共計使用兩個韻部，**第一部**：歐陽炯（見好花顏色）；**第三部**：顧敻（繡鴛鴦帳暖）。

（廿三）〈赤棗子〉兩闋

單調。五句三平韻，皆爲歐陽炯之作。共計使用兩個韻部，**第二部**（蓮臉薄）；**第十一部**（夜悄悄）。

（廿四）〈河瀆神〉一闋

雙調。上下片各四句，上片四平韻，下片兩平韻。爲張泌（古樹噪寒鴉）一作，使用**第十部**韻。

（廿五）〈胡蝶兒〉一闋

雙調。上下片各四句，上片四平韻，下片三平韻。爲張泌（胡蝶兒）一作，使用**第三部**韻。

（廿六）〈杏園芳〉一闋

雙調。上下片各四句，上片四平韻，下片三平韻。爲尹鶚（嚴妝嫩臉花明）一作，使用**第十一部**韻。

（廿七）〈贊成功〉一闋

雙調。上下片各七句，皆四平韻。爲毛文錫（海棠未坼）一作，使用**第一部**韻。

（廿八）〈接賢賓〉一闋

雙調。上片四句三平韻，下片七句三平韻。爲毛文錫（香騂鏤檐五花驄）一作，使用**第一部**韻。

（廿九）〈贊浦子〉一闋

雙調。上下片各四句，皆兩平韻。爲毛文錫（錦帳添香睡）一作，使用**第六部**韻。

（卅）〈月宮春〉一闋

雙調。上下片各四句，上片四平韻，下片兩平韻。爲毛文錫（水精宮裏桂花開）一作，使用**第三、五部**韻。

此作押第五部開（咍）、臺（咍）、來（咍），及第三部迴（灰）、盃（灰）、偎（灰），雖分爲兩部韻，在《切韻》系統中爲同類，韻尾皆爲 i。〔註47〕在《詩韻》系統中，同屬「灰部」韻。〔註48〕

（卅一）〈黃鍾樂〉一闋

雙調。上下片各五句，皆三平韻。爲魏承班（池塘煙暖草萋萋）一作，使用**第三部**韻。

（卅二）〈遐方怨〉一闋

雙調。上下片各六句，皆四平韻。爲顧夐（簾影細）一作，使用**第十一部**韻。

（卅三）〈三字令〉一闋

雙調。上下片各八句，皆四平韻。爲歐陽炯（春欲盡）一作，使用**第三部**韻。

（卅四）〈鳳樓春〉一闋

雙調。上片六句八平韻，下片九句五平韻。爲歐陽炯（鳳髻綠雲

〔註47〕王力著：《漢語詩律學》（上海：上海教育出版社，2005 年 4 月第 2 版第 1 刷），頁 530。

〔註48〕許清雲編：《古典詩韻易檢》（臺北：文津出版社，1998 年 10 月初版二刷），頁 39～41。

叢）一作，使用**第一部**韻。

（卅五）〈更漏子〉一闋

雙調。上片四句三平韻，下片五句四平韻。為歐陽炯（三十六宮秋夜永）一作，使用**第四部**韻。

西蜀詞中採此用韻方式者，凡三十五調，一百六十六闋，佔全數五分之二，為詞人最常使用之用韻方式。其中使用最多之韻部分別為第十一部，凡二十九次；第二部，凡二十八次；第三部，凡二十六次；第一部，凡二十次。惟不見採用第十四部韻者。

二、同部仄聲韻通押

近體詩之押韻者，嚴分上、去、入三聲，不得通押。古體詩則因上、去聲字較少，偶見通押之現象。至詞調則將古體詩偶然之現象，變為通則，演為定律；舉凡同部之上、去聲及同部之入聲韻，均可通押，亦可獨用。〔註49〕

（一）〈謁金門〉九闋

雙調。上下片各四句，皆四仄韻。共計使用五個韻部，**第四部**：牛希濟（秋已暮）；**第七部**：薛昭蘊（春滿院）、魏承班（春欲半）兩闋；**第十五部**：韋莊（春漏促）、（春雨足）、閻選（美人浴）三闋；**第十七部**：韋莊（空相憶）、魏承班（長思憶）兩闋；**第十八部**：魏承班（煙水闊）。以押第十五部韻者為多。

（二）〈玉樓春〉八闋

雙調。上下片各四句，皆三仄韻；上片四句三仄韻，下片四句兩仄韻等兩體。第二種譜式皆顧敻之作。共計使用六個韻部，**第三部**：魏承班（輕斂翠蛾呈皓齒）、顧敻（月皎露華窗影細）兩闋；**第七部**：魏承班（寂寂畫堂梁上燕）、顧敻（柳映玉樓春日晚）、（拂水雙飛來

〔註49〕王師偉勇著：《詞學專題研究》（臺北：文史哲出版社，2003 年 4 月初版），頁 272。

去燕）三闋；**第十部**：歐陽炯（春早玉樓煙雨夜）；**第十三部**：歐陽炯（日照玉樓花似錦）；**第十四部**：顧敻（柳映玉樓春日晚）；**第十五部**：顧敻（月照玉樓春漏促）。以押第七部者為多。

　　其中顧敻（柳映玉樓春日晚）第三個韻腳「掩」字，押第十四部，其餘四個韻腳「晚、軟、遠、展」押第七部。乃「-n-ng-m」相混之故，實第七部與第十四部通。〔註50〕

（三）〈應天長〉六闋

　　雙調。上下片各五句，皆四仄韻；上片五句，下片四句，皆四仄韻；上下片各四句，皆四仄韻等三體。共計使用三個韻部，**第三部**：牛嶠（雙眉澹薄藏心事）；**第四部**：韋莊（綠槐陰裏黃鶯語）、毛文錫（平江波暖鴛鴦語）、顧敻（瑟瑟羅裙金線縷）三闋；**第十八部**：韋莊（別來半歲音書絕）、牛嶠（玉樓春望晴煙滅）兩闋。押第四部韻者為多。

（四）〈生查子〉六闋

　　雙調。上片四句兩仄韻，下片五句三仄韻；上下片各四句，皆兩仄韻；上下片各五句，皆三仄韻等三體。第一種譜式見牛希濟（春山煙欲收）一作；第三種譜式見張泌（相見稀）一作。共計使用六個韻部，**第三部**：牛希濟（新月曲如眉）；**第四部**：魏承班（煙雨晚晴天）；**第七部**：張泌（相見稀）；**第八部**：牛希濟（春山煙欲收）；**第十一部**：魏承班（離別又經年）；**第十六部**：魏承班（寂寞畫堂空）。

（五）〈漁歌子〉六闋

　　雙調。上下片各六句，皆四仄韻。共計使用五個韻部，**第三部**：李珣（九疑山）；**第四部**：李珣（柳垂絲）；**第十部**：李珣（荻花秋）；**第十五部**：李珣（楚山青）、顧敻（曉風清）兩闋；**第十八部**：魏承班（柳如眉）。以押第十五部韻者為多。

〔註50〕王力著：《漢語詩律學》（上海：上海教育出版社，2005年4月第2
　　　　版第1刷），頁535～538。

（六）〈滿宮花〉四闋

雙調。上片五句三仄韻，下片四句三仄韻；上下片各五句，皆三仄韻等兩體。第二種譜式僅見尹鶚（月沉沉）一作。共計使用四個韻部，第三部：張泌（花正芳）；第八部：尹鶚（月沉沉）；第十一部：魏承班（寒夜長）；第十三部：魏承班（雪霏霏）。

（七）〈歸國遙〉三闋

雙調。上下片各四句，皆四仄韻，俱爲韋莊之作。共計使用三個韻部，第三部（金翡翠）；第四部（春欲暮）；第七部（春欲晚）。

（八）〈後庭花〉三闋

雙調。上下片各四句，皆四仄韻。俱爲毛熙震之作。共計使用三個韻部，第七部（越羅小袖新香蒨）；第十四部（輕盈舞妓含芳豔）；第十八部（鶯啼燕語芳菲節）。

（九）〈木蘭花〉三闋

雙調。上下片各六句，皆三仄韻；上片六句三仄韻，下片四句三仄韻等兩體。共計使用兩個韻部，第三部：魏承班（小芙蓉）、歐陽炯（兒家夫婿心容易）兩闋；第十六部：毛熙震（掩朱扉）。以押第三部者爲多。

（十）〈上行杯〉兩闋

雙調。八句七仄韻，皆爲韋莊之作。共計使用兩個韻部，第三部（白馬玉鞭金轡）；第七部（芳草灞陵春岸）。

（十一）〈撥棹子〉兩闋

雙調。上片五句五仄韻，下片四句四仄韻。皆爲尹鶚之作。共計使用三個韻部，第三部（丹臉膩）；第十七、十八部（風切切）。

其中（風切切）的「切、月、歇、說、結、雪、徹」七個韻腳屬於第十八部，「力、擲」兩個韻腳屬於第十七部。乃「-t-k-p」相混之

故，實第十七部與第十八部通。〔註51〕

（十二）〈醉花間〉兩闋

雙調。上片五句三仄韻、一疊韻，下片四句三仄韻；上片五句三仄韻、一疊韻，下片四句兩仄韻等兩體。皆爲毛文錫之作。共計使用兩個韻部，**第六部**（休相問）；**第十七部**（深相憶）。

（十三）〈賀明朝〉兩闋

雙調。上片七句五仄韻，下片六句四仄韻；上片七句四仄韻，下片六句四仄韻等兩體。皆爲歐陽炯之作。共計使用兩個韻部，**第七部**（憶昔花間初識面）；**第十二部**（憶昔花間相見後）。

（十四）〈河傳〉一闋

雙調。上片七句四仄韻，下片五句五仄韻。爲張泌（渺莽）一作，使用**第三部**韻。

（十五）〈望江怨〉一闋

單調。七句六仄韻。爲牛嶠（東風急）一作，使用**第十七部**韻。

（十六）〈金浮圖〉一闋

雙調。上下片各十句，皆七仄韻。爲尹鶚（繁華地）一作，使用**第三部**韻。

（十七）〈秋夜月〉一闋

雙調。上下片各十句，皆五仄韻。爲尹鶚（三秋佳節）一作，使用**第十八部**韻。

採此用韻方式者，凡十七調，六十闋。其中使用最多之韻部分別是第三部，凡十三次；第七部，凡十次。未被採用之韻部有第一、第二、第五、第九及第十九等共五部。

三、間　韻

〔註51〕王力著：《漢語詩律學》（上海：上海教育出版社，2005 年 4 月第 2 版第 1 刷），頁 533。

係指一闋詞中，其押韻，無論平、仄，以一部爲主，中夾他部韻以爲叶者。〔註52〕

（一）〈酒泉子〉十二闋

雙調。上片五句兩平韻、兩仄韻，下片五句三仄韻、一平韻；上下片各五句，皆兩平韻、兩仄韻；上片四句一仄韻、兩平韻，下片四句三平韻、一仄韻；上片五句三平韻、兩仄韻，下片五句三仄韻、一平韻等四體，共十二闋。

第一種譜式有韋莊（月落星沉）、牛希濟（枕轉簟涼）、李珣（寂寞青樓）、（雨漬花零）、顧敻（黛薄紅深）、毛熙震（閑臥繡幃）、（鈿匣舞鸞）等七闋。第二種譜式有張泌（春雨打窗）、顧敻（楊柳舞風）、（羅帶縷金）三闋。第三種譜式有顧敻（小檻日斜）一闋。第四種譜式有顧敻（黛怨紅羞）一闋。

其中間一部韻者有顧敻（黛薄紅深）、（黛怨紅羞）、毛熙震（鈿匣舞鸞）三闋。毛作以第七部平聲韻爲主韻，亦間有第七部仄聲韻。餘作皆間兩部韻。

（二）〈定風波〉七闋

雙調。上片五句三平韻、兩仄韻，下片六句四仄韻、兩平韻，共七闋。此調之作間韻不只一部，間兩部韻者有李珣（志在煙霞慕隱淪）、（又見新巢燕子歸）、（雁過秋空夜未央）、（簾外烟和月滿庭）及歐陽炯（暖日閒窗映碧紗）五作；間三部韻者有李珣（十載逍遙物外居）、閻選（江水沈沈帆影過）兩作。

其中李珣（又見新巢燕子歸）一作，以第三部平聲韻爲主韻，亦間夾第三部仄聲韻。又（雁過秋空夜未央）一作，以第十二部平聲韻爲主韻，亦間夾第十二部仄聲韻。另（簾外烟和月滿庭）以第十一部平聲韻爲主韻，亦間夾第十一部仄聲韻。

〔註52〕王師偉勇著：《詞學專題研究》（臺北：文史哲出版社，2003 年 4 月初版），頁 273。

（三）〈訴衷情〉四闋

單調。九句六平韻、兩仄韻，共四闋。韋莊（燭燼香殘簾未捲）一作，以第十一部平聲韻爲主，間夾第十部平聲韻。又（碧沼紅芳煙雨靜）一作，以第八部爲主，間夾第三部及第五部仄聲韻「珮（隊）、帶（太）」兩字，雖分爲兩部韻，在《切韻》系統中爲同類，韻尾皆爲 i。〔註53〕在《詩韻》系統中，同屬「隊部」韻。〔註54〕顧敻（香滅簾垂春漏永）一作，以第十三部平聲韻爲主，間夾第一部仄聲韻。又（永夜拋人何處去）一作，以第十三部平聲韻爲主，間夾第十四部仄聲韻。皆間一部韻。

（四）〈楊柳枝〉兩闋

雙調。上片七句四平韻，下片四句兩仄韻、兩平韻。張泌（膩粉瓊妝透碧紗）一作，以第十部平聲韻爲主，間夾第八部仄聲韻。顧敻（秋夜香閨思寂寥）一作，以第八部平聲韻爲主，間夾第四部仄聲韻。皆間一部韻。

（五）〈喜遷鶯〉兩闋

雙調。上片五句四平韻，下片五句兩仄韻、兩平韻。皆爲薛昭蘊之作，共兩闋。（金門曉）一作，以第六部平聲韻爲主，間夾第三部仄聲韻。（清明節）一作，以第七部平聲韻爲主，間夾第二部仄聲韻。皆間一部韻。

（六）〈紗窗恨〉兩闋

雙調。上片四句兩仄韻、兩平韻，下片四句兩平韻，皆毛文錫之作。（新春燕子還來至）一作，以第三部平聲韻「飛（微）、衣（微）、扉（微）、依（微）」間第三部仄聲韻「至、墜」。〔註55〕（雙雙蝶翅

〔註53〕王力著：《漢語詩律學》（上海：上海教育出版社，2005 年 4 月第 2 版第 1 刷），頁 530。
〔註54〕許清雲編：《古典詩韻易檢》（臺北·文津出版社，1998 年 10 月初版二刷），頁 188。
〔註55〕《詞譜》：此詞前段起句乃間入仄韻，非本韻也。〔清〕陳廷敬主編：

塗鉛粉）一作，以第十三部平聲韻爲主，間第六部仄聲韻。

（七）〈西江月〉兩闋

雙調。上下片各四句，皆兩平韻、兩仄韻。爲歐陽炯之作，共兩闋。（月映長江秋水）一作，以第三部仄聲韻，間夾第九部平聲韻。（水上鴛鴦比翼）一作，以第十七部入聲韻，間夾第三部平聲韻。又此作中四仄聲韻「翼（職）、力（職）、綠（燭）、色（職）」分屬第十五部及第十七部入聲韻，然雖分爲兩部韻，王力先生認爲「屋、沃」與「職、錫」通叶，應是五代當時荊南與蜀中方音如此。〔註56〕

（八）〈離別難〉一闋

雙調。上片九句四平韻、四仄韻，下片十句四平韻、六仄韻。僅薛昭蘊（寶馬曉鞴彫鞍）一作。《詞譜》：「此調以兩平韻爲主，前段間押兩仄韻，後段間押三仄韻。」〔註57〕故上片以第七部平聲韻「鞍（寒）、難（寒）、寒（寒）、干（寒）」爲主，間夾第三部仄聲韻「媚（至）、里（止）」及第十五部入聲韻「燭（燭）、曲（燭）」；下片以第三部平聲韻「迷（齊）、低（齊）、西（齊）、淒（齊）」爲主，間夾第十五「促（燭）、綠（燭）」、十八「咽（屑）、說（薛）」、十七「立（緝）、急（緝）」三個入聲韻部。此作爲十一調中，間韻方式最複雜者。

（九）〈相見歡〉一闋

雙調。上片三句三平韻，下片四句兩仄韻、兩平韻。僅薛昭蘊（羅襦繡袂香紅）一作。以第一部平聲韻爲主，間夾第十六部入聲韻。

（十）〈柳含煙〉一闋

雙調。上片五句三平韻，下片四句兩仄韻、兩平韻。僅毛文錫（河

《康熙詞譜》（長沙：岳麓書社，2000 年 10 月第 1 版第 1 刷），上冊，卷四，頁 111。

〔註56〕王力著：《漢語詩律學》（上海：上海教育出版社，2005 年 4 月第 2 版第 1 刷），頁 535。

〔註57〕〔清〕陳廷敬主編：《康熙詞譜》（長沙：岳麓書社，2000 年 10 月第 1 版第 1 刷），下冊，卷二十一，頁 626。

橋柳）一作。以第六部平聲韻爲主，間夾第十五部入聲韻。

（十一）〈中興樂〉一闋

雙調。上片五句三平韻、兩仄韻，下片五句四仄韻、一平韻。毛文錫（荳蔻花繁煙豔深）一作。以第十三部平聲韻爲主，間夾第四部仄聲韻。

採此用韻方式者，凡十一調，三十五闋。間一韻者，共有九調，十七闋；間兩韻者，共有兩調，十四闋；間三韻者，僅一調，兩闋；惟毛文錫〈紗窗恨〉（新春燕子還來至）一作，以同部平、仄韻相間；薛昭蘊〈離別難〉一調，間韻方式最爲繁雜。

四、轉　韻

不同部之韻字，無論平、仄，逐次轉換，亦稱「換韻」。凡採轉韻之詞調，以不回復前韻爲原則。〔註58〕

（一）〈菩薩蠻〉二十八闋

雙調。上下片各四句，皆兩仄韻、兩平韻。韋莊五闋；牛嶠七闋；尹鶚三闋；李珣三闋；魏承班三闋；毛熙震三闋；歐陽炯四闋，共計二十八闋。

其中韻部有回復使用者，爲韋莊（洛陽城裏春光好）一作，上下片平聲韻均用第三部平聲韻。牛嶠（舞裙香暖金泥鳳）一作，上片平聲韻及下片仄聲韻均用第三部。又（玉釵風動春幡急）一作，下片以第三部仄聲韻轉平聲韻。另（風簾燕舞鶯啼柳）一作，上下片平聲韻均用第七部平聲韻。尹鶚（隴雲暗合秋天白）一作，上下片平聲韻均用第三部平聲韻。毛熙震（梨花滿院飄香雪）一作，上片以第三部平聲韻轉下片第三部仄聲韻，末又回轉第三部平聲韻。另（天含殘碧融春色）一作，下片以第七部仄聲韻轉平聲韻。歐陽炯（曉來中酒和春睡）一作，上下片仄聲韻均用第三部仄聲韻。又（紅爐暖閣佳人睡）

〔註58〕王師偉勇著：《詞學專題研究》（臺北：文史哲出版社，2003 年 4 月初版），頁 274。

一作，以第三部仄聲韻起韻，末以第三部平聲韻收韻。另（畫屏繡閣
三秋雨）一作，以第四部仄聲韻起韻，末以第四部平聲韻收韻。共十
闋作品有回復使用韻部之現象，又以第三部之回復情形最多。

　　尹鶚（錦茵閑襯丁香枕）之「來（咍）、回（灰）」及毛熙震（梨
花滿院飄香雪）之「背（隊）、態（代）」、（繡簾高軸臨塘看）之「催
（灰）來（咍）」皆分屬第三及第五部，雖分為兩部韻，在《切韻》
系統中為同類，韻尾皆為 i。〔註59〕在《詩韻》系統中，第一、三組
同屬「灰部」韻；第二組同屬「隊部」韻。〔註60〕

（二）〈南鄉子〉二十四闋

　　單調。五句，兩平韻、三仄韻。共有二十四闋，李珣十六闋，歐
陽炯八闋。李珣十六首作品中，凡押仄韻者，僅（攜籠去）一作押第
十七部入聲韻「急、濕、立」字。而歐陽炯之八作中，即有四作使用
入聲韻部，如（嫩草如煙）一作，由第七部平聲韻「煙、天」轉入第
十五部入聲韻「淥、浴、燭」。（二八花鈿）一作，由第七部平聲韻「鈿、
蓮」轉入第十七部入聲韻「瑟、窄、客」。（袖斂鮫綃）一作，由第八
部平聲韻「綃、邀」轉入第十七部入聲韻「滴、蓆、日」。（翡翠鵁鶄）
一作，由第十一部平聲韻「鶄、汀」轉入第十七部入聲韻「色」及第
十五部入聲韻「撲、宿」。

　　其中李珣（紅荳蔻）一作，兩平聲韻字「瑰（灰）、臺（咍）」分
屬第三部及第五部，然雖分為兩部韻，在《切韻》系統中為同類，韻
尾皆為 i。〔註61〕在《詩韻》系統中，同屬「灰部」韻。〔註62〕而歐

〔註59〕王力著：《漢語詩律學》（上海：上海教育出版社，2005 年 4 月第 2
　　　　版第 1 刷），頁 530。
〔註60〕許清雲編：《古典詩韻易檢》（臺北：文津出版社，1998 年 10 月初版
　　　　二刷），頁 39～41、頁 188。
〔註61〕王力著：《漢語詩律學》（上海：上海教育出版社，2005 年 4 月第 2
　　　　版第 1 刷），頁 530。
〔註62〕許清雲編：《古典詩韻易檢》（臺北：文津出版社，1998 年 10 月初版
　　　　二刷），頁 39～40。

陽炯（翡翠鵁鶄）一作，三入聲韻字「色（職）、撲（屋）、宿（屋）」
分屬第十七部及第十五部，然雖分爲兩部韻，王力先生認爲「屋、沃」
與「職、錫」通叶，應是五代當時荊南與蜀中方音如此。〔註63〕

（三）〈女冠子〉十七闋

雙調。上片五句兩仄韻、兩平韻，下片四句兩平韻。共十七闋，
每首作品皆是兩仄韻爲一部韻，四平韻爲一部韻。仄韻運用入聲韻部
者只見於韋莊（四月十七）一作，用第十七部入聲韻「七、日」；薛
昭蘊（雲羅霧縠）一作，用第十五部入聲韻「縠、簏」；歐陽炯（秋
宵秋月）一作，用第十八部入聲韻「月、發」。

其中李珣（星高月午）一作，四平韻用「開（咍）、苔（咍）、徊
（灰）、萊（咍）」，分屬第三部及第五部，雖分爲兩部韻，在《切韻》
系統中爲同類，韻尾皆爲 i。〔註64〕在《詩韻》系統中，同屬「灰部」
韻。〔註65〕

（四）〈虞美人〉十二闋

雙調。上下片各兩仄韻、三平韻；上下片各五平韻；上片五平韻，
下片兩仄韻、三平韻等三體。以第一種譜式最常見，共十闋。第二種
譜式見於顧敻（觸簾風送景陽鐘）一作，上片押第一部平聲韻，下片
轉第二部平聲韻。第三種譜式見於顧敻（少年豔質勝瓊英）一作，上
片押第十一部平聲韻，下片轉押第八部仄聲韻，末轉第二部平聲韻。

此調之押韻方式有回復現象，如李珣（金籠鶯報天將曙）一作，
採第一種譜式，然上下片三平韻部分，皆押第三部平聲韻。鹿虔扆（卷
荷香澹浮煙渚）一作，亦採第一種譜式，上下片三平韻部分，皆押第
十一部平聲韻。顧敻（碧梧桐映紗窗晚）一作，亦採第一種譜式，惟

〔註63〕王力著：《漢語詩律學》（上海：上海教育出版社，2005 年 4 月第 2
　　　　版第 1 刷），頁 535。
〔註64〕王力著：《漢語詩律學》（上海：上海教育出版社，2005 年 4 月第 2
　　　　版第 1 刷），頁 530。
〔註65〕許清雲編：《古典詩韻易檢》（臺北：文津出版社，1998 年 10 月初版
　　　　二刷），頁 39～41。

上片以第七部仄聲韻轉第七部平聲韻。

（五）〈荷葉杯〉十一闋

雙調，上下片各五句，皆兩仄韻、三平韻，皆爲韋莊之作，共兩闋。單調，六句，兩仄韻，三平韻，一疊韻，皆爲顧敻之作，共九闋。韋莊（絕代佳人難得）一作，下片兩仄韻、三平韻，皆爲第一部韻。顧敻（一去又乖期信）一作，三平韻「苔（咍）、徊（灰）、來（咍）」分屬第三部及第五部，雖分爲兩部韻，在《切韻》系統中爲同類，韻尾皆爲 i。〔註66〕在《詩韻》系統中，同屬「灰部」韻。〔註67〕

（六）〈河傳〉十一闋

雙調。上片七句三仄韻、三平韻，下片六句三仄韻、兩平韻；上片七句兩仄韻、三平韻，下片六句三仄韻、兩平韻；上片七句兩仄韻、四平韻，下片六句三仄韻、三平韻；上片七句四仄韻、三平韻，下片六句三仄韻、兩平韻；上片七句四仄韻，下片七句三仄韻、四平韻；上片八句五仄韻，下片七句三仄韻、四平韻；上下片各七句，上片三仄韻、三平韻，下片三仄韻、四平韻；上片七句一仄韻、一疊韻、四平韻，下片六句三仄韻、三平韻等共八體，十一闋詞作。

第一種譜式共三闋，皆韋莊之作，其中（春晚）一作，上下片平聲韻皆用第六部。又（錦浦）一作，上下片仄聲韻皆用第四部。第二種譜式爲韋莊（錦里）一作。由第三部仄聲韻「里、市」轉入第二部平聲韻「妝、鐺、長」，復轉第七部仄聲韻「見、遠、散」，末回復以第二部平聲韻「房、鄉」收尾。第三種譜式爲張泌（紅杏）一作。第四種譜式爲李珣（去去）、（春暮）兩作。〔註68〕第五、六、七種譜式，

〔註66〕王力著：《漢語詩律學》（上海：上海教育出版社，2005 年 4 月第 2 版第 1 刷），頁 530。

〔註67〕許清雲編：《古典詩韻易檢》（臺北：文津出版社，1998 年 10 月初版二刷），頁 39～41。

〔註68〕《詞譜》謂前四體乃四換韻者。〔清〕陳廷敬主編：《康熙詞譜》（長沙：岳麓書社，2000 年 10 月第 1 版第 1 刷），上冊，卷十一，頁 329。

皆爲顧敻之作，分別爲〈燕颺〉、〈曲檻〉、〈棹舉〉，其中〈曲檻〉一作，首韻「檻（檻）」屬第十四部，其餘四仄韻「晚（阮）、軟（獮）、囀（線）、剪（獮）」屬第七部，乃「-n-ng-m」相混之故，實第七部與第十四部通。〔註69〕又下片部分，由第二部仄聲韻轉入平聲韻。第八種譜式爲閻選〈秋雨〉一作，上下片平聲韻皆用第三部。此調譜式繁多，韻部回復使用者亦多。

（七）〈清平樂〉九闋

雙調，上片四句四仄韻，下片四句三平韻，共九闋。皆上片一部韻，下片一部韻。其中僅韋莊〈春愁南陌〉、〈鶯啼殘月〉分別使用第十七部及第十八部入聲韻。

（八）〈更漏子〉九闋

雙調。上下片各六句，皆兩仄韻、兩平韻；上片六句兩仄韻、兩平韻，下片六句三仄韻、兩平韻等兩體。第一種譜式共四闋。其中牛嶠〈星漸稀〉一作，上片使用第七部仄聲韻，下片轉用第七部平聲韻。牛嶠〈南浦情〉一作，上片僅用一部，由第三部仄聲韻轉平聲韻。

第二種譜式共五闋。其中毛文錫〈春夜闌〉一作，上下片仄聲韻皆用第十八部入聲韻。歐陽炯〈玉闌干〉一作，上下片平聲韻皆用第三部平聲韻。顧敻〈舊歡娛〉一作，下片三仄韻「捲（阮）、掩（跌足炎）、眼（產）」分屬第七部及第十四部。乃-n-ng-m 相混之故，實第七部與第十四部通。〔註70〕

（九）〈西溪子〉四闋

單調。八句四仄韻、一疊韻、兩平韻；八句五仄韻、兩平韻等兩體。第一種譜式，僅牛嶠〈捍撥雙盤金鳳〉一作。第二種譜式，有李珣〈馬上見時如夢〉、〈金縷翠鈿浮動〉及毛文錫〈昨夜西溪遊賞〉三

〔註69〕王力著：《漢語詩律學》（上海：上海教育出版社，2005 年 4 月第 2 版第 1 刷），頁 535～538。

〔註70〕王力著：《漢語詩律學》（上海：上海教育出版社，2005 年 4 月第 2 版第 1 刷），頁 535～538。

作。四作中除李珣（金縷翠鈿浮動）一作，以第一部仄聲韻轉第八部仄聲韻，末回轉第一部平聲韻外，其餘三作皆以三部韻作轉韻。

（十）〈醉公子〉三闋

雙調。上下片各四句，皆兩仄韻、兩平韻，共三闋。雖採轉韻之詞調，以不回復前韻爲原則，然此調一名「四換頭」，因其兩句一韻也，故仍有回復之現象。

薛昭蘊（慢綰青絲髮）一作，由第十八部入聲韻「髮、襪」轉入第一部平聲韻「籠、紅」，復轉第四部仄聲韻「處、污」，末以第五部平聲韻「開、來」收尾。尹鶚（暮煙籠蘚砌）一作，由第三部仄聲韻「砌、閉」轉入第六部平聲韻「春、身」，復回用第三部仄聲韻「袂、綴」，末回復以第六部平聲韻「人、新」收尾。顧敻（漠漠愁雲澹）一作，由第十四部仄聲韻「澹、檻」轉入第十一部平聲韻「屛、扃」，復轉第七部仄聲韻「慢、限」，末則以第七部平聲韻「蟬、年」收尾。

（十一）〈酒泉子〉三闋

雙調。上片四句兩平韻，下片五句三平韻；上片五句兩仄韻、兩平韻，下片四句三平韻等兩體。第一種譜式僅李珣（秋月嬋娟）一闋。下片兩平韻「來（咍）、徊（灰）」分屬第三及第五部，雖分爲兩部韻，在《切韻》系統中爲同類，韻尾皆爲 i。〔註71〕在《詩韻》系統中，同屬「灰部」韻。〔註72〕第二種譜式爲顧敻（掩卻菱花）、（水碧風清）兩作。

（十二）〈柳含煙〉三闋

雙調。上片五句三平韻，下片四句兩仄韻、兩平韻，皆爲毛文錫之作，共三闋。（隋堤柳）一作，由第二部平聲韻「旁、香、張」轉入第八部仄聲韻「好、葆」，末以第十二部平聲韻「流、愁」收尾。（章

〔註71〕王力著：《漢語詩律學》（上海：上海教育出版社，2005 年 4 月第 2 版第 1 刷），頁 530。

〔註72〕許清雲編：《古典詩韻易檢》（臺北：文津出版社，1998 年 10 月初版二刷），頁 39～41。

臺柳）一作，由第十二部平聲韻「旒、州、浮」轉入第十八部入聲韻「別、折」，末以第三部平聲韻「眉、時」收尾。（御溝柳）一作，由第九部平聲韻「多、羅、波」轉入第七部仄聲韻「苑、軟」，末以第一部平聲韻「宮、濃」收尾。

（十三）〈喜遷鶯〉兩闋

雙調。上片五句四平韻，下片五句兩仄韻、兩平韻，皆為韋莊之作。其中（街鼓動）一作，上片四平韻「開（哈）、迴（灰）、來（哈）、雷（灰）」分屬第三部及第五部，雖分為兩部韻，在《切韻》系統中為同類，韻尾皆為 i。〔註73〕在《詩韻》系統中，同屬「灰部」韻。〔註74〕

（十四）〈思越人〉兩闋

雙調。上片五句兩平韻，下片四句四仄韻，共兩闋。張泌（燕雙飛）一作，由第八部平聲韻「橋、腰」，轉入第十七部入聲韻「力、碧、息、憶」。鹿虔扆（翠屏欹）一作，由第八部平聲韻「迢、銷」，轉入第七部仄聲韻「亂、散、見、斷」。

（十五）〈戀情深〉兩闋

雙調。上片四句兩仄韻、兩平韻，下片四句三平韻，皆為毛文錫之作，共兩闋。（滴滴銅壺寒漏咽）一作，由第十八部入聲韻「咽、月」，轉入第十三部平聲韻「衾、心、侵、林、深」。（玉殿春濃花爛漫）一作，由第七部仄聲韻「漫、伴」，轉入第十三部平聲韻「金、音、沉、心、深」。

（十六）〈天仙子〉一闋

單調。六句兩仄韻、三平韻。僅韋莊（深夜歸來長酩酊）一作。由第十一部仄聲韻「酊、醒」轉入第九部平聲韻「和、呵、何」。

〔註73〕王力著：《漢語詩律學》（上海．上海教育出版社，2005 年 4 月第 2 版第 1 刷），頁 530。

〔註74〕許清雲編：《古典詩韻易檢》（臺北：文津出版社，1998 年 10 月初版二刷），頁 39〜41。

（十七）〈望遠行〉一闋

雙調。上片四句四平韻，下片七句五平韻。僅韋莊（欲別無言倚畫屏）一作。由第十一部平聲韻「屏、情、鳴、城」，轉入第三部平聲韻「嘶、堤、萋、西、閨」。

（十八）〈木蘭花〉一闋

雙調。上片五句三仄韻，下片四句三仄韻。僅韋莊（獨上小樓春欲暮）一作。由第四部仄聲韻「暮、路、戶」轉入第十七部入聲韻「息、滴、覓」。

（十九）〈玉樓春〉一闋

雙調。上下片各四句，皆三仄韻。僅牛嶠（春入橫塘搖淺浪）一作。由第二部仄聲韻「浪、悵、上」轉入第四部仄聲韻「語、縷、與」。

（廿）〈感恩多〉一闋

雙調。上片四句兩仄韻、兩平韻，下片五句二平韻、一疊韻，僅牛嶠（自從南浦別）一作，由第十八部入聲韻「別、結」，轉入第十三部平聲韻「深、衾、襟、襟、心」。

採此用韻方式者，凡二十調，一百四十五闋，詞作數量僅次於「同部平聲韻通押」。其中回復使用韻部之調者，凡六調：〈菩薩蠻〉、〈虞美人〉、〈河傳〉、〈更漏子〉、〈醉公子〉、〈怨王孫〉。轉韻之方式爲二，逐次轉換與回復轉換。轉韻之韻部不限一部，有轉兩韻，轉三韻等。

五、遞　韻

係指兩部或數部韻，不論平、仄，交替協韻。此用韻方式，不見於詩體，詞體亦罕見。〔註75〕

（一）〈定西蕃〉兩闋

〔註75〕王師偉勇著：《詞學專題研究》（臺北：文史哲出版社，2003 年 4 月初版），頁 275。

雙調。上片四句兩平韻，下片四句兩仄韻、兩平韻，共兩闋。韋莊（挑盡金燈紅燼）一作，以第三部平聲韻「遲」字起韻，第二個韻腳「時」字亦屬第三部平聲韻；下片首韻爲第四部仄聲韻「語」字，後回用第三部平聲韻「眉」字；其下「雨」字，亦回用第四部仄聲韻；末韻「思」字仍屬第三部平聲韻。牛嶠（紫塞月明千里）一作，以第七部平聲韻「寒」字起韻，第二個韻腳「安」字亦屬第七部平聲韻；下片首韻爲第十八部入聲韻「闊」字，後回用第七部平聲韻「殘」字；其下「咽」字，亦回用第十八部入聲韻；末韻「漫」字仍屬第七部平聲韻。

採此用韻方式者，於西蜀詞作中相當罕見，僅一調，兩闋。

六、同部平仄通協

押韻字屬同部，而以平、仄韻轉換相協，則謂之平仄通協。爲求明確，免於與「轉韻」之則相混，特加「同部」兩字，以區別之。〔註76〕

（一）〈喜遷鶯〉兩闋

雙調。上片五句四平韻，下片五句兩仄韻、兩平韻；上片五句四平韻，下片五句三仄韻等兩體。第一種譜式爲薛昭蘊（殘蟾落）一作，以第十一部平聲韻「鳴」字起韻，後協「輕、醒、晴」三字，再轉協仄聲韻「冷、景」二字，末協平聲韻「生、鶯」二字。第二種譜式爲毛文錫（芳春景）一作，以第七部平聲韻「煙」字起韻，後協「遷、關、間」三字，末協仄聲韻「軟、喚、暖」三字。

（二）〈酒泉子〉一闋

雙調。上片五句兩平韻，下片四句三叶韻、一不韻。僅牛嶠（記得去年）一作。以第二部平聲韻「香」字起韻，後協「長」字，再轉協仄聲韻「望、樣、上」三字，末協平聲韻「陽」字。

〔註76〕王師偉勇著：《詞學專題研究》（臺北：文史哲出版社，2003 年 4 月初版），頁 275。

（三）〈女冠子〉一闋

雙調。上片五句兩仄韻、兩平韻，下片四句兩平韻。僅牛嶠（綠雲高髻）一作。以第三部仄聲韻「髻」字起韻，後協「世」字，再轉協平聲韻「眉、詞、隨」三字，末以平聲韻「期」字收尾。

（四）〈感恩多〉一闋

雙調。上片四句兩仄韻、兩平韻，下片五句二平韻、一疊韻。僅牛嶠（兩條紅粉淚）一作，以第三部仄聲韻「淚」字起韻，後協「意」字，再轉協平聲韻「枝、眉、飛」三字，下疊平聲韻「飛」字，末以平聲韻「歸」字收尾。

（五）〈清平樂〉一闋

雙調，上片四句四仄韻，下片四句三平韻。僅尹鶚（芳年妙伎）一作，以第三部仄聲韻「伎」字起韻，後協「翠、媚、意」三字，再轉協平聲韻「時、詞」兩字，末以平聲韻「肢」字收尾。

（六）〈南鄉子〉一闋

單調。五句，兩平韻、三仄韻。僅李珣（歸路近）一作。以第九部平聲韻「歌」字起韻，後協「多」字，再轉協仄聲韻「過、鎖」二字，末協仄聲韻「朵」字。

（七）〈醉公子〉一闋

雙調。上下片各四句，皆兩仄韻、兩叶韻。僅顧夐（岸柳垂金線）一作。以第七部仄聲韻「線」字起韻，後協「囀」字。復轉協平聲韻「邊、年」二字。下片再轉入仄聲韻「遠、卷」二字，末協平聲韻「攢、難」二字。

僅〈酒泉子〉與〈醉公子〉兩調於詞譜中詳確標明叶韻。然此項之其餘作品皆屬同部韻，爲與轉韻互別，故列於此。

綜上所述，可知西蜀詞凡七十調，最常使用之用韻方式爲「同部平聲韻通押」；最少使用之用韻方式爲「遞韻」。同一詞調除押韻之譜式或有不同，用韻方式亦有差別，如〈訴衷情〉有「同部平聲韻通押」

及「間韻」兩種用韻方式;〈楊柳枝〉有「同部平聲韻通押」及「間韻」兩種用韻方式;〈天仙子〉有「同部平聲韻通押」及「轉韻」兩種用韻方式;〈酒泉子〉有「同部平聲韻通押」、「間韻」、「轉韻」及「同部平仄通協」四種用韻方式;〈定西蕃〉有「同部平聲韻通押」及「遞韻」兩種用韻方式;〈中興樂〉有「同部平聲韻通押」及「間韻」兩種用韻方式;〈望遠行〉有「同部平聲韻通押」及「轉韻」兩種用韻方式;〈更漏子〉有「同部平聲韻通押」及「轉韻」兩種用韻方式;〈玉樓春〉有「同部仄聲韻通押」及「轉韻」兩種用韻方式;〈木蘭花〉有「同部仄聲韻通押」及「轉韻」兩種用韻方式;〈河傳〉有「同部仄聲韻通押」及「轉韻」兩種用韻方式;〈喜遷鶯〉有「同部仄聲韻通押」、「間韻」及「轉韻」三種用韻方式;〈柳含煙〉有「間韻」及「轉韻」兩種用韻方式;〈南鄉子〉有「轉韻」及「同部平仄通協」兩種用韻方式;〈女冠子〉有「轉韻」及「同部平仄通協」兩種用韻方式;〈清平樂〉有「轉韻」及「同部平仄通協」兩種用韻方式;〈醉公子〉有「轉韻」及「同部平仄通協」兩種用韻方式;〈感恩多〉有「轉韻」及「同部平仄通協」兩種用韻方式。其餘五十二調僅有一種用韻方式。